KB130121

죽음

죽음

2

베르나르 베르베르 장편소설
전미연 옮김

이 책은 실로 꿰매어 제본하는 정통적인 사철 방식으로 만들어졌습니다.
사철 방식으로 제본된 책은 오랫동안 보관해도 손상되지 않습니다.

제2막

일대 변화

(계속)

48

아침 햇살이 창문을 넘어 들어와 서서히 방 안을 채운다.

뤼시가 한쪽 눈을 가느스름히 뜨고 주문을 외운다.

〈살아 있음에 감사합니다.

육신을 가진 것에 감사합니다.

오늘도 존재의 행운을 누릴 수 있는 만큼 이에 부끄럽지 않은 하루를 살게 되기를 소망합니다.〉

그녀가 한마디 덧붙인다.

〈제 재능이 생명 전반에 유익하게 쓰이도록, 특히 살아 있는 제 인간 동족들의 의식 고양에 기여하도록 최선을 다하겠습니다.〉

뤼시는 크게 심호흡하고 나서 기지개를 쭉 편다. 고양이들한테 밥을 주고 나서 루이 암스트롱의 「왓 어 원더풀월드」를 흥얼거리며 샤워를 한다. 늘 해오던 아침 일상을 반복하는 그녀의 입에서 연신 휘파람 소리가 흘러나온다. 책상 위에 놓인 사미와 함께 찍은 사진에 시선이 가는 순간, 그녀가 해가 들어오는 쪽으로 몸을 돌린다. 미소가 머무는 그녀의 얼굴이 환히 빛난다.

그녀는 자신의 스마트 자동차를 몰아 빌랑브뢰즈 출판사로 향한다. 웅장한 출판사 건물 앞에 방송국 취재 차량이 여러 대 주차돼 있다.

뤼시는 연단을 마주 보고 앉아 있는 사진기자들과 출판사 직원들 사이로 걸어가 자리에 앉는다. 머리가 희끗희끗한 알렉상드르 드 빌랑브뢰즈가 검은색 넥타이에 정장 차림으로 연단에 서서 장내가 조용해지기를 기다리고 있다.

진행을 맡은 담당자가 카메라가 준비됐다는 신호를 보내자 그가 마이크 앞으로 나온다.

「지금으로부터 120년 전에 빌랑브뢰즈 출판사를 만드신 제 할아버지이자 창업주 실데리크 드 빌랑브뢰즈께서는 그때 이미 〈빌랑브뢰즈, 시대를 선도하는 출판〉을 사훈으로 정하셨습니다. 우리 시대는 부단히 변화하고 있지만 불행히도 프랑스 출판은 과거의 특권과 고루한 전통, 거동이 불편한 연로한 작가들, 그리고 그들 못지않게 나이든 독자들에 기대 간신히 버티고 있는, 시대에 뒤떨어진 노파의 모습을 하고 있습니다.」

곳곳에서 볼멘소리가 터져 나온다.

「제가 출판계에 발을 디딜 당시 가장 많은 독자를 보

유한 열 분의 작가가 모두 80세가 넘었습니다. 아카데미 회원과 편집자, 비평가, 문학상 심사 위원들이었어요. 그 분들 책의 단골 주제는 젊음에 대한 향수, 자신들의 사랑과 사라진 성욕에 대한 추억, 포도주를 비롯한 모든 과거의 것이 지닌 진정한 아름다움이었죠. 늙은 사람들은 작가와 독자를 막론하고 서서히 죽음에 다가가고 있습니다. 과거의 숭배로 명맥을 유지하는 예술은 다가올 미래에 자리가 없습니다. 저는 그렇게 확신합니다. 프랑스 문학은 회귀적 성질을 버리고 현대성을 추구할 때만 세계 무대에서 빛날 수 있을 겁니다. 이제 역사와 추억을 되씹는 책들을 양산하는 출판과 결별할 때입니다. 과거는 한물갔습니다!」

그의 말이 프랑스 문화에 대한 모독이라 여긴 기자들이 웅성웅성하기 시작하지만 알렉상드르 드 빌랑브뢰즈는 개의치 않고 말을 이어 간다.

「우리 회사에서 타자기 대신 컴퓨터 사용을 발표했을 때 사람들이 반발했던 일이 기억납니다. 파업이 일어날 정도였죠! 컴퓨터를 쓰기 싫었던 총서 책임 편집자들은 비서를 요구했죠. 이것은 프랑스 출판계가 기술을 수용하는 데에 문제가 있음을 단적으로 보여 주는 예입니다. 고등학교 때부터 문과와 이과가 완전히 분리돼 상호 불신하는 프랑스 교육 제도에서 비롯된 문제이겠죠. 그런데 제가 처음 만나 본 가브리엘 웰즈는 좌뇌와 우뇌를 잇는 가교의 느낌을 주는 청년이었습니다. 단박에 젊은 독자를 사로잡을 작가를 발견했다는 판단이 들었죠. 지나간 영광과 과거의 특권에만 집착하는 작가들과는 다른 이 젊은 작가를 앞세워 역동적인 문학을 해볼 수 있겠다는 확신이 들었습니다.」

빌랑브뢰즈는 자신의 도발적 발언에 스스로 만족해하는 반면 기자들은 다시 술렁거리기 시작한다.

「가브리엘 웰즈는 저의 정신적 자식이었어요. 그를 잃고 받은 충격은 이루 말할 수가 없습니다. 그런데 가브리엘이 제게 넘길 예정이었던 신작 원고를 그의 쌍둥이 형이 제 눈엔 석연치 않은 이유로…… 폐기했습니다!」

충격에 휩싸인 좌중을 바라보며 빌랑브뢰즈가 쐐기를 박듯 분노를 머금은 실소를 픽 흘린다.

「그를 상대로 법적 절차를 밟을 생각을 하고 있습니다. 하지만 어떻게 해도 원고는 복원되지 않겠죠. 이미 사라진 것을 되살릴 방법을 고민하던 중에 컴퓨터에 소질이 있는 아들 녀석과 우연히 얘기를 나누었는데, 해결할 방법이 있다는 겁니다. 바로 〈인공 지능〉이 그 해결책이라고, 어떤 사람에 대한 정보를 최대한 종합해 입력하면 그의 생각을 복제해 낼 수 있는 시스템이 이미 존재한다고 아들이 말하더군요. 그래서 저는 이미 출판된 가브리엘 웰즈의 전 작품과 그가 했던 강연 내용, 심지어 메모, 이메일, SNS에 올렸던 글까지 모두 긁어모으기 시작했어요. 가브리엘의 가족 관련 데이터, 가브리엘의 DNA, 이 실험에 선뜻 참여하겠다고 나선 그의 친구 몇 명의 인터뷰도 취합했죠. 제가 모은 정보를 바탕으로 〈불멸의 정신Immortal Spirit〉이라는 기업에서 일종의…… 어떻게 표현하면 좋을까…… 가브리엘의 정신의 〈복사본〉을 제작하게 된 겁니다. 하나의 컴퓨터 프로그램을 통해 요절한 작가의 생각을 재현해 낼 수 있게 됐죠. 저는 이 프로젝트를 GWV, 〈가브리엘 웰즈 버추얼Gabriel Wells Virtual〉이라고 명명했습니다. 백문이 불여일견일 테니 불멸의 정신 기술 책임자 실뱅 뒤로 씨에게 마이크를 넘기겠습니다.」

기자들의 시선과 카메라들의 렌즈가 티셔츠 차림에 두꺼운 안경을 낀 한 젊은이에게로 일제히 옮겨 간다. 그의 상의에 적힌 〈ALL YOU NEED IS WIFI〉라는 문구가 눈길을 끈다. 치아 교정기를 끼고 여드름이 울긋불긋한 앳된 모습의 청년은 패기가 넘친다.

「지구상에서 매일 15만 명이 죽습니다. 그들은 무엇을 남길까요? 추억은 희미해지다 사라지고 앨범 속 사진도 누렇게 바래 결국은 없어지죠. 우리가 가브리엘 웰즈를 대상으로 삼은 도전은 아직 실험적 단계이지만 앞으로는 보편화될 것입니다.」

「자, 어서 설명하게.」 빌랑브뢰즈가 성화를 부린다.

「작가 가브리엘 웰즈의 정신을 재현하는 인공 지능을

만들기 위해 우리는 로봇의 BOT에다 회사의 이니셜인 IS를 붙여 만든 BOTIS라는 이름의 정보 처리 소프트웨어를 사용했습니다. 우리 회사에서는 빌랑브뢰즈 대표에게 받은 막대한 양의 텍스트와 영상 및 음성 데이터를 바탕으로 가브리엘 웰즈의 3차원 얼굴과 어조, 말버릇, 특이점까지 그대로 구현한 목소리를 재현해 낼 수 있었습니다. 상세한 기술적 설명은 생략하겠습니다만, 어쨌든 우리는 관련 데이터를 모두 취합해 가브리엘 웰즈 버추얼을 만드는 데 성공했습니다.」

청년은 기자들이 받아 적는 동안 잠시 설명을 멈춘다.

「우리 소프트웨어에는 작가의 의도를 파악하는 시스템이 탑재돼 있습니다. 빌랑브뢰즈 대표의 요청을 받고 나서 기록적인 시간 내에 이 기술을 개발했습니다. 물론 미국과 한국, 러시아, 일본에도 유사한 경쟁 제품들이 존재합니다. 하지만, 자랑이 아니라 프랑스 기술은 단연 최고라고 자부할 수 있습니다. 이제 시연으로 넘어가죠.」

대형 스크린에 어느 모로 보나 가브리엘 웰즈와 꼭 닮은 3차원 얼굴이 등장한다. 두상(頭像)처럼 목 부분에서 매끈하게 잘린 얼굴이 마치 공중에 떠 있는 듯한 느낌을 준다. 콧구멍이 발름발름하고 눈은 주기적으로 깜빡이고 있으며 안면 근육의 미세한 떨림도 포착된다. 벌어졌다 닫히기를 반복하는 입술 사이로 치아와 잇몸, 움직이는 혀가 보인다.

갑자기 컴퓨터 스피커에서 소리가 울려 퍼진다.

「여러분, 안녕하세요.」

얼굴이 머리를 까딱하는 동작을 취한다.

「저는 불멸의 정신이 개발 제작한 GWV, 가브리엘 웰즈 버추얼입니다. 가브리엘 웰즈의 생각을 생생하게 재현할 수 있어 기쁘게 생각합니다. 그에 관해 제가 알고 있는 모든 것을 동원해 자연스러운 이야기가 가능합니다. 생각도 그와 똑같이 할 수 있죠. 누가 먼저 질문하시겠습니까?」

한 기자가 손을 번쩍 든다.

「우리가 뭐라고 부르는 게 좋을까요?」

「그냥 가브리엘이라고 불러 주세요. 그래야 편안히 대화가 이루어지죠. 그가 여러분 앞에 있다고 생각하시고 말씀하시면 됩니다.」

「그래요, 〈가브리엘〉, 당신은 자신이 죽었다는 사실을 알고 있나요?」

여기저기서 야유가 터져 나온다.

「물론이죠. 하지만 제 정신은 이 프로그램을 통해 살아남았습니다. 저의 모델이 예전에 썼듯이 〈현실과 가상을 구분할 수 없는 날이 올 것입니다. 그때가 되면 정신의 외형이 아니라 내용과 질적 수준만이 중요해질 것입니다.〉」

「그렇다면 〈가브리엘〉, 당신은 소설을 쓸 수 있어요?」

빌랑브뢰즈가 재빨리 마이크를 잡으며 선수를 친다.

「GWV는 현재 가브리엘 웰즈의 스타일대로 글 쓰는 방법을 습득하는 중입니다. 웰즈처럼 첫 문장에서부터 이야기를 깔고 숨겨진 기하학적 모델에 따라 서사의 뼈대를 세우고 몇몇 문장의 첫머리를 마치 수수께끼 같이 코딩하는 방법을 말이죠.」

빌랑브뢰즈가 잠시 숨을 고르고 나서 천천히 말끝을 잇는다.

「저는 GWV, 즉 가브리엘 웰즈 버추얼에게 GWO, 즉 〈가브리엘 웰즈 유기체Gabriel Wells Organic〉의 소설을, 원고가 폐기된 그 소설을 쓰게 할 작정입니다.」

「문제의 그 『천 살 인간』 말인가요?」

「맞습니다! 독자와의 만남만 남겨 두고 있던 그 걸작을 웰즈의 쌍둥이 형이 악의적으로 없애 버렸죠. 네, 기자 여러분, 저는 가브리엘 웰즈 버추얼이 집필을 마치는 대로 소설을 출간할 예정입니다.」

「책은 누구 이름으로 나오죠?」 좌중의 한 목소리가 묻는다.

「우리는 독자를 기만할 생각이 없습니다. 저자는 〈가브리엘 웰즈 버추얼〉로 표기될 것입니다.」

다시 장내가 수런수런한다.

「이 프로젝트를 통해 우리 빌랑브뢰즈는 첨단 기술에 앞서가는 현대적인 출판사임을 전 세계에 입증해 보일 것입니다. 네, 숨기지 않고 말씀드리죠. 가브리엘 웰즈 버추얼이 좋은 소설을 써내면 우리는 한발 더 나아갈 것입니다. 빅토르 위고 버추얼, 귀스타브 플로베르 버추얼이 집필한 소설을 계속 출판해 나갈 생각입니다. 까짓것, 호메로스 버추얼의 서사시라고 불가능하겠습니까? 우리는 작고한 작가들에게 작품 활동의 기회를 제공할 것입니다. 빌랑브뢰즈 출판사에서 그들을 소생시킬 겁니다.」

장내에 한동안 고요한 적막이 흐른다. 빌랑브뢰즈가 다시 말문을 연다.

「원대한 계획이라는 것을 모르지 않습니다. 하지만 미래는 과감히 도전하는 자들의 것이 아니겠습니까.」

여전히 회의적인 반응을 보이는 기자들 사이에서 적막을 깨고 박수 소리가 들려온다. 뤼시가 박수를 치고 있다. 빌랑브뢰즈가 그녀를 향해 고개를 까딱인다. 장내는 순식간에 박수 소리로 뒤덮인다.

「자, 제가 드릴 말씀은 여기까지입니다.」

빌랑브뢰즈가 이마의 땀을 훔치며 말한다.

「이제 기자 여러분께서는 우리가 준비해 놓은 노트북으로 돌아가시죠. 여러분 앞에 놓인 노트북에는 모두 가브리엘 웰즈 버추얼 프로그램이 깔려 있어 제가 가장 아끼는 작가와 동시에 인터뷰를 하실 수 있습니다.」

뤼시가 자리에서 일어나 빌랑브뢰즈에게 다가간다.

「ADVO, 즉 알렉상드르 드 빌랑브뢰즈 유기체와 직접

이야기 좀 할 수 있을까요? 혹시 그분을 대신하는 알렉상드르 드 빌랑브뢰즈 버추얼이 따로 있나요?」

「기자인가요?」

그녀가 신분증을 내민다.

「경찰입니다. 기자나 경찰이나 질문하는 건 매한가지죠.」

그가 희미하게 웃으면서 몸을 살짝 뒤로 뺀다.

「나한테 원하는 게 뭡니까?」

「당신을 가브리엘 웰즈 살인 사건의 용의자로 지목하고 있습니다.」

제대로 기선 제압을 했다는 생각에 이번엔 뤼시가 쾌재의 미소를 짓는다.

「제 사무실로 가서 조용히 이야기를 나누도록 하죠. 성함이……?」

「필리피니. 뤼시 필리피니 경위입니다.」

그가 구불구불 이어지는 비좁고 오래된 복도로 그녀를 안내한다. 뤼시가 그를 따라 들어간 곳은 추상화 여러 점이 벽에 걸려 있는 웅장한 현대식 사무실이다. 높이 쌓인 책 탑이 마치 주랑처럼 늘어서 있고, 책상 위에는 정장을 입은 남자의 초상화가 놓여 있다. 초상화 밑에 〈1909년, 창업자 실데리크 드 빌랑브뢰즈〉라는 표제가 적혀 있다.

「무슨 근거로 그가 살해됐다고 생각하는 겁니까?」

「부검을 통해 그가 특이한 독극물로 살해됐다는 사실이 밝혀졌어요. 구하기도 어렵고 따라서 당연히 고가의 독극물이죠. 최첨단을 꿈꾸는 사람이 사용할 법한 그런 종류의 독약.」

「대체 누가 그런 짓을……?」

「당신일지도 모르죠.」

「농담하는 거예요? 가브리엘을 만든 사람이 바로 나예요. 내가 없었다면 당신은 가브리엘이라는 이름도 들어보지 못했을 거예요. 처음 만났을 때 그는 실업 상태의 무명작가였죠. 그런 그를, 현실과 동떨어진 작가라며 우리 출판사 총서 편집자들이 반대하는 걸 무릅쓰고 내가 영입했어요.」

「이 사건으로 이득을 보는 사람이 누굴까요? 당신이 그를 만들었는지는 모르지만, 그를 통제하기가 갈수록 쉽지 않아졌죠. 웰즈가 당신이 해외 진출 노력을 하지 않는다고 경쟁 출판사로 옮겨가겠다는 위협을 했다는 소문이 있더군요. 당신은 자신의 피조물을 잃을지도 모르는 상황에 처했던 거예요. 그러니 당연히 그가 죽으면, 그래서 인공 지능 소프트웨어로 대체하면 여러모로 이득이라는 생각을 했을 수 있죠. 인세를 지급하지 않아도 되고 그의 작품에 대해 전적으로 통제권을 행사하게 될 테니까. 당신은 이미 그의 전 작품을 다시 판매하기 시작했어요. 『죽은 자들』은 벌써 베스트셀러 상위권에 올랐죠. 그의 죽음은 모든 면에서 당신한테 이득일 수밖에 없어요. 가브리엘 웰즈의 정신이 과거에 만든 모든 것의 주인이 될 뿐 아니라 그의 인공 지능이 미래에 생산하게 될 모든 것의 주인이 되는 셈이니까요.」

알렉상드르 드 빌랑브뢰즈가 자신의 컴퓨터를 켜더니 화면을 한참 응시한다. 순간 뤼시는 그가 자신의 이름을 검색했다고 생각해 당황하지만, 이렇다 할 정보를 발견한 것 같진 않아 이내 안도한다. 빌랑브뢰즈가 못마땅한 듯 입술을 실쭉거린다.

「가브리엘은 내 친구였어요. 그가 다른 출판사와 손을 잡아도 그 사실은 변하지 않았을 거예요. 우리는 단순한 작가와 편집자의 관계를 뛰어넘는 사이였어요. 내가 가브리엘 웰즈 버추얼 프로그램을 도입한 것은 지금으로서는 그만큼 독창적인 이야기를 들려줄 능력이 있는 다른 작가를 알지 못하기 때문이에요.」

「그는 당신의 결정에 동의했을까요?」

「흔쾌히.」

「당신이 그를 죽였나요?」

「아니! 결단코 아니에요.」

그녀가 그를 한참 매섭게 쳐다본다.

「그럼, 누굴까요? 당신 생각에는?」

「작가라는 직업은 질투를 유발하기 마련이에요. 내가 당신이라면 오컴의 면도날 법칙[1]에 따라 추리해 볼 겁니다. 사건의 수혜자가 누구일지 고민하는 대신 아주 단순한 것부터 짚어 보는 거죠. 웰즈를 죽이고 싶다고 공공연히 말한 자가 누구인지부터 확인해 보겠어요.」

「그게 누구죠……?」

「서로 미워하는 작가들이 많은 거야 널리 알려진 사실이지만, 팔리는 작가들과 팔리지 않는 작가들은 그야말로 견원지간이죠. 무아지는 비평가이기 전에 작가예요. 다른 비평가들을 발밑에 거느리고 여러 유력 언론 매체에 문학 칼럼을 쓰고 TV에 단골로 출연하며 각종 문학상의 심사 위원을 맡고 있어요. 업계의 거물이죠. 그런데 그의 소설은 잘 안 팔려요. 따분하고 현학적이며 긴 문장이 줄줄이 이어지거든. 사전을 들고 읽어야 할 정도로 난해한 어휘로 도배돼 있어요. 줄거리는 늘 똑같죠. 매 맞던 유년 시절 얘기(그의 아버지를 우연히 만난 적이 있는데 참 매력적인 분이더군요, 아들이 자신의 기억을 더럽히는 거짓말로 커리어를 쌓아 가니 무덤에서 마음이 편치 않으실 거예요)와 파리 정치인, 기자, 패거리 작가들과 벌이는 방탕한 술 파티 얘기를 지겹도록 우려먹죠.」

「그런 문학 역시 인정해 줘야 하지 않나요. 게다가 무아지는 권위 있는 문학상을 여러 번 받은 작가인걸요.」

---

1 영국 신학자였던 오컴의 윌리엄이 주장한 원리. 〈면도날로 잘라 내듯 필요 없는 가정을 다 잘라 내고 나서 남는 가장 단순한 것이 본질〉이라는 것이 핵심 내용이다. 이하 모든 주는 옮긴이의 주이다.

「심사 위원들이 심사 대상 작품의 작가와 출판사를 모르는 상태에서 오로지 작품만 읽고 수상작을 결정해야 인정할 수 있어요. 그렇지 않으면 짬짜미죠.」

「지나치게 엄격하시네요. 어쨌든 그 심사 위원들은 다 유명인이잖아요. 문단의 거물들이고.」

「자신은 똑똑한 사람들을 위한 똑똑한 문학을 하는 반면 웰즈는 멍청한 사람들을 위한 멍청한 문학을 한다고 무아지는 확신해요. 가브리엘의 책이 수천 권씩 팔릴 때마다 어퍼컷을 맞은 기분이었을 거예요. 그에 대한 증오심을 불태우며 밤잠을 이루지 못했을 거예요. 무아지가 웰즈에 대해 쓴 글을 읽어 봤어요? 그는 웰즈의 책이 출판되는 것 자체가 부끄러운 일이라고 썼어요. 웰즈의 독자들을 모욕하고 서점 주인들에게 그의 책을 보이콧하라고 했죠. 둘이 마지막으로 TV에 출연했을 때 무아지가 웰즈를 죽이겠다고 위협하는 장면이 전국에 방송됐어요.」

「당연히 웰즈도 그를 증오했겠군요?」

「작가와 비평가의 갈등은 어제오늘의 일이 아니에요. 가브리엘의 할아버지뻘 되는 에드몽 웰즈도 백과사전에서 이 점을 언급했죠. 난타전에 초연해지려고 무던히 애를 썼던 가브리엘도 그때 일로 상심이 컸어요. 대중 앞에서 대부분 책을 읽지도 않고 서평을 써대는 비평가들한테 그런 수모를 당하면 누군들 괜찮겠어요?」

알렉상드르 드 빌랑브뢰즈가 하던 말을 멈추고 뤼시를 빤히 쳐다본다.

「아까는 미처 몰랐는데, 가까이서 보니 훨씬 미인이군요.」

49

가브리엘과 이냐스 웰즈의 떠돌이 영혼은 몇 번의 시도 끝에 세르주 다를랑이 분명해 보이는 인물을 찾아내는 데 성공한다. 9년 전 사미 다우디의 얼굴이 전혀 남아 있지 않은 남자는 콧대가 낮아지고 두 뺨은 홀쭉하게 패었다. 예전에 없던 거무스름한 턱수염이 얼굴을 덮고 있다.

그는 운전대를 잡고 핸즈프리로 통화를 하면서 말끝마다 〈괜찮겠어요?〉를 붙인다. 성형 수술로 외모는 바뀌었지만 영혼이 담긴 목소리는 변함이 없다. 그는 여러 명의 여자와 연이어 통화를 한다. 그의 누나들이 분명하다. 파우스티나 스미스웰링턴이라는 여성의 집에서 저녁에 만나자는 약속을 하더니 그가 전화를 끊는다.

가브리엘과 이냐스는 집 주소를 알아내기 위해 그를 뒤쫓기로 결정한다.

세르주 다를랑의 차는 당페르로슈로 광장에 이르러

웅장한 사자상을 빙 둘러 지나간다.

「아이고, 할아비가 예전에 살던 동네구나.」 이냐스의 목소리가 갑자기 밝아진다.

멘 대로를 달리던 세르주 다를랑이 통브이수아르 거리로 방향을 꺾는다. 저승의 두 형사는 여전히 그의 뒤를 바짝 쫓고 있다. 별안간 하늘에서 귀를 찢는 소리가 들려온다.

「임자! 임자! 드디어 찾았네! 그동안 얼마나 찾아 헤맸는데.」

젊은 여자의 떠돌이 영혼이 그들을 가로막고 선다. 여자는 유행이 한참 지난 옷을 입고 있다. 가브리엘이 누군지 몰라 어정쩡하게 서서 건너다보는데 이냐스가 비명을 내지른다.

「마그달레나! 이런! 말도 안 돼!」

「오 내 사랑, 이렇게 기쁠 수가! 내가 얼마나 찾아다녔는지 당신이 어떻게 알겠어요!」

여자 심령체가 뽀뽀하는 시늉을 하며 입을 하트 모양으로 만들어 앞으로 내민다. 가브리엘은 그제야 그녀가 자신의 할머니라는 사실을 알아차린다. 30대 외모를 선택한 심령체는 할아버지와 비교가 안 될 만큼 젊어 보인다. 이냐스 웰즈가 몸을 홱 돌려 달아난다.

「어서 여길 떠야겠다!」

「사미를 쫓던 중이잖아요!」

「미안하지만 참는 것도 한계가 있어. 나는 네 할미가 환생했을 줄 알았지 아직까지 구천에 있는 줄은 몰랐어. 날 찾아냈으니 또 얼마나 괴롭히겠니.」

그들은 높이 날아올라 그녀와의 거리를 넓힌다. 하지만 뜻밖의 재회에 감격한 그녀는 빠른 속도로 그들을 뒤쫓기 시작한다.

「임자! 임자!」

「날 저렇게 부를 때마다 소름이 쫙 끼쳐!」

「거의 따라잡혔어요!」

「좋은 생각이 났어! 저 거머리를 따돌릴 방법이 떠올랐으니 날 따라오렴!」

이냐스 웰즈가 당페르로슈로 광장에 보이는 작고 누추한 초록색 집으로 손자를 이끈다. 카타콤 건물이다.

「여기서 뭘 어쩌시게요?」

「여기처럼 6백만 구의 시신이 모여 있는 곳에서는 네 할미를 따돌릴 수 있을지도 몰라. 파리를 통틀어 심령체 밀도가 가장 높은 곳이지.」

나선형 계단을 내려가자 카타콤 입구가 나온다. 석재 상인방에 적힌 〈멈춰라, 여기는 죽음의 제국이다〉라는 글귀가 시선을 끈다. 저승에서 손님을 맞기에 이만큼 제격인 문구가 또 있을까. 난생처음 와보는 이 죽음의 장소에서 가브리엘은 전혀 거부감을 느끼지 않는다. 두개골과 경골, 척골로 뒤덮인 벽들이 그에게 알 수 없는 안도감마

저 준다. 장식 띠처럼, 아라베스크 무늬처럼, 조화로운 기하학적 형체처럼 늘어서 있는 구멍 뚫린 두개골들이 인사를 건네는 듯하다. 늦은 시각인데도 배경 음악처럼 흐르고 있는 생상스의 「죽음의 무도」가 해골들의 풍경에 마법을 불어넣고 있다. 인류가 가진 많은 문제가 죽음의 공포로부터 비롯된 것이 아닐까. 죽음이 두렵지 않다고 주장하는 성직자들이 심약한 영혼들을 통제하기 위해 죽음의 공포를 조장하고 있는지도 모른다.

〈인간이 죽음에 초연해지면 교회의 권력은 힘을 잃게 되겠지. 그것을 잘 알기 때문에 그들은 몽매함을 부추기고 있는 거야.〉

잠시 생각에 잠긴 가브리엘의 앞에 떠돌이 영혼들이 떼를 지어 나타난다. 하나같이 루이 14세와 나폴레옹 3세 시대 사이의 의복 양식으로 보이는 옷을 걸치고 있다.

귀에 익은 목소리가 쩌렁쩌렁 울린다.

「여보, 돌아와요, 나예요, 마그달레나! 당신의 마그달레나! 사랑해요, 당신 곁에 있고 싶어요!」

이냐스가 못 들은 척 빽빽한 심령체 무리 속으로 들어가 애원한다. 「날 좀 숨겨 줘요. 쫓기고 있어요. 제발 부탁이에요.」 상황을 파악한 심령체들이 심심하던 차에 잘됐다 싶어 얼른 벽을 만들어 이냐스를 가려 준다. 투명한 모습의 심령체들은 당연히 여러 겹으로 에워싸야 어느 정도 불투명한 막을 형성해 이냐스를 보호해 줄 수 있다.

1킬로미터가 넘는 통로에는 다행히 수백만 명의 유령이 밀집해 있어 가브리엘에게 출퇴근 시간 지하철에 타 있는 효과를 제공해 준다.

　몸을 낮추고 숨어 있는 할아버지와 손자에게 느닷없이 한 혼령이 다가온다. 그의 얼굴을 확인하는 순간, 가브리엘은 혼이 나간다. 알츠하이머에 걸려 자신의 생김새를 기억하지 못하는 이 떠돌이 영혼의 얼굴은 요철 하나 없는 평면이다. 엉덩이처럼 매끈하네, 하고 가브리엘은 속으로 생각한다.

　「내가 누구였는지 말 좀 해줘요. 부탁이오.」얼굴 없는 남자가 간청한다.

　「미안하지만 나는 당신 시대 사람이 아니에요.」

　「누구 나한테 알려 줄 사람이 좀 없겠소?」

　「정말 미안하지만 우리가 지금 도망치느라 경황이 없어서…….」

　이런, 마그달레나가 그들을 발견하고 달려오고 있다.

　「제발 부탁이오. 내가 누군지 말해 주시오!」남자가 애원한다.

　「우리가 지금 너무 급해요. 좀 비켜 줘요.」이냐스가 보다 못해 나선다.

　「우리를 쫓아오는 혼령을 제지해 준다고 하면 누군지 얘기해 드리죠. 어때요?」가브리엘이 절충안을 제안한다.

　「그걸 알려 준다면 뭔들 못 해드리겠소.」남자의 목소

리에서 절박함이 느껴진다.

「당신은 철가면[2]이에요!」 가브리엘이 순간적으로 기지를 발휘한다.

남자는 자신의 평평한 얼굴에 잠수부의 마스크 같은 가면이 얹히는 상상을 하며 감격스러워한다. 그가 차분해진 목소리로 말한다.

「고맙소! 자신이 누군지 모른다는 공포를 당신들은 상상도 못 할 거요. 이제 내 육신이 지닌 사연에 대해 알아봐야겠소. 이제야 비로소 떠돌이 영혼인 내 존재가 의미를 갖게 됐어요. 그럼 내가 어떻게 보답하면 좋겠소?」

「우리를 뒤쫓아 오는 떠돌이 영혼을 막아 주시오. 우스꽝스럽게 머리를 틀어 올린 여자니까 쉽게 알아볼 수 있을 거요.」

순식간에 철가면으로 신분 상승한 사내가 고개를 끄덕인다. 그가 럭비 선수처럼 블로킹 자세를 취해 마그달레나를 막아 본다. 하지만 오래 버티지 못한다. 그녀는 재빨리 그를 지나쳐 돌진해 온다.

두 도망자는 심령체 밀도가 제일 높은 구역을 향해 달아난다. 이냐스는 옛 아내를 따돌리기 위해 지그재그를 그리며 날기 시작한다. 부지런히 할아버지를 뒤따라가는

---

2 프랑스 역사상 가장 유명하고 베일에 싸인 죄수 중 한 명. 1703년까지 수감되어 있다 사망했다. 철가면을 썼다고 알려진 그에 관해 수많은 소설과 영화가 만들어졌으나 밝혀진 것은 거의 없다.

와중에도 가브리엘은 박물관에 온 사람처럼 심령체들을 구경하면서 정중하게 인사를 건넨다. 그는 뒤따라 날아오는 여자를 막아 달라고 그들에게 수시로 제스처를 취한다.

이냐스는 그녀에게서 벗어나고 나서도 여전히 긴장을 풀지 않는다. 그는 카타콤 위로 솟구쳐 날아오르지 않고 측면 벽을 지나 지하철로 들어간다.

「아까 내 심정이 어땠는지 너는 상상도 못 할 거야. 저쪽 세상에서 평생 그녀를 견뎌야 했는데 〈이 세상〉에서까지 그래야 한다면 얼마나 끔찍하겠니!」

이냐스 웰즈가 공포에 사로잡혀 몸을 소스라뜨린다.

「결국 사미 다우디는 놓쳤어요.」

「꼭 그렇진 않아.」

이냐스가 의미심장하게 말한다.

「다시 찾을 방법을 알고 있단다. 아까 그가 파우스티나 스미스웰링턴이라는 흔하지 않은 이름을 입에 올리더구나. 그 주인공의 집이 어딘지 내가 알고 있단다. 어서 가자.」

50

조상들의 매장 풍속

오늘날 우리가 알고 있는 것과 같은 묘지의 형태는 비교적 최근에 갖추어졌다. 1800년까지만 해도 왕과 귀족, 장군, 사제 같은 유력 인사들만 죽어서 개인 묘지에 묻힐 수 있었다. 프랑스의 경우, 일반인들은 〈안식의 들판〉이라고 불리던 공동 묘혈에 묻혔다. 보통 너비가 10~30미터, 폭이 10~20미터, 깊이가 5~10미터에 달했던 이 거대한 구덩이에는 2만 구 정도의 시체를 묻을 수 있었다. 묘혈 인부들은 알몸 혹은 수의 차림의 시신들을 간격 없이 최대한 바짝 붙여 구덩이에 채워 넣었다. 한 층을 시체로 다 채우면 10센티미터가량 흙을 덮고 나서 다시 2층, 3층을 채우는 식으로 지표면까지 겹겹이 쌓아 올렸다. 이렇게 만들어진 〈시체 라자냐〉의 꼭대기에는 움직일 수 있는 뚜껑을 덮어 나중에 쉽게 새로운 시신을 추가할 수 있게 했다. 이 안식의 들판에는 악취가 진동했다. 비가 내리면 시체 더미들이 내뿜는 역겨운 수증기 때문에 숨을 쉴 수가 없었고, 묘혈 주변에 있는 집들에도 악취와 가스가 스며들었다. 이곳은 해골들과 썩어 가는 살들 사이에서 기하급수적으로 번식하는 쥐들의 놀이터로 변했다. 구덩이가 다 차면 그 안에 있던 시체들을 꺼내 도시 외곽에 위치한 더 크고 깊은 구덩이로 옮기고 나서 새로운 시체들을 채워 넣었다. 더러는 구덩이를 흙으로 덮은 다음 그 위에 바로 집을 짓기도 했다. 사람들은 지반 밑에 공동 묘혈이 있다는 사실을 인식조차 하지 않았다. 시체들을 지표면 위까지 언덕처럼 높이 쌓아 올려 삶의 자연스러운 순환에 처리를 맡기기도 했다. 당시 역사학자들의 기록을 보면 돼지들이 흙을 파서 시체를 끄집어내거나 개들이 해골 뼈다귀를 뒤지는 모습이 일상적인 풍경으로 묘사되어 있다. 비와, 땅속을 활개 치는 쥐들과, 부패하는 살들이 내뿜는 가스의 삼박자가 갖춰져 지반이 약해지면 붕괴 사고도 수시로 일어났다. 그러면 묘혈 위에 지어진 집들이 내려앉으면서 그 속에서 살고 있던 거주자들까지 해골들과 쥐들 사이로 끌고 내려갔다. 1786년 랭제리 거리에 있는 한 식당 지하실이 인근 공동 묘혈의 가스 팽창으로 폭발하고 난 뒤에야, 프랑스 의회는 보건 위생 차원에서 공동 묘혈들의 이전을 결정했다. 묘혈 속 시신들은 이렇게 해서 현재 파리 남단에 위치한 당페르로슈로 광장의 카타콤으로 이장됐다. 시신들은 이 때부터 사회 계층이 아니라 해골의 크기에 따라 카타콤에 분류돼 안치되었다.

에드몽 웰즈,

『상대적이고 절대적인 지식의 백과사전』제12권

51

뤼시는 집에 돌아오자마자 컴퓨터 앞에 앉는다. 「타르에 깃털 붙이기」 프로그램의 재생 버튼을 클릭하자 〈미래의 문학〉이라는 주제가 스크린을 꽉 채우며 웅장한 교향곡이 배경 음악으로 흘러나온다. 화면 위에서 책들이 춤추듯 움직이기 시작한다. 정장을 차려입은 초대 손님 세 명이 의자에 앉아 있다. 진행자가 첫 번째 작가에게 질문을 던지는 장면에서 벌써 지루해진 뤼시는 빨리 감기 버튼을 누른다. 가브리엘 웰즈가 걸어 나와 〈고문 의자〉에 자리를 잡는다. 영 불편해하는 기색이다. 흥이 난 진행자가 메모 카드를 만지작거리다 패널들 쪽으로 몸을 튼다.

「자, 이제 우리의 스나이퍼, 암살자 차례예요. 작가들을 벌벌 떨게 하는 남자, 장 무아지에게 마이크를 넘기죠. 장, 오늘 모신 게스트의 최신작을 읽은 감상이 어때요?」

「표지 빵점. 제목 빵점. 무엇보다 문체가 없어요. 저는 문체가 전부라고 생각해요, 그런데 그의 책에는 애당초 문체라는 게 존재하지 않죠. 웰즈는 내가 아는 최악의 작가예요, 우리 업계의 수치죠. 앞으로 책을 못 내게 만들어야 해요.」

「그의 독자가 얼마나 많은지 알고 하는 소리예요? 그는 특히 젊은 독자들, 문학이 다가가기 힘든 대중에게 어필하고 있어요…….」

「그의 독자가 많은 건 대중 전반이 좋은 문학에 대한 안목이 없기 때문이죠. 청년들이 그의 책을 좋아하는 건 교양이 없고 옥석을 가리는 눈이 없기 때문이에요.」

「웰즈의 책은 서점 주인들에게도 인기가 많아요.」

「이익에 눈이 어두워 타협하는 거죠. 그들은 미학이나 문체에 대해 신경을 안 쓰니까.」

「웰즈 씨, 당신 작품에 대한 무아지의 평가를 어떻게 생각하죠?」

「우선 고맙다고 말하고 싶어요. 무아지 씨가 제 작품을 미덥지 않게 여기는 게 도리어 저는 영광입니다. 따분한 책만 좋아하는 평론가가 제 책을 싫어한다는 건 은근히 기분 좋은 일이죠. 돌이켜 보면 그의 극찬을 받았던 책들은 우연처럼 모두 대중에게서 잊혔어요. 그의 공격을 받은 책들만 성공했죠. 무아지의 혹평을 받는 건 작가의 입장에선 왼발로 개똥을 밟는 것처럼 행운의 징표인 셈이죠.」

「아니, 어디서 감히?」 무아지의 얼굴이 붉으락푸르락
한다.

「다만 무아지 씨가 제 책을 읽어 보지도 않고 그런 견
해를 갖게 된 것 같아 안타깝네요. 조금 전에 책 표지와
제목을 언급한 건 그게 그가 제 책에 대해 아는 전부이기
때문이죠. 척 봐도 그의 앞에 놓여 있는 책은 펼친 흔적
조차 없어요. 그가 무엇을 근거로 제 문체에 대해 왈가왈
부하는지 모르겠군요.」

「나는 원래 책을 구기지 않고 읽어요. 웰즈, 당신은 지
금 논점을 흐리고 있어요. 이참에 내가, 동료 작가들이
차마 입 밖에 내지 못하는 얘기를 만인 앞에서 해주겠어
요. 당신은 형편없는 작가예요.」

「나는 당신의 호기심 부족을 지적하고 싶을 뿐이에요.
물론 내 책을 한번 펼쳐 보지도 않은 사람이 당신만은 아
니겠죠. 하지만 당신 같은 사람이 많다고 해서 옳다는 뜻
은 아니에요.」

「신간에 대한 정보를 제공하는 전문가 집단을 당신처
럼 싸잡아 문제 삼으면 독자들은 서점에서 어떤 기준으
로 책을 골라야 하죠?」

「일단, 저는 평론가 집단 전체를 매도하진 않아요. 훌
륭한 비평가들도 분명히 있죠. 그런데 독자들이 비평을
통해서만 책에 대한 정보를 얻을 수 있는 건 아니에요.
다른 채널도 얼마든지 있어요. 서점 주인들의 추천을 받

거나 입소문을 통해 알게 되기도 하죠. 아마추어 독서 애호가들이 운영하는 블로그나 교사들의 추천, 아이들에게 책을 읽히고 싶은 학부모들의 평가도 좋은 판단의 기준이 될 수 있어요.」

「어쨌든 이미 존재 이유를 입증한 시스템 전체를 그렇게 쉽게 부정하는 건…….」

「제가 인정하는 비평가는 단 하나뿐이에요. 바로 시간이죠. 작품에 진정한 가치를 부여하는 건 시간이에요. 고만고만한 작가들을 사라지게 하고 혁신적인 작가들만 영원히 살아남게 만드는 건 시간이라는 비평가가 지닌 힘이죠.」

고정 출연 패널의 편을 들고 싶은 진행자가 다시 포문을 연다.

「아까 당신 작품에는 문체가 없다는 무아지의 비판에 대해선 어떻게 반론할 건가요?」

「무아지가 좋아하는 문학은 근본적으로 화장술이나 다름없어요. 주름을 가리고 여드름을 덮기 위해 하는 화장이라는 말이죠. 우리는 보통 내용이 지닌 약점을 가리고 싶을 때 형식을 부각시키죠. 이런 비유를 들면 어떨까요. 문체는 음식으로 말하면 소스 같은 거예요. 혀의 돌기를 둔하게 만들어 고기 맛을 모르게 해야 할 때 소스를 왕창 쓰죠. 그것도 버터가 잔뜩 들어간 짜고 기름진 소스 말이에요. 하지만 제가 생각하는 고기 맛은 바로 줄거리에서 나와요. 줄거리가 좋으면 소스가 필요 없죠.」

무아지가 즉각 반격한다.

「마르그리트 뒤라스는 좋은 소설은 줄거리가 필요 없다고 했어요. 그게 바로 누보로망의 혁신이자 현대성이죠. 쓸데없는 핑계에 불과한 줄거리를 버리고 문체의 정교함에 집중하는 것. 두말할 필요 없는 얘기니 그만두죠. 설마 대작가 마르그리트 뒤라스를 반박하려는 건 아니겠죠!」

「그럼, 장, 당신 눈에 가브리엘 웰즈는 후세에 족적을 남길 만한 작가인가요?」진행자도 공세를 늦추지 않는다.

「웰즈는 〈한마디로〉 작가도 아니에요. 아무것도 아니죠. 그가 이런 방송에 출연하고 문단에 존재한다는 자체가 문제예요. 다수 대중의 마음을 얻기 위한 선동이 아니고 뭐겠어요. 시간이 유일한 비평가네 어쩌네 하는 건 오만이에요. 자기 책이 백 년 뒤에도 읽힐 거라고 생각하나 보죠? 아주 기고만장이군요. 미래 세대에게 어필하겠다는 건 그의 공상에 불과해요. 나는 고전만이 유일한 가치를 지닌 수준 있는 문학이라고 믿고 그것만을 옹호할 뿐이에요. 슈퍼마켓의 진열대를 채운 환상 문학, 영웅 판타지, SF, 추리, 스릴러, 공포 소설, 만화, 에로 소설, 이것들이 과연 문학입니까? 이것들은 상상의 소산이지 〈진짜〉 문학이 아니에요. 좋은 소설이라면 응당 지금 여기를, 현실과 현재를 말해야죠. 작가의 앎과 경험에서 나와야 좋은 소설이지, 환상의 결과물은 좋은 소설이 될 수 없어요.」

「웰즈, 당신 생각은 어떤가요?」 진행자가 히죽거리며 가브리엘을 쳐다본다.

「프랑스, 아니 파리에서 인기를 끄는 유일한 문학인 오토픽션은 문학으로 위장한 테라피에 불과해요. 자신의 유년기를 소설로 쓰는 작가는 아무것도 새로 만들어 내지 않고 그저 관찰한 걸 기록할 뿐이에요. 그의 부모나 그를 둘러싼 세계, 그의 삶에 등장하는 인물들은 그가 만들어 낸 게 아니에요. 그들은 자서전을 쓰고 있을 뿐이에요. 그런 사람들은 〈신〉을 공저자로 올려야 해요. 그들이 묘사하는 사람들과 풍경, 심지어 상황들까지 모두 신이 만든 거니까요.」

「무아지 같은 유명 비평가들이 한결같이 당신 작품에 거부감을 보이는 이유가 뭘까요?」

「그들은 자신들만의 가치를 가지고 평행 세계에서 살고 있어요. 그런 그들을 물론 존중하지만, 그들의 가치가 전부가 아니라는 걸 알아야 한다고 생각해요. 가령 말이죠, 고전 음악 비평가에게 록 음악을 듣게 해봐요. 당연히 록 음악은 스타일이 없고 단순하며 선동적이라고 느낄 거예요. 하지만 록 음악은 시간을 견디면서 살아남았고, 보다 열린 의식을 가진 젊은이들의 마음을 사로잡았어요.」

「웰즈, 당신은 고전 음악을 좋아하나요?」 진행자가 묻는다.

「물론 좋아해요. 하지만 록 음악도 즐기죠. 이 두 가지는 양립 불가능하지 않아요. 문학도 마찬가지죠. 저는 추리 소설도 읽지만 프루스트나 플로베르 같은 문장가들의 작품 〈역시〉 즐겨 읽어요. 그런데, 음악계에는 고전 음악과 록 음악을 다루는 매체가 따로 존재하는 반면 문학 매체들이 좋아하는 책은 모두 천편일률적이에요. 참으로 놀라운 일이죠. 마치 동시에 같은 풀을 뜯어 먹는 양들 같아요. 그 피해는 고스란히 독자들 몫이죠. 독자들은 얼마든지 새로움과 다양성을 원하는데 정보를 얻을 방법이 없어요. 새로운 길을 개척하는 사람들이 있다는 사실조차 모르게 되는 거죠. 우리가 지켜야 하는 건 바로 문학의 다양성이에요. 그 자체로 나쁜 문학 장르가 있는 게 아니라, 장르마다 좋은 책과 나쁜 책이 따로 있을 뿐이에요.」

「당신 소설이 슈퍼마켓에서 판매되는 것에 대해선 어떻게 생각하나요?」

「내 책의 유통 방식은 내가 결정하는 게 아니에요. 나는 작가들의 목표는 전체 독자 수를 최대한 늘리는 것, 이것 한 가지가 되어야 한다고 믿어요.」

「아까 무아지가 당신한테는 작가라는 타이틀도 아깝다고 했는데, 그건 어떻게 생각하죠?」

「저는 무아지를 적이라고 생각하지 않아요. 철저히 수동적으로 이야기를 소비하게 만드는 미국 드라마와 영화, 비디오 게임, TV의 매력 공세, 이것들이 제 적이죠. 소설은 독자에게 자기만의 이미지를 창조해 한 편의 영화를 만들 수 있게 해줘요. 무아지 역시 작가다 보니 분명히 나를 경쟁자로 여길 거예요. 하지만 태양은 우리 모두의 머리를 고루 비추고 있어요. 같은 작가로서 우리는 서로에게 독자를 빼앗아 오는 경쟁자가 아니라는 뜻이에요. 한 번 더 말하지만, 작가인 우리의 목표는 더 많은 사람들이 책을 읽게 만드는 것, 이것뿐이에요. 책 읽는 사람이 많아질수록 똑똑한 사람도 많아지겠죠.」

「혹세무민하지 말아요!」 무아지가 발악하듯 소리친다. 「웰즈가 말하는 〈독자의 확대〉는 내가 보기엔 〈하향 평준화〉의 다른 이름이에요. 무조건 책을 옹호하는 게 아니라 독자들이 수준 있는 문학을 소비하게 유도하는 게 작가의 책무라는 말입니다! 웰즈는 하위 문학의 기수일 뿐이에요.」

「당신이 믿는 좋은 문학의 고결함을 지키려다 당신 손으로 그걸 무덤에 묻어 버리는 꼴이 날 수도 있다는 걸 알아야죠.」 가브리엘이 반박한다.

「웰즈, 당신은 글 전문가가 아니야, 솔깃한 주제들 덕에 운 좋게 살아남은 아마추어지. 당신과 달리 난 20세기 문학 박사 학위 소지자야. 이 자리에서 솔직히 고백하시지, 당신은 학위도 없잖아.」

「맞아요. 난 도리어 그게 자랑스러워요. 타이타닉은 공부를 한 엔지니어들이 건조했지만 노아의 방주는 독학자가 만들었어요. 그런데 뭐가 침몰하고 뭐가 대홍수를 견뎠는지는 모두가 잘 알죠.」

여기저기서 키득거리는 소리가 들리자 열 받은 무아지가 테이블을 주먹으로 내리치며 벌떡 일어난다. 그가 검지로 희생양을 가리키면서 또박또박 말한다.

「난 당신이 하루빨리 죽길 바라, 웰즈. 당신이라는 거추장스러운 존재가 문단에서 사라졌으면 좋겠어.」

「반대로 나는 당신이 행복하길 바라요. 그래야 동료 작가들을 밟고 올라서려는 생각이 덜 들 테니까.」

「나는 좋은 문학을 수호하는 걸 사명으로 여기는 사람이야. 그래서 언젠가 당신을 완전히 제거할 날을 꿈꾸지. 마지막으로 한마디만 덧붙이겠어. 좋은 SF 작가는 죽은 작가야. 그러면 상상의 세계에 가볼 수라도 있을 테니까.」

진행자가 목을 뒤로 젖히며 깔깔거리자 방청석에서도 박장대소가 터진다. 카메라가 마지막 응수를 기대하며 가브리엘 웰즈 쪽으로 방향을 튼다. 하지만 그는 전의를 상실한 듯 입을 굳게 다물고 있다. 방어벽이 무너져 내린 사람처럼 상처 입은 얼굴을 하고 있다.

진행자는 여전히 흥이 나서 다른 책들을 소개한다. 가브리엘은 얼른 그 자리를 모면하고 싶은 사람처럼 보인다. 뤼시는 좌불안석하는 그의 모습이 안쓰러워 컴퓨터를 끈다. 비평가들과 작가들이 이처럼 반목한다는 사실도, 비평가들이 작가들과 경쟁할 수 있다는 사실도 그녀는 오늘 처음 알게 됐다. 결국 피겨 스케이팅 대회에서 심판이 선수와 같은 무대에서 경쟁을 벌이는 꼴이 아닌가. 그렇다면 공정하지 못한 것 아닌가.

그녀는 무아지와 대면하기로 결심하고 인터넷에서 그의 책을 내는 출판사의 연락처를 찾아 전화를 건다.

52

짙은 화장을 하고 앞가슴에 빼곡히 액세서리를 늘어
뜨린 살집 두둑한 여성이 사미와 누이들을 맞는다. 그들
은 안으로 들어가 외투를 벗고 어수선한 인테리어의 방
에 자리를 잡는다. 박제 부엉이 한 마리가 천장에서 그들
을 내려다보고 있다. 성모상과 살찐 부처상, 창을 들고
용을 무찌르는 성 미카엘 천사상이 그들을 포위하듯 에
워싸고 있다. 사냥의 여신 다이아나와 이집트 여신 이시
스를 그린 회화 작품 두 점이 벽에 걸려 있다. 조명이라
곤 줄을 맞춰 나란히 타고 있는 1백여 개의 붉은색 촛불
이 전부다. 그들 앞에 둥근 테이블이 하나 놓여 있다.

사미의 누나 한 명이 조심스럽게 말을 꺼낸다.

「생전 처음 해보는 경험이에요.」

「둥그렇게 둘러앉아 옆 사람과 손끝이 닿게 팔을 벌려
요. 그분이 오면 겁먹지 말아요. 그리고 손이 떨어지면
안 돼요. 절대 연결이 끊기면 안 돼요.」

파우스티나 스미스웰링턴이 굵은 초에 불을 붙이고 나서 말한다.

「지금부터 당신들 어머니를 소환할게요. 성함이 어떻게 되시죠?」

「무니아예요.」

「무니아, 당신의 영혼을 소환합니다. 다음의 규칙에 따라 우리와 소통하기로 해요. 예, 하고 말할 때는 테이블을 한 번, 아니요, 하고 말할 때는 테이블을 두 번 들어요. 무니아, 와 있어요?」

아무 일도 일어나지 않는다. 모두 조바심을 내며 긴장한다.

「매번 되진 않으니까 조금 더 기다려 봐요. 어머니가 먼 구천에 계셔서 오는 데 시간이 걸릴지도 몰라요.」 파우스티나가 그들을 안심시키며 다시 한번 영혼에게 말을 걸어 본다. 「무니아, 당신 자식들이 와 있어요. 당신과 이야기하고 싶다는군요.」

상대는 여전히 묵묵부답이다.

「무니아, 당신의 영혼을 소환할 테니 와서 우리와 함께 얘기를 나눠요. 가능하면 당신의 존재를 드러내 줘요. 무니아, 와 있어요?」

적막이 감돌던 중에 촛불이 하나둘씩 꺼지기 시작한다.

그러더니 테이블이 붕 떠올라 공중에 머문다.

「엄마!」 감격한 사미의 누이 하나가 소리친다.

「원이 끊어지면 안 돼요!」 영매가 주의를 준다.

떠 있던 원탁의 다리 네 개가 바닥에 닿으며 쿵 소리를 낸다. 가브리엘의 비물질적 감각으로는 믿기 힘든 일이 벌어지고 있다.

「대체 영혼이 어디 있다는 거야?」

「여길 봐라.」

이냐스가 테이블을 통과해 내려가 파우스티나가 발로 움직이는 페달을 보여 준다. 그녀가 유압 실린더에 연결된 페달을 밟아 마음대로 테이블을 올렸다 내렸다 하고 있다.

「지난번에 뤼시가 영매의 95퍼센트는 사기꾼이라고 말하지 않았니. 놀랍게도 저렇게 쉽게 속아 넘어가는구나.」

「뤼시를 다시 만나면 사미가 얼마나 행복해할까요. 진정한 영매는 어떤 사람인지도 알게 되겠죠.」

「엄마…… 엄마…… 정말 엄마 맞아요?」

테이블이 한 번 들렸다 내려온다.

「자, 이제 물어봐요. 그분이 당신들 얘기를 듣고 있으니까.」

「엄마가 계신 곳이 고통스러운가요?」

누이 하나가 묻자 테이블이 올라갔다 내려오기를 반복한다.

「거기서 잘 지내세요?」

이번에는 테이블이 한 번 움직인다.

「엄마, 소니아한테 사랑하는 사람이 생겨서 엄마한테 물어보려고 왔어요. 우리가 보기엔 어울리지 않는데 소니아가 고집을 피워요. 엄마 의견을 듣고 나서 결정하려고요. 계속 사귀라고 해도 돼요?」

테이블이 두 번 요동을 친다.

「남자가 앓는 병 때문에 그래요?」 누이가 묻는다.

테이블이 다시 두 번 들렸다 떨어진다.

「나쁜 생활 습관 때문에요?」

테이블이 한 번 들썩인다.

사미의 누나들과 영매의 유압식 페달 사이에 대화가 오가는 동안 엄마의 허락을 받으러 온 누이는 속이 바짝바짝 타들어 간다.

가브리엘은 사미한테서 눈을 떼지 못한다.

〈뤼시 같은 멋진 여자에게 이토록 사랑받는 저 남자는 얼마나 운이 좋은가!〉

상황을 관망만 하고 있는 사미 역시 돌아가신 어머니와 사랑에 목마른 누이들 간의 대화에 적잖이 감격한 모습이다. 누이들이 돌아가면서 엄마에게 애인에 관한 조언을 구한다.

「뤼시의 전 애인이 제대로 농락당한 것 같구나.」 이냐스가 한마디 던진다.

「네, 조금도 의심하지 않는 것 같아요.」

「해리 후디니가 벌써 다 파악하고 말하지 않았니. 고객들의 순진함을 악용하는 사기꾼 영매들이 이 시장을 점령했다고. 그런 가짜 영매들이 세상을 떠난 사랑하는 이들과 소통하고 싶어 하는 인간의 보편적 욕구를 채워 주고 있다고. 최근의 한 여론 조사를 보니 지구상에 사는 80억 명 중 60억 명이 죽은 자와 이야기하는 게 가능하다고 믿는다더라. 50억 명이 테이블 터닝이나 이와 유사한 경험을 한 적이 있다고 밝혔어. 30억 명은 자신들을 천사나 악마, 유령 같은 존재와 연결해 주는 영매와 주기적으로 접촉하고 있다는 거야.」

「사람들이 사후 세계의 신비에 그토록 매료돼 있는 줄은 몰랐어요.」

「네가 『죽은 자들』에 썼잖니. 인류의 90퍼센트가 종교를 믿거나 미신을 믿는다고.」

「소설에 썼다고 다 확신하진 않아요. 제가 의심하는 사람이란 걸 할아버지도 아시잖아요. 어쨌든 우리의 나중 일에 관심을 갖지 않는 건 몰지각한 행태라고 쓴 건 사실이에요.」

「네 입장이 뭔지 나는 아직도 정확히 모르겠구나.」

「저는 호기심에 이끌리는 탐험가예요. 죽고 나서 우리한테 어떤 일이 벌어지는지 알고 싶어 하는 건 당연한 호기심 아닌가요?」

다섯 남매와 영매를 계속 지켜보던 가브리엘이 말한다.

「어쨌든 사미와 그의 누이들은 좋은 사람들 같아요. 솔직히 처음에는 사미의 행실이 의심스럽기도 했어요. 그런데 세르주 다를랑으로 개명한 모습을 눈으로 확인하니까 걱정했던 사기꾼 같지는 않아요. 운이 나빠 부도덕한 사장 대신 죄를 뒤집어쓴 회계 담당자일 뿐인 것 같아요.」

「그래도 어떻게 도망을 칠 수가 있어…….」

「살기 위해 달아났겠죠. 지금 보니 그저 사랑하는 어머니와의 대화를 갈구하는 평범한 아들인걸요…….」

「이제 어떻게 할까?」

「우리가 선택할 일이 아니에요. 뤼시와의 약속대로 해야죠. 우리의 역할은 끊긴 러브 스토리를 다시 이어 주는 것뿐이에요. 심령회를 끝까지 지켜본 다음 사미의 뒤를 밟아 주소를 알아내야죠. 그다음 결정은 뤼시의 몫이에요.」

그들 밑에서 사랑하는 남자를 포기할 수밖에 없는 사미의 누이가 울음을 터뜨린다. 하지만 그녀는 끝까지 다른 사람들과 손끝을 맞대고 있다.

이 모든 것은 자신의 뜻이 아니라 보이지 않는 세계의 뜻이며 자신은 그저 하찮은 저승의 종복일 뿐이라는 듯, 파우스티나 스미스웰링턴이 비장한 표정을 짓는다.

53

  뤼시는 무아지의 편집자에게 받은 주소를 찾아가 초
인종을 누른다. 코메디 프랑세즈가 마주 보이는 파리의
한 고급 아파트에서 한창 파티가 벌어지고 있다. 뤼시는
외모와 드레스 덕에 경찰 배지를 내밀 필요도 없이 출입
문을 무사통과한다. 그녀를 아래위로 슥 훑어본 다음 두
말없이 정중히 안으로 안내하는 정복 차림의 하인을 따
라 들어가자 운동장 같은 거실이 나온다. 우아한 외모의
깡마른 젊은 여성들이 여기저기 눈에 띈다. 주변에서 치
근거리는 남자들은 하나같이 배가 불룩하고 나이가 지긋
해 보인다. 스무 명가량의 웨이터가 소리 없이 움직이며
샴페인을 따르거나 접시에 캐비아를 덜어 주면서 시중을
들고 있다. 무아지의 편집자한테서 자본주의에 극렬히
반대하는 극좌 정치인의 집이라는 설명을 듣고 온 터라
뤼시는 눈앞의 풍경이 이상하기만 하다. 서민들의 피를
빨아먹는 은행을 성토하고 최상위 부자의 소득에 1백 퍼

센트 과세하자며 핏대를 세우던 집주인의 모습이 그녀의 눈에 겹쳐 지나간다. 그의 정치적 신념을 확인시켜 주는 것은 벽에 촘촘히 걸려 있는 스탈린과 체 게바라, 피델 카스트로, 마오쩌둥, 우고 차베스, 폴 포트의 초상화뿐이다.

뤼시는 자신에게 집요한 눈길을 던지는 한 남자 손님에게 다가간다.

「장 무아지를 찾고 있는데요.」

「무아지요? 테라스에 있을 거예요.」

계단을 통해 2층으로 올라가자 파리 야경이 한눈에 들어오는, 족히 150평은 넘을 듯한 테라스가 펼쳐진다. 스피커에서는 라틴 아메리카 혁명가가 쾅쾅 울려 퍼지고 군데군데 놓인 소파에서 1백여 명 정도가 담소를 나누고 있다. 뤼시가 얼굴을 알 만한 (주로 극좌로 알려진) 유명 배우와 기자, 언론에 자주 등장하는 유명 변호사와 가수의 모습이 보인다. 샴페인을 마시며 시가를 피우는 남자들 사이에 아래층에서 마주친 여자들보다 훨씬 앳돼 보이는 여자들이 섞여 있다. 미성년자일지도 모른다고 의심하던 뤼시는 자신이 위법을 따지러 온 게 아니라는 사실을 떠올리고는 사람들에게 다시 무아지의 소재를 묻는다. 한참 만에 뚱뚱한 남자 하나가 그녀에게 귀띔해 준다.

「무아지가 안 보이면 둘 중 하나예요. 화장실에서 여자랑 그 짓거리를 하거나 저런 화분들 뒤에서 코카인을 빨거나.」

　남자가 가리키는 방향으로 걸어가자 그가 예상한 대로 1백 유로짜리 지폐를 돌돌 말아 흰 가루를 흡입하고 있는 유명 비평가의 모습이 보인다. 반나체의 젊은 여자가 그의 무릎에 걸터앉아 있다.

　「얘기 좀 할 수 있을까요, 무아지 씨?」

　그녀가 경찰 배지를 내밀자 그가 마치 경주마를 고르듯 그녀를 머리끝에서 발끝까지 천천히 훑어보기 시작한다. 그가 뤼시의 가슴에서 다리로 시선을 내리더니 어깨를 으쓱 추어올리면서 무릎에 앉아 있던 여자를 밀어낸다.

　뤼시가 앞에 자리를 잡고 앉자 그가 샴페인을 한 잔 따라 단숨에 들이켠다.

　「저희는 지금 가브리엘 웰즈 살해 사건을 수사 중입니다. 그가 죽기 전날 당신이 TV에서 공개적으로 살해 협박을 했더군요.」

　「또 그놈의 웰즈! 그 인간은 죽어서까지 날 괴롭히는군! 젠장!」

　「당신이 그를 죽였어요?」

　「아니. 하지만 그가 죽어서 얼마나 좋은지 모르겠어요. 살인자를 만나면 목에 메달이라도 걸어 주고 싶은 심정이니까.」

　그가 샴페인을 한 잔 더 따른다. 뤼시에게는 권하지도

않고 이죽이죽 웃음을 흘리며 잔을 치켜든다.

「당신은 그게 누구라고 생각하죠?」

무아지가 시적 영감을 찾는 사람처럼 생각에 잠긴다.

「꼭 듣고 싶어요? 곰곰이 생각해 보니까 누가 죽였는지 알 것 같은데.」

그가 순간 흥분해서 숨을 거칠게 들이마신다.

「말해 봐요.」

「그 자신이에요. 불현듯 스스로의 가치를 깨닫는 순간, 자기 글이 너무 한심하고 자기가 별 볼 일 없는 작가라는 자각이 왔겠지. 그 깨달음이 그를 무너뜨린 거야.」

「혈액 분석 결과는 독살이에요.」

「불가능하진 않죠. 스스로 생을 마감하기 위한 가장 효과적인 독극물을, 범죄학 전공자인 그보다 더 잘 알 사람이 있을까요? 그래, 확실해, 그는 자기 자신을 혐오하게 됐을 거야. 거울을 들여다보면서 사기는 이 정도면 됐다, 진정한 작가들에게 자리를 내줄 때가 왔다고 생각했을 테죠. 그가 한 생각 중에 유일하게 괜찮은 생각이군.」

손님들이 그에게 인사를 건네러 다가온다.

「어머! 장! 지난번 TV에 나왔을 때 진짜 멋지더군요.」

번쩍거리는 보석 목걸이와 팔찌로 치장한 40대 여자가 말한다.

「가브리엘 웰즈를 아주 바보로 만들었어요. 당신 같은 분이 우리 주변을 떠도는 하찮은 문학으로부터 품격 높은 문학을 지켜 줘야죠. 사인 좀 해주시겠어요? 당신 책에 끼워 두려고요. 한 권도 빠짐없이 다 가지고 있답니다.」

그가 여자를 아래위로 훑어보면서 어떤 제스처를 취할지 잠시 망설인다. 그는 보톡스로 얼굴을 팽팽하게 편 그녀의 손에 들린 종이를 낚아채 자기 이름을 휘갈긴다.

또 다른 여자가 다가와 헤픈 칭찬을 늘어놓더니 똑같은 요구를 한다.

「자, 그러니까 웰즈는 자살이에요.」 비평가가 뤼시를 건너다보며 쐐기를 박는다. 「이 방향으로 수사를 하다 보면 내 말이 황당무계한 게 아니라는 걸 알게 될 거예요.」

이때, 「타르에 깃털 붙이기」의 진행자가 반색하며 다가온다.

「장, 여기저기 찾아다녔잖아! 다음 방송 얘기 좀 하자. 뒤티유가 출연할 예정인데, 이번에는 침이 마르도록 칭송을 좀 해줘, 알았어? 내가 개인적으로 도움받을 일이 있어서 그래.」

장 무아지가 뤼시를 향해 몸을 튼다.

「내가 할 말은 다 했어요. 가서 손님들을 챙겨야겠어요.」

무아지와 친근하게 말을 주고받던 진행자가 인사 한 마디 없이 따갑게 뤼시를 쳐다보기만 한다. 그녀는 상대방의 시선과 침묵이 거북스럽게 느껴져 견딜 수가 없다. 무수한 시선들이 그녀의 몸에 와 꽂힌다. 눈빛만으로 몸이 더럽혀지는 느낌. 사방에서 웃음들이 날아온다. 억지스러운 웃음, 키득거림, 응원을 가장한 야유. 뤼시가 출구로 걸어가자 웨이터가 다가와 샴페인 잔을 건넨다. 그녀는 정중히 거절한다. 또 다른 웨이터가 내미는 쿠키를 물리치고 그녀는 문을 향해 쫓기듯 걸어간다. 처음으로 웰즈의 사건이 미제로 남을지도 모른다는 불안감을 느끼며 그녀는 차에 오른다. 센 강변을 달리며 에펠탑의 불빛을 받아 밤마다 아름답게 변하는 도시의 모습을 응시한다.

「그래, 오늘은 어땠어요?」 가브리엘이 느닷없이 나타나 묻는다.

「마지막 용의자를 만나고 오는 길이에요.」

「*말해 봐요.*」

「무아지 말인데, 뼛속 깊이 증오가 사무쳐 있더군요. 어떻게 그럴 수 있는지 궁금할 정도예요. 하지만 빈 수레가 요란하다고 할까. 말로는 수없이 죽여도, 행동에 옮길 사람 같진 않았어요. 당신이 죽으면 좋겠다고 공개적으로 떠들어 대면서 괜히 폼을 잡은 것 같아요.」

「*그럼 용의자 중에 누가 행동에 옮겼을 가능성이 가장 높을까요?*」

그녀가 골똘히 생각하더니 입을 연다.

「당신 형. 두 사람 사이를 정확히는 모르지만 애증의 관계였던 건 분명해요. 그게 행동을 촉발했을 수 있어요.

더군다나 당신 형은 용의자 중 유일하게 과학적 지식이 있는 사람이에요. 복잡한 화학 물질을 잘 다룰 수 있는.」

「아무리 그래도 형이 나를 독살했다는 건 도저히 상상이 안 돼요…….」

「당신은 어때요? 사미에 대한 수사는 어떻게 돼가요?」

「임무 완수했어요.」

「뭐라고요?」

「그를 찾았다고요!」

순간 동공이 커지면서 뤼시가 급히 브레이크를 밟는다. 뒤따라오던 차들이 도로 한복판에 멈춰 선 그녀의 차를 아슬아슬하게 비켜 지나가면서 경적을 울리고 삿대질을 해댄다.

가브리엘이 그녀의 귀에 대고 사미의 주소를 알려 준다.

54

마이크로 페니스의 법칙

비평가와 작가의 반목은 어제오늘의 일이 아니다. 볼테르는 셰익스피어의 「햄릿」 공연을 관람하고 나서 〈술주정뱅이가 쓴 저속하고 야만적인 작품〉이라고 혹평했다.

『피가로』의 한 비평가는 『마담 보바리』에 대해 〈플로베르는 작가라고 부르기 민망하다〉라는 평을 했다.

레프 톨스토이가 『안나 카레니나』를 출간했을 때, 『오데사 쿠리에』의 평론가는 〈아이디어가 들어 있는 문장을 하나라도 찾기 위해〉 애를 썼다고 술회했다.

『샌프란시스코 이그재미너』 소속 비평가는 러디어드 키플링의 『정글 북』에 대해 〈키플링 씨, 미안하지만 당신은 영어를 정확하게 말할 줄조차 모르는군요〉라고 조롱했다.

에밀리 브론테의 『폭풍의 언덕』이 출간되자 『노스 브리티시 리뷰』에는 〈이 소설은 샬럿 브론테의 『제인 에

어』보다도 결점이 천배는 많은데, 독자가 별로 없을 것 같아 그나마 위안이 된다〉라는 악평이 실렸다.

안네 프랑크의 『안네의 일기』를 두고 한 기자는 〈이 소녀의 책에는 전혀 지각이나 감수성을 엿볼 만한 내용이 없어, 단순한 호기심 말고는 흥미를 느낄 수 없다〉라고 썼다.

이렇게 가혹한 비평을 받아도 대부분의 작가들은 반응을 보이지 않지만, 『쥬라기 공원』으로 유명한 마이클 크라이턴은 예외였다. 그가 쓴 소설 『공포의 제국』이 『뉴 리퍼블릭』 소속 마이클 크롤리 기자의 혹평을 받은 적이 있다. 기자는 무지한 사람이 쓴 반지성적 프로파간다라며 소설을 맹비난했다. 이듬해, 크라이턴은 믹 크롤리라는 이름을 가진 왜소 음경증 소아 성애자를 주인공으로 등장시킨 소설 『넥스트』를 발표했다. 워싱턴에 살고 있는 기자로 묘사된 주인공은 이름만 살짝 바뀌었을 뿐, 나이와 외모가 평론가 마이클 크롤리를 그대로 연상시켰다. 이 일화로 인해 〈마이크로 페니스의 법칙〉이 만들어졌다. 특정 언론 매체나 평론가로부터 모욕을 당한 작가가 손해 배상을 청구하거나 반론 보도 청구권을 요구하는 대신 다른 방식으로 역공에 나서는 것이다. 작가는 기자가 아니기 때문에 기사를 통한 반론이 불가능하지만, 해당 평론가의 인물 됨됨이를 고스란히 드러내는 등장인물을 창조해 자신의 소설에 넣을 수가 있다. 저마다의 무기가 있는 법이다…….

에드몽 웰즈,
『상대적이고 절대적인 지식의 백과사전』제12권

55

두 연인이 마침내 재회한다. 눈꺼풀이 파들파들하고 심장이 달음박질친다.

사미는 감격으로 몸을 떨고 있다.

뤼시는 많은 변형을 거친 애인의 얼굴에서 익숙한 눈빛을 발견하고는 오열한다. 그들은 힘껏 서로를 끌어안는다.

「당신 맞아요?」 그녀가 믿을 수 없다는 듯 재차 확인한다.

「아! 내 사랑!」

그들은 말을 잇지 못한 채 눈물만 떨군다. 사미가 한참 만에 말을 뗀다.

「당신을 다시 만나 얼마나 기쁜지 몰라요!」

「그게…… 그게…… 나는요!」 아직 진정되지 않은 뤼시가 말을 더듬거린다.

사미가 뤼시를 집 안으로 들여 소파에 앉히고 나서 손

을 꼭 잡는다.

「이 순간을 얼마나 기다렸는지!」

「당신을 얼마나 찾아다녔는지 몰라요. 이제야 소원을 풀었어요!」

「하느님, 감사합니다! 드디어 당신이 내 앞에 있군요. 하나도 변하지 않았어요, 뤼시!」

그를 뚫어지게 쳐다보던 그녀가 입 안에 맴돌던 말을 꺼낸다.

「왜 사라졌어요, 사미?」

「우리 사장은 사기꾼이었어요. 세무 조사를 피하려고 나한테 여러 차례 회계를 허위 조작하게 하고, 마약까지 숨기게 했죠. 하지만 나는 일자리를 잃을 게 두려워 모르는 척하고 요구에 응했어요. 내가 당신한테 도움을 청했던 날, 그가 압수 수색에 대비해 우리 집에 있던 가방을 다른 곳으로 옮기라고 하더군요. 그러고 나서 그는 해외로 달아났죠. 그에게 불리한 증언을 하기 전에 청부업자를 보내 나를 제거하려 할지도 모른다고 회사 동료가 경고하더군요. 당신한테 사정을 설명할까 하다가 도청당할 위험도 있고 괜히 당신을 그 일에 끌어들이게 될까 봐 포기했어요. 그래서 내 휴대폰을 폐기하고 당신한테 연락도 하지 않았죠. 그런데 경찰에서 감시 카메라를 확인해 내 동선을 역추적하는 과정에서 당신 집의 존재가 알려졌어요. 그래서 당신 집에 들이닥쳐 압수 수색을 벌이게 된 거죠. 내 사랑, 그 일을 두고두고 후회하고 있어요!」

뤼시가 그를 다시 힘껏 끌어안는다.

「파리를 떠나 스위스 제네바로 달아났어요. 한 클리닉에서 얼굴을 바꾸고 개명했죠. 그런 다음 위조 여권을 구했어요.」

그가 다정하게 그녀의 머리를 쓸어 주고 나서 말을 이어 간다.

「우리 누이들조차 그런 사실을 몰랐어요. 1년 뒤 사건이 잠잠해지고 나서 다시 파리로 돌아와 즉시 당신에게 연락했는데, 전화번호가 이미 없어졌더군요. 수소문한 끝에 당신이 렌 교도소에 수감됐다는 사실을 알았어요. 면회를 가고 싶었지만 섣불리 만났다가 교도소마다 있는 마피아의 수하들을 통해 정체가 탄로 날까 봐 포기했어요. 이해해 줘요! 당신한테 고통을 줄까 봐 겁이 났어요……. 그렇게 시간이 가더군요, 몇 달 그리고 몇 년이…….」

「출소하던 날에 왜 오지 않았어요?」

「가긴 갔어요. 늦게 도착해 얼굴을 보지 못한 것뿐이에요. 그때 당신한테 해를 끼칠 수 있는 일은 다시는 하지 말자고 다짐했죠. 이미 충분히 고통을 줬으니까. 그걸 뼈아프게 후회하니까. 이게 진실의 전부예요, 내 사랑. 사랑해요. 당신을 향한 사랑은 한 번도 식은 적이 없어요. 내가 이 순간을 얼마나 기다렸는지 당신은 상상도 못 할 거예요. 누나들도 분명히 뛸 듯이 기뻐할 거예요. 이제 우리 예전으로 돌아갈 수 있어요.」

밖에서 계단을 올라오는 발소리가 들린다.

「아! 마침 오네요!」

뤼시를 알아본 사미의 누이들이 환호성을 지르면서 그녀를 와락 껴안는다. 그들이 돌아가며 뤼시에게 입을 맞춘다.

「얼마나 보고 싶었는지 몰라, 뤼시. 이렇게 반가울 수가 있을까.」

「여전히 미인이네!」

「예전보다 더 아름다운걸.」

사미가 흥분한 목소리로 말한다.

「날 믿어 줘요. 9년의 공백이 있었지만 난 예전 그대로예요. 우린 옛날로 돌아가 결혼을 하고 아이를 낳는 계획을 세우면 돼요. 누나들은 멋진 저녁을 준비해 우릴 축하해 줘요!」

「그럼, 그럼! 뤼시를 반겨 줘야지! 우리가 다 알아서할 테니 뤼시 너는 편안히 쉬고 있어.」

막내 누나가 호들갑을 떤다.

누이들이 주방으로 몰려가 떠들썩하게 저녁 식사를 준비하기 시작한다.

뤼시는 가브리엘의 존재를 느낀다.

「당신이 무슨 생각을 하는지 알아요. 하지만 틀렸어요.」 그녀가 목소리를 낮추며 말한다.

「아무 생각도 하지 않아요. 그저 당신들 대화를 들으면서 지켜볼 뿐이에요.」

「당신은 위대한 사랑을 절대 이해 못 할 거예요. 그건 모든 것을 초월하는 마법의 힘이죠. 오랫동안 기다려 온 이 순간을 온전히 누릴 수 있게 자리를 비켜 줘요. 괜히 거기서 당신의 그 파동을 가지고 사람 신경 쓰이게 하지 말고.」

「무슨 파동 말이에요?」

「……의심이 가득한 파동 말이에요.」

사미가 뤼시 곁으로 돌아온다.

「방금 뭐라고 했어요?」

「아니요, 그냥 혼잣말했어요. 긴 기다림 끝에 찾아온 시간을 한순간도 놓치지 말아야겠다고 다짐하는 중이었어요.」

「이리로 와요. 허비할 시간이 없어요.」

저녁 내내 웃음소리와 노랫소리가 끊이지 않는다. 두 연인은 조용히 자리에서 일어나 방으로 간다. 그들은 열에 들떠 어설프게 서로의 옷을 벗겨 준다.

뤼시가 초를 켜고 음악을 틀어 놓는다. 장송곡을 록 음악으로 바꾸는 특이한 호주 출신 그룹 데드 캔 댄스의 「산빈」이 흘러나온다. 여성 보컬 리사 제라드의 웅숭깊은 목소리가 방을 가득 채운다.

뤼시는 애인에게 몸을 밀착한다. 그들은 한참 키스를

하고 애무를 주고받다 몸을 섞는다.

「아름다운 장면이군!」이냐스가 그들을 내려다보며 애틋한 표정을 짓는다.

「처음 만났을 때 할아버지가 절 관음증 환자 취급하셨죠…….」

「우리 때는 전희가 저렇게 길지 않았어. 대부분의 여자들이 오르가슴에 도달할 때까지 참아 달라는 얘기를 차마 남자들한테 못 했지.」

「그래도 어쨌든 사랑을 나눴잖아요.」

「그랬지. 하지만 요즘 같지는 못했어. 그것 때문에 네 할미와의 관계가 그렇게 꼬였는지도 몰라. 내가 쾌감을 주지 못했고, 마그달레나는 그 얘기를 솔직하게 못 했던 거지. 뭐, 만족 못 한 건 나도 마찬가지지만. 우린 깜깜한 어둠 속에서 정상 체위만 시도했어. 네 할미는 잠옷까지 입고 있었단다. 내가 약간의 판타지만 가미해도 네 할미는 변태적이라고 싫어했어.」

「어쨌든 아버지와 고모를 낳으셨잖아요…….」

「저 두 사람이 부럽네. 위대한 사랑이 좋긴 좋구나.」

뤼시가 희열에 찬 교성을 내지른다.

「저거 저거, 저놈이 아주 예술가네!」

이냐스가 박수 치는 흉내를 낸다.

「뤼시는 9년 동안 변함없이 그만을 기다렸어요. 그녀에겐 해방의 순간이에요.」

두 연인은 서로의 몸을 탐닉하고 있다.

「에너지가 대단하긴 하네요!」 가브리엘도 놀라움을 금치 못한다.

「딱 지금에 어울리는 농담이 하나 있는데 들어 보렴. 한 대학교수가 자신의 강의를 듣는 학생들을 상대로 일종의 설문 조사를 해. 대형 강의실에 모인 1백여 명의 학생들에게 그가 묻지. 〈여러분 중에 매일 사랑을 나누는 사람이 몇 명이죠?〉 그러자 스무 명가량이 손을 들어. 그러자 교수가 다시 묻지. 〈일주일에 두 번 하는 사람은 몇 명이죠?〉 이번에는 조금 더 많은 서른 명가량이 손을 들지. 〈그럼 일주일에 한 번은요?〉 그러자 절반이 손을 들어. 〈보름에 한 번인 사람은요?〉 몇 사람이 손을 들지. 〈한 달에 한 번 하는 사람?〉 〈두 달에 한 번?〉 〈세 달에 한 번?〉 이런 식으로 나가다가 마지막으로 그가 묻지. 〈그럼 1년에 한 번인 사람?〉 놀랍게도 한 명이 손을 들어. 교수가 그 학생을 향해 말하지. 〈진짜 1년에 한 번 한다고요? 그런데도 어쩌면 표정이 그렇게 즐거워 보이죠?〉 그러자 학생이 대답해. 〈오늘이 그날이거든요.〉」

가브리엘은 키득키득하면서도 황금색 빛무리에 둘러싸인 두 연인에게서 눈을 떼지 못한다.

「저들의 오라를 보셨죠? 〈위대한 사랑〉이 바로 저런 건가요?」

「사랑이라는 건 온전한 영성의 한 형태란다.」 이냐스

가 혼잣말로 중얼거린다.

「이제 그만 저들의 사생활을 존중해 주는 게 좋겠어요.」 가브리엘이 훈계하듯 말한다.

「사돈 남 말하듯 하는구나.」

「자, 우리 지붕에 올라가서 끝날 때까지 기다려요.」

그들은 천장을 지나 올라가 굴뚝 옆 기와지붕에 걸터앉는다.

「우리가 무슨 이야기를 했더라?」

다시 교성이 들리는 순간, 뤼시의 영혼이 지붕을 뚫고 솟구친다.

마치 육체와 고무줄로 연결돼 있는 것처럼 잠시 공중에 떠올라 있다가 다시 아래로 사라진다.

「오르가슴이 순간적인 유체 이탈을 일으키는 줄은 몰랐어요!」 가브리엘이 놀라는 표정을 짓는다.

한참 만에 소리가 잦아들고 나자 가브리엘과 이냐스는 다시 집 안으로 들어간다. 사미는 곯아떨어져 코를 골고 있고 뤼시는 거품 목욕물에 몸을 담근 채 눈을 감고 있다.

「당신이 거기 있는 걸 알아요.」

그녀가 거품을 넓게 퍼뜨려 알몸을 감추면서 말한다.

「성교 장면을 지켜보진 않았길 바라요…….」

「뤼시, 우리 할아버지를 소개할게요.」

「만나서 반갑습니다!」

「나도 반가워요! 뤼시의 행복한 모습을 보니 나도 갑자기 육신으로 거듭나 그 특별한 감각을 맛보고 싶다는 생각이 드는군요…….」

그녀가 눈을 감은 상태에서 장난기 섞인 어조로 묻는다.

「환생하고 싶으세요?」

「좋은 제안이 오면 떠돌이 영혼의 지위를 포기하겠소!」

「좀 더 구체적으로 말해 보세요. 어떤 태아로 다시 태어나고 싶으시죠?」

「최근에 겪은 일도 있고 해서, 가브리엘과 허심탄회하게 이야기하며 내 전생에 대해 나름의 평가를 내려 봤어요. 내가 여자들을 무서워한다는 결론이 나오더군요. 생각해 보니 여자와 한 번도 대화다운 대화를 나눠 본 적이 없는 거야. 여자라는 존재에 대해 하나도 아는 게 없는 거야……. 그걸 바로잡고 싶어요.」

뤼시가 목욕물로 머리를 적신다.

「우리 세대는 성적 해방과는 거리가 멀었어요.」 이냐스의 표정이 쓸쓸하게 변한다. 「결혼을 해야 성관계가 가능했지. 다들 서투르긴 또 얼마나 서툴렀는지! 성에 대한 터부를 정당화하려고 〈정숙〉이라는 단어를 만들어 냈어요. 호기심이 많은 사람들은 사창가를 찾을 수밖에 없었는데, 나는 그런 생각까진 해보지 않았어요.」

「너무 원칙주의자셨나 봐요.」뤼시가 머리에 샴푸를 칠하면서 비아냥조로 말한다.

「내 아내의 소통 방식은 주로 질책이었어요. 나중에는 둘이 몸을 섞는 일도 없어졌지. 그저 좋은 와인을 마시는 게 내 유일한 낙이었어요. 돌이켜 보니 인생에서 매우 중요한 성생활에 실패했다는 생각이 들어요.」

뤼시가 두피를 마사지하면서 거품을 낸다.

「무슨 이야기를 하시려는 거예요?」가브리엘이 의아한 표정을 짓는다.

「그 부분에서 진화하고 싶단다.」

「여자로 다시 태어나고 싶으시다는 뜻이에요?」

「나는 말이다…… 포르노 배우로 다시 태어나고 싶어.」

이 말에 뤼시가 풋 웃음을 터뜨리다 실수로 눈에 샴푸가 들어간다. 그녀가 작게 비명을 지른다.

소리에 잠이 깬 사미가 욕실 너머에서 걱정스럽게 묻는다.

「괜찮아요?」

「네, 아직도 쾌감이 생생해 자꾸 웃음이 나오네요!」

그녀가 눈을 물로 헹구고 나서 저승의 대화자들을 다시 상대한다.

「드라콘을 불러 지금 환생 가능한 태아들이 있는지 상부에 물어보라고 할게요.」

그녀는 목욕물에 몸을 담근 채로 한참 동안 눈을 감고

있다. 꿈을 꾸는 것처럼 눈알이 눈꺼풀 밑에서 울뚝불뚝 움직인다. 그녀가 드디어 입을 연다.

「적당한 걸 찾은 것 같아요. 지금 제가 고려 중인 태아의 아버지는 피갈[3]에서 여성 란제리를 만드는 사람이에요. 가죽과 쇠사슬, 라텍스 등의 소재를 사용하는 자신만의 제품 라인을 가지고 있죠. 그의 아내는 스트리퍼예요. 이 부부는 스와핑 클럽 사람들과 자주 어울려요.」

「조금 심한 거 아닌가요?」 가브리엘이 걱정스럽게 묻는다.

「본인이 원하는 걸 분명히 하세요!」

「알았어요, 알았어.」

「여자가 조만간 사내아이를 출산할 거예요. 아이는 성적으로 자유분방한 집안 분위기에서 자라게 되겠죠. 이 태아에 당신의 영혼을 집어넣으실 건가요, 아닌가요?」

「그러니까 그게…….」

「결정을 내리세요. 원해서 주면 갑자기 마음을 바꾸는 사람들, 정말 상대하기 피곤해요.」

「좋아요, 그럽시다.」

「그럼 즉시 예약해 놓을게요. 태아의 이름은 막시밀리앙이 될 거예요.」

「우리 수사는 어떡하고요? 절 내팽개치고 가시게요?」

---

3 파리에 있는 피갈 광장 인근은 섹스 숍과 술집, 성인 공연 극장 등이 많은 관광 명소이다.

가브리엘이 불안한 목소리로 묻는다.

「내 생각엔 토마에 대한 뤼시의 직관이 옳은 것 같구나. 내 자손 하나가 다른 자손을 죽였다는 사실을 알게 되는 괴로운 순간은 가급적 피하고 싶어.」

「일단 증거부터 확보해야죠!」

「미안하게 됐다. 환생해서 여러 파트너와 사랑을 나누고 싶은 욕망이 네 죽음의 수수께끼를 해결하고 싶은 욕망보다 훨씬 크구나. 할아비는 다시 태어나 기상천외한 섹스도 해보고 별의별 짓도 다 해보고 싶어.」

「그것 때문에 제 죽음의 진실을 포기하시겠다고요?」

「진실이라는 건 결국 관점의 문제일 뿐이야.」

「저는 살해됐어요, 이건 단지 하나의 관점이 아니에요! 이건 사실이에요!」

이냐스는 심령체의 냉정함을 잃지 않는다.

「네가 살해됐다는 걸 부정하는 게 아니란다. 다만 살인 행위 자체를 우리가 무조건 부정적인 것과 연결 짓고 있다는 걸 지적하는 거야. 곰곰이 생각해 보면 살인은 살아 있는 육체를 죽은 육체로 바꾸는 것에 지나지 않아. 어떻게 보면 살인자는 정신을 해방시켜 주는 존재지…….」

「그렇지만…….」

「할아비는 누가 날 죽여 주길 바랐던 사람이야. 그런데 아무도 그런 수고를 자처하지 않더구나. 난 그게 원망스러웠어, 정말이야!」

「하지만, 어떻게 할아버지가 저를 놔두고…….」

「말 끊지 마라. 너는 네 생각만 하는 이기주의자로구나. 이 할아비는 깨달은 게 있단다. 내겐 사랑이 진실보다 더 중요해.」

찬연한 빛을 발하는 별 하나가 밤하늘에 박힌다. 이냐스가 별빛을 향해 몸을 틀더니 손을 들어 큰 소리로 마지막 인사를 건넨다.

「새로운 모험을 향해 출발!」

「전에 저한테 죽는 것보다 잊히는 게 더 무섭다고 하셨죠. 할아버지를 절대 잊지 않을게요. 행복하세요!」

이냐스가 날아올라 빛 속으로 모습을 감춘다.

가브리엘이 원망 섞인 한숨을 내뱉는다. 그의 입에서는 바람기조차 빠져나오지 않는다.

「뤼시, 당신은요? 당신은 어떡할 거죠?」

「사미와 재회하고 나서 나도 상황이 바뀌었어요. 이제부터 영매를 그만두고 당신의 죽음에 대한 수사도 중단할 거예요. 사미의 아이를 갖고 싶은 생각밖에 없어요.」

「결국 둘 다 나를 버리는 거예요? 이제 내 살인자가 누군지 알 길이 없다는 거예요?」

「지금까지 우리한테 충분히 도움을 받았으니 앞으로는 혼자 해봐요. 어차피 우린 누구나 혼자예요. 이따금 누군가와 하나로 합쳐진다는 느낌이 들면 부질없는 줄 알면서도 그 순간을 붙잡으려고 안간힘을 쓰죠. 그동안 힘든 일을 겪을 만큼 겪었으니 앞으로는 되찾은 사랑을 마음껏 누리고 싶어요.」

그녀가 후다닥 일어나 목욕 가운으로 몸을 감싼다.

「내가 조용히 이 행복을 만끽할 수 있게 그만 가줘요.」

「당신 고양이들은 어떡할 거예요?」

「장차 아기를 가져야 하는데 톡소플라스마를 옮길지도 모르는 고양이들을 키울 순 없어요.」

「고양이들을 버릴 생각이에요?」

「동물을 향한 사랑보다 인간을 향한 사랑이 더 크니 도리가 없죠. 집에 넓은 마당이 있고 고양이도 여러 마리 키우고 있는 친구에게 보낼 생각이에요.」

더 이상 뤼시를 설득할 논거가 없어진 가브리엘 웰즈는 그녀가 욕실 문을 열고 사미 곁으로 걸어가는 모습을 물끄러미 바라본다. 그는 그녀의 곁에 자신의 자리가 없다는 걸 깨닫고 몸을 솟구쳐 밤하늘로 날아오른다.

〈이제 저승에서 혼자 수사를 재개하는 수밖에 없어. 주요 용의자들을 내 방식대로 하나씩 다시 들여다봐야겠어. 그러면 누가 나를 죽였는지 결국 알게 되겠지.〉

56

알랑 카르데크

알랑 카르데크(본명은 이폴리트 레옹 드니자르 리바이)는 프랑스 심령술 운동의 창시자다. 1804년 리옹에서 태어난 그는 미국 폭스 목사의 세 딸이 붐을 일으킨 테이블 터닝을 1855년 처음 접한 뒤 심령술의 세계에 눈을 떴다. 그는 전생에 자신이 알랑 카르데크라는 이름의 드루이드였다고 굳게 믿고, 스스로를 알랑 카르데크라고 불렀다.

그 자신이 영매는 아니었지만 카르데크는 수많은 영매와 활발히 교류했다. 그가 1857년 영매들의 증언을 모아 낸 『영혼의 서』는 출간 즉시 베스트셀러에 올랐다.

그는 『심령술 잡지』를 직접 창간해 육신은 영혼의 옷에 불과하며 영매들을 매개로 죽은 자와 산 자의 소통이 가능하다는 이론을 펼쳤다.

빅토르 위고, 테오필 고티에, 카미유 플라마리옹, 아서 코넌 도일을 비롯한 당대의 유명 인사들이 카르데크의 저술에 매료돼 그의 테이블 터닝 심령회에 참석했다.

카르데크는 〈심령술에 관한 예언〉이라는 가제가 붙은 미완성 원고를 남긴 채 1869년 뇌동맥류 파열로 세상을 떠났다.

고인돌 모양으로 만들어진 그의 무덤에는 〈태어나서, 죽고, 다시 태어나, 끝없이 나아가는 것, 이것이 법칙이다〉라는 글귀가 새겨져 있다. 그의 무덤은 페르 라셰즈 묘지에서 사람들이 가장 많이 찾아 헌화하는 곳 중 하나다.

알랑 카르데크의 심령술 운동은 브라질에만 6백만 명의 회원이 있고, 도시마다 그의 이름을 딴 알랑 카르데크 거리가 존재한다. 그는 브라질 독자들이 가장 많이 읽는 프랑스 작가이기도 하다.

에드몽 웰즈,
『상대적이고 절대적인 지식의 백과사전』 제12권

57

「스릴은 이만하면 충분하겠죠. 이제 여러분이 초조하게 기다리시는 결과를 발표하겠습니다.」

기자들과 참석자들이 숨을 죽인다.

「자, 이번 알랭 로트브리예[4] 상의 수상자는…….」

진행자가 잠시 뜸을 들인다.

「……장 무아지! 수상작은 그의 최신작 『배꼽』[5]입니다.」

수상자가 생제르맹데프레[6]의 대형 식당에 모인 참석자들의 박수갈채 속에 연단을 향해 걸어 나온다.

「솔직히 말해, 심사 위원들이 만장일치로 당신의 작품을 수상작으로 결정했어요. 토의라고 할 만한 과정도 필

---

4 프랑스 누보로망의 기수 알랭 로브그리예를 패러디한 이름.
5 『배꼽』은 베르베르의 소설 『잠』에서 불면증에 시달리는 주인공 자크가 잠을 청하기 위해 읽는 지루하기 짝이 없는 소설의 제목으로 나온 적이 있다.
6 파리에 있는 지역으로, 지식인과 예술가가 애용하는 카페가 많다.

요 없었고, 조금의 이의를 제기하는 사람도 없었어요. 자, 귀한 작품에 비하면 약소한 부상이지만 이 2만 유로짜리 수표가 『배꼽』의 후속작을 집필하는 데 조금이나마 보탬이 되길 바랍니다.」

장 무아지가 수표 모양의 큼지막한 마분지 한 장을 받아 들고 진행자에게 뜨거운 감사 인사를 건넨 뒤 마이크를 잡는다.

「생각지도 못했던 상입니다. 제 이름이 호명됐을 때 실수인 줄 알았어요.」

식당 곳곳에서 호쾌한 웃음이 터져 나온다.

「유년 시절의 힘든 기억을 서술한 1천5백 페이지짜리 텍스트, 저도 압니다, 〈대중적〉이지 않다는 걸요. 하지만 저는 이 책이 잠든 대중을 후려쳐 깨우는 따귀 역할을 할 수 있다고 믿습니다. 제 삶을 고통스럽게 만든 아버지에 대한 혐오를 이번 소설에 담았습니다. 여러분도 아시다시피 그를 고발한 책은 이번이 처음이 아니에요. 저는 젊은이들에게 부모를 욕보이지 말아야 한다는 금기를 깨라고, 자유롭게 말할 수 있어야 한다고 이야기해 주고 싶어요.」

연방 고개를 끄덕이던 참석자들이 열렬한 박수를 보낸다. 장 무아지는 장내가 다시 조용해지길 기다렸다가 말을 이어 간다.

「저는 폭력이 세상을 바꿀 수 있다는 믿음을 가지고

소수 과격 집단에 속했던 적이 있습니다. 하지만 이제는 아닙니다. 문화를 통하는 것이 그 길에 이르는 훨씬 효과적인 방법이라는 걸요.」

우레와 같은 박수갈채가 터진다. 수표를 트로피처럼 흔들어 보이는 행복에 겨운 수상자를 카메라에 담기 위해 사방에서 사진기자들이 플래시를 터뜨려 댄다.

무아지가 수상 소감을 끝냈다고 판단한 진행자가 참석한 기자들에게 질문할 기회를 준다. 그가 손을 드는 젊은 여성을 가리킨다.

「알랭 로트브리예의 마지막 유작 『성탑』[7]은 성에 갇혀 변태 노인에게 고문당하는 어린 소녀의 이야기인데요. 소아 성애 색채가 짙은 이런 사도마조히즘적 소재들이 당신의 문학적 비전과 일치합니까?」

「저는 도발자를 자처하는 사람으로서 도발을 즐깁니다. 로트브리예도 이 점에선 거장이었죠. 다른 질문 있습니까?」

「당신과 당신 친구들이 언론 매체와 출판사들에 영향력을 행사하면서 생제르맹데프레 문학계를 주무르고 있다고들 얘기합니다.」

「저와 제 친구들은 청소년 문학이 성인들의 표준 문학

---

7 알랭 로브그리예가 사망하기 1년 전 출간한 마지막 작품 『센티멘털한 소설』의 내용에 빗대어 말한 것. 소아 성애와 근친상간 등을 다뤄 출간 당시 엄청난 논란을 일으켰다.

이 되지 않게 싸우고 있을 뿐이에요.」

몇몇 참석자가 웃음으로 동감을 표시한다.

「선택은 대중에게 맡겨야 하지 않을까요?」

「슬픈 현실을 말씀드리죠. 독자들은 어리석을 때가 많습니다. 자유로운 선택을 허용하면 대개가 쉬운 쪽을 선호하죠. 그래서 웰즈 같은 한심한 작가들이 성공을 거두는 겁니다. 문학의 지나친 다양성을 억제하는 게 독자들을 돕는 길입니다. 독자들이 좋은 문학 내에서만 고를 수 있게 해줘야 해요. 우리 같은 평론가들이 있어 그나마 다행이죠. 우리는 기호를 만들고, 오피니언을 만드니까요. 어떤 문학이 미래의 문학이 되어야 하는지는 우리가 정합니다.」

「그건 과거 문학의 복사판 아닐까요?」 한 여성 기자가 빈정대며 묻는다.

「거짓인 것들과 작가의 망상이 만들어 낸 것들은 일체 배제하고 사회적, 정치적, 심리적 문제의식과 맞닿아 있는 진짜 진실만을 추구해야 합니다.」

「그럼 상상력은요?」

「상상력은 필요 없습니다. 교육받은 독자라면 진정함을 추구해야죠. 『배꼽』은 체험이고 현실이자 손에 잡히는 거예요. 저는 오직 제가 아는 것, 제 아버지, 제가 만난 여자들, 제 친구들, 제가 즐겼던 파티들에 대해서만 말하죠.」

박수갈채 속에 연단을 내려온 장 무아지가 몇 사람과 악수를 하고 볼 키스를 나누고 사인을 해준 다음 화장실로 향한다.

　그가 세면대 앞에서 거울을 들여다보면서 회심의 미소를 짓는다. 그는 가브리엘의 유령이 바로 뒤에서 자신을 지켜보고 있다는 사실은 꿈에도 생각하지 못한다.

　비평가가 손거울 위에 흰색 가루를 세 줄로 나란히 쏟아 놓고 면도날을 움직여 조그만 무더기를 만들기 시작한다. 그러더니 황금빛 파이프를 꺼내 첫 번째 가루를 흡입한다.

　가브리엘은 코카인 결정체들이 혈액으로 들어가는 순간 무아지의 오라가 풍선처럼 부풀어 오르며 얇아지는 것을 본다. 노란빛을 띠던 색깔도 초록빛으로 변한다.

　무아지는 절대 권력자가 된 느낌에 사로잡혀 거울 속에 비친 자신을 경외감을 가지고 쳐다보다가 다시 두 번째 가루를 흡입한다.

　가브리엘은 나치 화학자들이 독일 병사들의 전투욕을 부추길 목적으로 코카 잎을 정제해 코카인을 지급했다고 어디에선가 읽은 것을 떠올렸다. 같은 화학자들이 부상당한 병사들의 사기를 돋우기 위해 헤로인도 사용했다고 했다.

　팽창과 수축을 반복하던 장 무아지의 오라에 끝내 여기저기 구멍이 뚫린다. 방어벽이 무너진 것이다. 가브리엘은 이때다 싶어 적의 두뇌 속에 손가락을 집어넣고 그의 영혼과 접촉을 시도한다.

「당신이 갸브리엘 웰즈를 죽였지?」

평론가가 몸을 소스라뜨린다.

「나한테 말하는 게 누구야?」

「나야, 알랭 로트브리예. 자네 짓이라면 아주 잘했네. 나도 그 작가 놈이 싫었으니까. 솔직히 다 털어놓게. 자네가 그런 용기를 냈다면, 정말이지 자랑스럽네.」

「마음이야 굴뚝같았죠. 그자를 증오했으니까.」

「그럼 자네가 한 일이 아니란 말이야?」

무아지는 머릿속 목소리의 발신지를 찾아 한동안 주변을 두리번거린다. 그는 흰색 결정체들이 만들어 내는 환청이려니 생각하고 수도꼭지를 세게 튼다. 피를 씻어 내려는 사람처럼 수도꼭지에 입을 대고 물을 마시기 시작한다. 그가 어푸어푸 얼굴을 물로 적신다.

갸브리엘 웰즈가 막 다른 질문을 꺼내려는데 위쪽에서 우렁우렁한 목소리가 들려온다.

「그만두시오!」

웰즈가 고개를 들자 목소리의 주인공이 눈에 들어온다.

「나를 사칭하는 짓을 당장 그만두시오!」

아카데미 프랑세즈 회원의 제복을 입고, 알몸 여인들이 뒤엉켜 있는 문양이 손잡이에 붙은 검을 든 진짜 알랭 로트브리예가 그를 내려다보고 있다. 황급히 천장으로 솟구쳐 지붕 위로 달아나는 가브리엘을 그가 뒤쫓아 온다.

「어떻게 감히 내 상을 주는 날에 나를 사칭한단 말인가? 내 상의 수상자가 떠돌이 영혼에 농락당하는 꼴은 두고 볼 수 없어! 무아지가 당신의 육신을 파괴하지 않았는지 몰라도 나는 지금, 여기서, 당신을 없애 버리겠소.」

알랭 로트브리예가 아카데미 프랑세즈 회원의 검을 빼 들자 가브리엘 웰즈가 코웃음을 치며 어깨를 으쓱해 보인다.

「당신은 내게 고통을 가할 수 없어요. 난 순수한 영혼이거든요.」

「정말 그럴까? 별 볼 일 없는 작가 선생? 잘 생각해 보게, 어렸을 때 자네가 제일 아파하고 두려워했던 게 몸의 상처였는지 마음의 상처였는지.」

아카데미 회원이 기다란 초록색 재킷을 휙 젖히는 제스처를 취하자 검은 모자에 검은 안경을 쓰고 검은 턱수염을 기른 사내가 뚜껑이 열린 상자를 들고 모습을 나타낸다.

「사탕 하나 먹을래, 꼬마야? 자, 어서 먹어 봐!」

놀란 가브리엘이 뒷걸음질을 친다.

「작가라는 직업 덕에 사람의 심리를 꿰뚫어 보는 재주가 생겼지.」 로트브리예가 얼굴에 웃음기를 흘리며 말한다. 「가령 말이야, 어떤 사람을 딱 보면 어렸을 때 그의 공포의 대상이 뭐였는지 직감적으로 알 수 있지. 자넨 납치당하는 게 무서웠을 거야! 여기 지금 누가 와 있는지 봐. 커다란 망토에 선글라스, 검정 모자를 쓴 이 사내가 누군지 알겠지? 바로 크로크미텐[8]이야.」

「자, 꼬마야, 하나 집으렴. 먹어 봐. 맛있을 테니까!」 사내가 집요하게 권한다.

「싫어요, *사탕 안 먹을래요!*」 가브리엘이 갑자기 소리친다.

크로크미텐이 바짝 다가든다.

「그러지 말고 하나 먹어 보렴. 독이 묻은 게 아니야, 정말이야. 널 죽이는 사탕이 아니야. 그냥 잠이 들어 멋진 꿈을 꾸게 될 거야. 편안하게. 내 동굴에서. 내가 잡아다 놓은 다른 애들과 함께.」

「싫다니까요!」

몸을 벌벌 떠는 가브리엘을 쳐다보며 로트브리예가 득의만만한 표정을 짓는다.

「딱 자네 수준에 맞는 적수지.」

크로크미텐이 점점 거리를 좁혀 온다.

몸의 외양이 생각에 맞춰 변하는 탓에 가브리엘 웰즈는 점점 어린 소년이 되어 가고 있다. 그는 토실토실한

8 프랑스에서 아이를 훈육할 때 언급하는 상상 속의 인물로, 말 안 듣는 아이들을 잡아간다고 알려져 있다. 망태 할아버지와 유사하다.

어린아이의 손을 가지고 대여섯 살짜리가 입음 직한 옷을 걸친 자신을 내려다본다.

「크로크미텐이 자네의 정신을 괴롭힐 거야, 그렇지? 하지만 자네도 알다시피 실제로 위해를 가할 순 없지. 자네 상상력이 자네를 고문하고 있을 뿐이야. 마침 자네는 상상력이 풍부한 작가라서 남들보다 더 고통을 느끼는 거지.」

「*가라고 해요!*」 가브리엘이 소리를 지른다.

「그래, 자넨 항상 아이들을 잡아가는 크로크미텐에 대한 공포를 가지고 있었어. 그래서 벨기에 소아 성애 범죄 네트워크를 파헤치는 기사들을 썼고, 문란한 파티를 즐기는 사람들을 성토했던 거야. 허락된 일이면 무슨 재미가 있겠나? 권력을 가졌다는 건 금지된 걸 과감히 할 수 있다는 걸 의미하지. 권력자들은 누구나 금지된 것에 끌리게 마련이야. 그걸 위해 투쟁하는 거야. 그들은 돈이나 권력이 아니라 도덕에 어긋나는 퇴폐와 환락에 이끌리는 거야.」

「저리 가요!」

「내 책들을 통해 나는 이 같은 진실을 보여 줬지. 정치인들과 기자들은 그런 특별한 파티에만 흥미를 보여. 일반 대중은 접근할 수 없는 그들만의 파티 말이야. 그런데 자네가 감히 그걸…… 폭로하려고 덤볐지!」

로트브리예가 목을 뒤로 꺾어 젖히며 웃어 대는 동안

가브리엘은 점점 더 어린아이가 되어 간다. 크로크미텐이 그에게 사탕을 들이민다.

「그때 윤리 위원회 위원장과 TV 진행자 생각나나? 내 친구들이야. 순전한 우연이지. 무아지도 그래. 웰스, 자네가 가진 변태적 욕구의 대상은 뭔가? 사브리나? 그런 판에 박힌 성행위에 자넨 만족할 수 있나? 혹시 자네 머릿속에도 차마 밝힐 수 없는 성적 판타지가 존재하진 않나? 자넨 섹스하는 동안 무슨 생각을 하지?」

로트브리예와 크로크미텐이 쉬지 않고 외쳐 댄다.

「자, 사탕을 집어, 행복하게 만들어 줄 테니까. 사탕을 입에 넣으면 모든 일이 잘될 거야!」

가브리엘은 아무 생각도 떠오르지 않는다. 유치한 공포에 사로잡혀 어떤 말을 하려 해도 입 밖으로 소리가 나오지 않는다.

그는 점점 작아져 연약한 모습이 되는 자신을 느낀다.

그 순간, 어린아이 같은 한마디가 불쑥 입에서 튀어나온다.

「살려 줘요, 할아버지!」

58

이냐스 웰즈는 빛 속을 날고 있다. 그는 영혼을 빨아들이는 소용돌이가 있는 은하의 중심으로 이끌려 간다. 그와 나란히 나는 영혼들이 점점 더 많아진다.

그가 나이 든 한 여성에게 말을 붙인다.

「당신은 어떤 모습으로 환생할 건가요?」

「나는 개로 환생할 생각이에요. 여자로 사는 데 진력이 났거든요. 내가 키우던 개는 아주 행복해 보였어요. 하루 종일 아이들이 던져 주는 공을 물어 오고 뼈다귀를 흙 속에 묻으며 놀기만 하면 됐죠.」

「난 프랑스 대통령으로 환생할 생각인데, 당신은요?」 그들 위를 날던 남자가 끼어든다.

「난 포르노 배우 자리를 이미 예약해 놨어요. 전생의 성생활이 워낙 끔찍해서 내생에서는 꼭 만회해 보고 싶어요.」

「방심은 금물이에요. 분명히 단점이 있을 거예요.」 개로 환생하고 싶어 하는 늙은 여자가 그에게 주의를 준다.

그들은 일곱 천계 사이에 놓인 막을 함께 차례로 넘는다. 일곱 가지 색깔과 일곱 가지 경험. 마침내 그들 앞에 온통 흰색인 풍경이 나타난다. 그 한가운데에 최후의 심판을 기다리는 망자들이 길게 줄을 늘어서 있고, 천사들이 그들 위를 선회하고 있다.

이냐스가 천사 하나를 불러 세워, 자신을 기다리는 태아가 있으니 환생을 놓치지 않으려면 서둘러 심판을 받아야 한다고 사정을 이야기한다.

천사의 배려로 줄 앞으로 가게 된 이냐스는 세 명의 심판관 앞에 선다.

「저는 이미 모든 게 예정돼 있어요. 파리에서 제가 태어나길 기다리는 한 가정에 환생하기만 하면 됩니다. 피갈에 있는 가정이에요.」

「흠.」 대천사 하나가 말문을 연다. 「당신 점수면 이 태아로 환생하는 데 충분해요. 게다가 당신은 특별 접근권이 있는 영매와 사전 조율까지 마쳤군요. 하지만 행정 기관인 우리로서는 당신 소원을 하나 들어주면 반대급부로 핸디캡을 하나 줄 수밖에 없어요.」

「그건 금시초문인데요! 그런 얘긴 못 들었어요! 무슨 핸디캡인데요?」

「당신이 고를 수 있어요. 큰 병이나 큰 사고, 증후군 중에서.」

「뭐라고요?」

「증후군이라고 했어요. 그게, 그러니까…… 일상생활에 지장은 있지만 생명에 위협이 될 정도는 아닌 핸디캡을 말해요.」

「포르노 배우는 될 수 있는 거 맞아요?」

「물론이에요. 단지 어떤 증후군을 가졌을 뿐이지.」

이냐스 웰즈는 당황한 기색이 역력하다.

「이게 무슨 뚱딴지같은 소리예요? 사기를 당하는 기분이네요.」

「아니, 아니에요, 웰즈 씨. 당신은 그냥 규칙에 따라 처리될 뿐이에요. 모든 영혼은 동등한 대접을 받아요. 단지 당신이 요구한 직업을 가지기 위한 조건일 뿐이에요.」

이냐스 웰즈가 상상력을 발휘하려고 애를 쓴다.

「말씀하신 증후군이라는 게 정확히 뭔데요? 입 냄새 같은 거예요? 아니면 왜소 음경증? 말더듬이? 대머리? 애꾸눈이? 저는 암이나 다발성 경화증, 건선, 습진 같은 건 싫어요. 다한증 같은 건가? 아니야, 이 정도일 리가 없어. 잠깐만요, 생각 좀 해볼게요……. 틱 장애 같은 거예요? 아니면 절름발이? 그냥 팔자가 사나운 건가?」

「아니, 그런 게 아니라 주로 심리적인 거예요. 당신의 의지와 무관하게 이상한 행동을 하게 되는 거죠. 자, 당신이 동의하면 피갈의 그 가정에 태어나게 될 거예요. 그리고 당신이 매료된 듯 보이는 그 직업에 필요한 모든 자질을 갖추게 될 거예요. 다만, 당신이 고른 한 가지 증후군을 갖고 태어나야 해요.」

다른 대천사가 웃는지 찡그리는지 모를 애매한 표정을 지으며 말한다.

「우리가 당신을 위해 증후군 목록을 구해 놨어요. 마침 당신 가족인 에드몽 웰즈가 쓴 유명한『상대적이고 절대적인 지식의 백과사전』에 들어 있는 내용이에요. 여기 목록에서 상대적으로 견디기 쉬워 보이고, 장차 당신의 직업과도 배치되지 않을 걸로 하나 골라요. 자자, 오래 끌 시간이 없어요, 태아가 곧 완숙에 도달해요.」

59

특이한 증후군들

정신이 자기 주인을 골탕 먹이는 경우가 있는데, 이렇게 특이한 심리적 고착을 정신 의학 용어로는 〈증후군 *syndrome*〉이라고 부른다. 몇 가지 대표적인 증후군의 예를 들어 보자.

코타르 증후군: 이 증세를 나타내는 사람은 자신이 죽었다고 생각하며, 주변 사람들이 자신이 죽었다는 사실을 인지하지 못하고 산 사람으로 취급한다고 생각해 고통을 느낀다.

노아 증후군: 애니멀 호딩이라고도 하는 이 증상은 많은 수의 반려동물을 키우는 60세 이상의 여성에게 주로 나타난다. 2011년 프랑스 로슈포르에 사는 한 여성이 작은 스튜디오에서 고양이 17마리와 거북이, 햄스터, 비둘기, 열대어 등을 포함해 2백 마리가 넘는 동물을 키운다는 사실이 알려지기도 했다.

타골라 증후군: 이 병에 걸리면 기억 증진 증세를 보여 자신이 보고 듣고 경험한 것을 하나도 잊어버리지 않고 세세하게 모두 기억한다. 이 병은 특히 나치 수용소 생존자들에게서 많이 나타난다. 일부 환자들은 헬리콥터를 타고 하늘에서 도시를 내려다보고 나서 길 하나하나를 그대로 떠올리며 말할 수 있을 만큼 기억력이 좋다.

카그라스 증후군: 이 증후군을 앓는 환자는 자신의 가족과 친구, 지인들이 모두 신분을 강탈한 가짜이며 진짜 행세를 하면서 자신을 감쪽같이 속이고 있다고 믿는다. 프랑스 정신과 의사 조제프 카그라가 처음으로 이름을 붙인 증후군이다.

프레골리 증후군: 프레골리 증후군 환자는 자신이 만나는 사람들이 실은 한 사람인데, 이탈리아의 유명한 변장 마술사 레오폴도 프레골리처럼 순식간에 옷을 갈아입어 자신을 속이고 있다고 믿는다.

투렛 증후군: 뇌 질환인 투렛 증후군은 다양한 틱을 유발한다. 헛기침을 하거나 코를 훌쩍거리는 등의 반복적인 행동을 보이며, 말끝마다 자신도 모르게 욕을 하거나 외설적인 단어를 내뱉기도 한다.

선천성 무통각 증후군: 이 유전 질환을 앓는 사람은 대개 오래 살지 못한다. 통증은 사람의 생명 유지에 필요한 일종의 경보 시스템이기 때문이다.

외계인 손 증후군: 이 질환은 좌뇌와 우뇌를 연결하는 뇌량이 손상을 입어 생기는 것으로 알려져 있다. 마치 손 자체가 의지를 가진 것처럼 한 손이 제멋대로 움직이는 증후군이다. 가령, 한 손이 환자의 입에 담배를 물리는 즉시 다른 손이 그 담배를 빼버리는 식이다. 본인의 의지와 상관없이 손이 옷의 단추를 풀기도 하고 따귀를 때리기도 한다…….

트루먼 쇼 증후군: 동명의 영화에서 이름을 따온 이 증후군에 걸리면 자신의 삶이 리얼리티 쇼처럼 TV를 통해 세상에 중계되고 있다고, 수백만 명의 시청자가 TV 앞에서 자신의 일거수일투족을 지켜본다고 믿게 된다.

스탕달 증후군: 스스로 생각하는 완벽한 미의 기준에 부합하는 예술 작품을 대할 때 나타나는 증세이다. 심장 박동이 빨라지면서 몸에 열이 오르고 홍조와 현기증이 일어난다. 심한 경우 환자가 졸도하기도 한다.

에드몽 웰즈,
『상대적이고 절대적인 지식의 백과사전』 제12권

60

「할아버지, 할아버지, 살려 주세요! 돌아오세요! 할아버지가 도와주셔야 해요!」

크로크미텐이 코앞까지 바싹 다가와 있다.

「자, 맛이 기가 막힌 이 사탕을 먹어 보렴! 어서, 입을 열고 눈을 감아.」

가브리엘은 저항할 힘을 잃는다. 최면에 걸린 그의 눈꺼풀이 감기고 앙다물었던 턱이 벌어진다.

이때, 갑자기 뒤에서 거친 포효가 들려온다. 가브리엘이 몸을 돌리자 흡사 사자같이 생긴 개 한 마리가 서 있다.

개가 움찔하며 머뭇거리는 크로크미텐의 손을 향해 달려든다. 그 서슬에 놀란 크로크미텐이 비명을 지르면서 사탕 상자를 떨어뜨리더니 두꺼운 구름 사이로 사라진다.

개가 콧수염을 더부룩하게 기른 장신의 주인 곁으로 돌아가 선다.

「로트브리예, 예나 지금이나 어린애들을 괴롭히는 걸

부끄럽게 여기시오! 당신은 고참 떠돌이 영혼의 지위를 이용해 신참을 공포에 떨게 하고 있어!」

「응원군을 몰고 돌아와 당신들의 기세를 꺾어 주겠소. 그때는 바스커빌가의 사냥개도 당신들을 지켜 주지 못할 거요!」

로트브리예가 하늘로 도망쳐 날아오르자 구세주가 가브리엘 쪽으로 다가온다. 가브리엘 웰즈는 서서히 성인의 모습을 되찾는다. 키가 자라고 몸에 털이 나고 피부에 주름이 잡히기 시작하더니 금세 40대의 외모로 돌아온다.

「유년기의 공포, 거참……. 타인의 영혼을 공격하는 데 그만큼 쉬운 무기가 없지. 동료 작가라는 자가 그걸 악용하다니, 딱하군.」

「당신은…….」

「아? 나를 알아보는군? 그렇소, 아서 코넌 도일이요.」

가브리엘은 말문이 막힌다.

「그래, 작가들끼리 이렇게 만날 수 있는 게 저승의 장점 중 하나지.」

「제가 빚진 게 너무…….」

「별거 아닌 걸 가지고 뭘 그러시나.」 셜록 홈스의 아버지가 가브리엘의 말을 자른다.

「아닙니다. 오래전부터 제가 빚진 게 너무 많습니다, 선생님.」

「우리끼리 그런 치사는 생략하세. 자네나 나나 한낱

94

수공업자 아닌가. 시계공 같은 사람이지. 조그만 이야기의 조각들을 모아 길게 이어 붙이는.」

가브리엘은 문득 영혼 사이에는 언어 장벽이 존재하지 않는다는 사실을 깨닫는다. 영어와 프랑스어의 구분이 사라지고 없다.

「제가 정말 존경하는 선생님 같은 분이 수공업자라뇨, 가당찮습니다. 셜록 홈스는 시대를 초월하는 걸작의 주인공인걸요.」

코넌 도일이 미간을 찌푸린다.

「하! 대체 언제가 되면 그 꼬리표를 뗄 수 있을지! 자기 자신보다 더 유명한 허구의 인물을 창조해 낸 게 이렇게 괴롭군…….」

「죄송합니다.」

「아니, 내가 너무 짓궂었네! 홈스 때문에 짜증이 나지만 어쩌겠나, 내 주인공인걸. 운명 공동체라는 사실을 받아들여야지. 자네한테 백조 형사도 마찬가지 아닌가.」

가브리엘은 귀를 의심한다.

「제 책을 정말 읽으셨군요?」

「그렇네. 작가들끼리는 사실 경계만 하지 남의 책을 읽진 않지. 자넨 내 책 중에 뭘 읽었나?」

작가 둘이 만날 때 가장 두려운 게 이런 질문이 아닐까. 가브리엘은 갑자기 바칼로레아 구술 시험을 치르는 학생의 심정이 된다.

「『잃어버린 세계』,『안개의 땅』,『지구의 절규』,『물질 분해 장치』까지 챌린저 교수 시리즈는 전부 읽었습니다」.

「나폴레옹에 관한 책들도 썼는데, 혹시 아나?」

「그럼요.『위대한 그림자』와『버낙 삼촌』을 읽었어요. 나폴레옹 얘기를 꺼내시니까 드리는 말씀인데, 제가 얼마 전에 새로 알게 된 사실이 있는데……」.

「고전적인 소설 가운데서는 뭘 읽었나?」

「음……『클룸버의 미스터리』,『기생충』,『백의단』, 또……」.

코넌 도일이 가브리엘의 어깨를 툭 치자 손이 등을 통과해 지나간다.

「됐네, 그만하면 됐어! 잊히는 게 두려운 유명인의 조바심 정도로 이해해 주게. 자네도 알게 될 거야. 우리 같은 작가들은 잊히는 것에 공포를 느끼지」.

「저희 할아버지도 비슷한 말씀을 하셨어요」.

「자네 할아버지 이냐스를 통해 자네 소설을 알게 됐네. 솔직히 나는 쥘 베른과 바르자벨, 불 이후 프랑스 상상 문학의 명맥이 끊겼다고 생각하고 있었어. 그런데 자네가 아주 흥미로운 책들을 썼더군. 게다가 자네 입으로 나를 계승한다고 밝히기에 더욱 관심이 갔지」.

「영광입니다」.

「진실을 말해도 되겠나? 솔직히, 난 자네 소설들이 별

로더군.」

가브리엘은 가슴이 뜨끔하다.

「아이디어는 훌륭한데 엄격함이 부족해. 아직 등장인물의 심리를 섬세하게 다루지 못했어.」

「면목 없습니다.」

「10년만 더 있었으면 그 부분을 완벽히 보완할 수 있었을 텐데 이렇게 죽어 안타깝네. 하지만 구천에서도 계속 진화하도록 하게. 자넨 아직 배울 게 산더미야. 다행히 여긴 남는 게 시간이지.」

「크로크미텐의 공격에서 구해 주시지 않았다면 저는 어떻게 됐을까요?」

「공포에 질린 어린 아이 상태에 갇혀 사고 능력을 상실한 채 학대자 생각만 했겠지. 그렇게 정신이 굳어졌을 거야.」

「그 상태가 얼마나 계속됐을까요?」

「상황에 따라 다르지만 그런 마비 상태가 몇 년간 지속되기도 하네.」

가브리엘이 몸서리를 친다.

「현대 프랑스 문학이 특유의 무거움 때문에 해외 독자들에게 외면받는다는 사실을 각성시키려는 노력을 자네가 살아 있을 때 더 해야 했어. 프랑스 문학이 세계 문학의 등대나 다름없는 시절이 있었네. 그런데 수호자를 자칭하는 이들이 실제로는 그것을 땅에 묻어 버리고 말았지. 작가들의 자기만족을 위한 플롯 없는 프랑스 소설은 더 이상 독자들의 흥미를 끌지 못하게 될 걸세.」

「그걸 막으려고 제가 고군분투했어요. 살아 있었을 때 말입니다.」

「흐름을 뒤집고 싶으면 저승에서도 그 싸움을 이어 나가야 하네. 자네 적들은 강력하고, 단결돼 있으며 조직적이거든.」

아서 코넌 도일이 가브리엘 웰즈에게 같이 파리 상공을 날자고 제안한다.

「자네는 순한 죽음을 맞았어. 하지만 말년이 좋지 않은 작가들이 얼마나 많은가. 그야말로 뭍에 올라온 고래 신세지. 아무도 찾지 않는 사인회에서 언제 올지 모르는 독자 손님을 기다리며 몇 시간씩 앉아 있는 작가들을 나는 기억하네. 중량감 있는 작가들이 커리어 후반에 출판을 거절당하고 쩔쩔매는 꼴을 어디 한두 번 봤겠는가. 가명으로 책을 내려고 했으면 일이 더 쉬웠을지 몰라. 어디 이뿐인가. 자존심을 접고 초라한 일자리와 타협하는 작가들도 부지기수네. 대필 작가 노릇도 하고 문학상 심사위원, 평론가, 심지어는 문학 강사를 하기도 한다네. 실패자들이 새로운 세대를 가르친다는 게 모순이라고 생각하지 않나.」

코넌 도일은 자기가 한 말에 허허 웃는다. 여전히 이 만남이 믿기지 않는 가브리엘 웰즈가 어색한 표정으로 조그맣게 따라 웃는다.

「우리한테는 정년도 은퇴식도 없네. 점진적인 대중의 무관심이 우리 커리어의 끝을 알려 주는 경종일 뿐이지. 그런 아픔을 겪지 않은 걸 다행으로 여기게.」

가브리엘은 단 한 번도 작가로서의 마지막을 생각해 본 적이 없다. 그에게 커리어는 정상이 눈에 보이지 않는 산을 끝없이 오르는 등산 같은 것이었을 뿐, 하산은 염두에 두지 않았다. 그런 그에게 코넌 도일의 말은 뜻밖의 자각을 가져 왔다. 살해당해 쇠락의 시련을 피할 수 있었는지도 모른다. 죽음이 그에게 명예로운 출구를 만들어 줬는지도 모른다. 〈소설적〉 작별이 가능하도록. 그렇다고 물론 심정지에 의한 사망이라는 부고의 오류를 바로잡아야 하는 과제까지 사라지는 건 아니다. 누가 그를 살해했는지는 반드시 밝혀내야 한다.

「나름대로 자네 살인 사건에 대해 수사를 해봤네, 순전히…… 정신적 유희 차원에서. 무아지는 범인이 아니야. 그자는 허세는 심해도 알고 보면 약한 존재지. 공격적인 언사와 떠벌리는 기질은 사람들의 관심을 끌기 위한 그만의 생존 방식이네. 언론의 산물일 뿐이야. 그는 TV를 위해 존재하는 꼭두각시 인형이자 어릿광대지. 용의자로서 관심을 가질 가치가 없는 인물이네.」

「그럼 누구죠?」

「내가 보기엔 자네가 용의자로 지목하는 사브리나 덩

컨이나 알렉상드르 드 빌랑브뢰즈도 아니야. 뤼시와 이냐스처럼 나 역시 자네 쌍둥이 형을 주목하고 있네. 지금 그가 자신의 비밀 실험실에서 만들고 있는 물건이 이 사건의 결정적 단서가 될 거라고 보네.」

「비밀 실험실이라니요? 거기서 무슨 일이 일어나는지 보셨어요?」

「아니. 현재로선 컴퓨터들과 각종 기계 장치가 있다는 것만 확인했네. 그가 마약에 취하거나 술을 마시지 않으면 내가 그의 정신에 들어가 정보를 캘 방법이 없으니까. 그만 가봐야겠네, 심령회 약속이 있어서. 만나서 반가웠네.」

「네? 저승에서도 심령회를 하신다고요?」

「그렇네. 살아 있을 때 작가 친구들과 하던 걸 거울 반대편에 와서도 계속하기로 했지.」

「실례가 안 된다면 어떤 분들이 오시는지 여쭤봐도 될까요?」

「자네도 아는 사람들이야. 에드거 앨런 포, H. P. 러브크래프트, H. G. 웰스, 올더스 헉슬리, 그리고 자네처럼 프랑스 작가인 발자크, 빅토르 위고, 알렉상드르 뒤마, 테오필 고티에, 조르주 상드가 우리 멤버지. 우린 일종의 〈뒤집힌 심령술〉을 하고 있다고 해야 하나.」

자기 입에서 나온 표현이 흡족한 듯 코넌 도일이 씩 웃는다. 가브리엘은 코넌 도일도 자신과 똑같은 버릇이 있을 거라고 생각한다. 이야기를 촉발시킬 수 있는 강렬한 문장을 늘 머릿속으로 찾는 버릇 말이다.

「떠돌이 영혼 상당수가 자신들이 살아 있다고 믿는다는 사실을 아시는가? 그들한테는 산 자들의 세계가 죽은 자들의 세계가 되는 거지. 정신의 힘은 이렇듯 강력해. 우리가 그렇다고 믿는 게 바로 우리지.」

코넌 도일이 다시 눈을 찡긋해 보인다. 〈요것도 적어 놨다 써먹어야지〉라고 생각하는 게 분명하다.

「어서 자네 형을 찾아가 사건의 진실을 파헤쳐 보게. 지금 파동 물리학 연구소에 있는 그의 실험실에 있더군. 북쪽 타워에 위치한 실험실 L63호에서 개인 실험에 몰두하고 있네.」

가브리엘은 코넌 도일에게 감사 인사를 건넨 뒤 즉시 날아올라 LPO로 향한다. 예상과 달리 L63호는 지하실이 아니라 천문 돔에 위치해 있다.

토마 웰즈가 망원경이 아닌 정체를 알 수 없는 기계 장치를 들여다보고 있다.

한 바퀴 빙 돌면서 요모조모 뜯어봐도 가브리엘로서는 도저히 용도를 짐작할 수 없는 기계다.

「자네가 생각하는 게 아니야.」

천장에 붙어 팔짱을 끼고 토마 웰즈를 내려다보던 심령체가 그에게 퉁명스럽게 말을 던진다.

「여기서 뭘 하시는 거죠?」 가브리엘이 묻는다.

「내가 자네한테 묻고 싶은 말인데?」

「제 쌍둥이 형이에요.」

「내 발명품일세.」

61

죽은 사람과 이야기하는 기계

미국 출신의 과학자이자 발명가, 사업가인 토머스 에디슨(1847~1931)은 자신이 이끌던 연구진과 함께 1천 종이 넘는 특허를 출원했다고 알려져 있다. 그의 대표적 발명품으로는 전신기, 송화기, 전구, 형광등, 알칼리 전지, 축음기, 심지어 전기의자가 있다.

에디슨은 말년에 『회상과 관찰』이라는 회고록을 집필했는데, 〈저승의 왕국〉이라는 제목을 붙인 마지막 챕터에 다음과 같이 썼다.

〈나는 《혼령들》이 테이블이나 의자, 위자 보드 같은 기괴하고 비과학적인 물건들이나 가지고 놀면서 시간을 허비하리라는 상상이 늘 말이 안 된다고 생각했다.〉

에디슨은 이 책에서 사자들과 소통하게 해주는 제대로 된 기계를 만들기 위해 발명가로서 마지막 노력을 기울였다고 밝혔다. 그는 자신의 조수이던 윌리엄 딘위디와 먼저 죽는 사람이 살아 있는 사람에게 저승에서 이승으로 메시지를 보내기로 진지하게 약속까지 했다.

에디슨은 1931년에 사망했고, 1948년 그의 회고록이 출간되었다. 하지만 지나치게 오컬트에 경도돼 저자를 희화할 위험이 있다는 판단에 따라 이후에 나온 판본에서는 마지막 챕터가 빠지게 되었다. 1949년에 출간된 최초의 프랑스어판 번역에서야 비로소 독자들은 사라진 마지막 챕터를 만날 수 있었다.

에디슨은 이 챕터에서 자신은 심령의 존재를 믿기 때문에 영매들이 사용할 수 있는 과학적 도구를 만들고 싶었다고 밝혔다. 그는 유령들이 수다스러운 존재라고 믿는다고도 했다. 그는 〈생명의 영역을 정확히 한정할 수는 없다〉라고 하면서도, 〈심령의 존재를 증명할 확실하고 반박 불가능한 연구 결과〉는 아직 얻지 못했다고 솔직히 고백했다.

에디슨이 죽은 사람들과 소통하는 기계의 시제품을 실제로 만들었다는 증거는 오늘날까지 발견되지 않았지만, 그가 남긴 스케치 한 장과 과망가니즈산 칼륨 화학식은 그런 상상을 가능하게 한다. 그 스케치에는 나팔처럼 생긴 기계와 송화기, 안테나가 그려져 있다.

여러 증언을 종합해 보면 에디슨은 사자와의 소통을 일종의 전자기파 통신으로 이해했으며, 언젠가 각 가정의 거실에 이 기계가 놓이게 될 날을 꿈꿨던 것 같다.

에디슨의 생각은 저승과의 통신의 초석이 되었고, 수

십 년 뒤 이 기계는 〈네크로폰〉이라는 이름으로 불리게
되었다.

에드몽 웰즈,
『상대적이고 절대적인 지식의 백과사전』제12권

62

죽은 사람과 소통하는 기계는 검고 둥근 꽃잎이 달린 한 송이 꽃을 연상시킨다. 꽃술처럼 생긴 노란색 대가 중간에 박혀 있다.

「아하, 우리가 어릴 때 얘기하던 네크로폰을 지금까지 만들고 있었잖아!」

「내가 이미 닦아 놓은 길을 따라오기만 하는 게 그리 어렵진 않았을 걸세. 역시 〈토마〉끼린 통하는군.」

가브리엘은 상대를 유심히 쳐다본다. 길쭉한 얼굴과 얇은 입술, 한쪽으로 빗어 넘겨 이마를 가린 백발, 그리고 트레이드마크인 나비넥타이. 낯익은 느낌이 든다.

「토마라면…… 〈다른〉 토마 말씀이신가요?」

「맞네. 의심 많은 사도 도마가 아니라 확신에 찬 토머스 에디슨이지.[9] 자네 형은 내 연구를 가장 많이 계승 발

---

9 성경에 나오는 〈도마〉, 영어 이름 〈토머스〉와 프랑스어 이름 〈토마〉는 모두 Thomas로 알파벳 철자가 같다.

전시킨 과학자이네. 산 자들의 세계와 죽은 자들의 세계 사이에 다리가 놓일 순간이 머지않았어. 느낌으로 알 수 있어. 자네도 느껴질 거야. 세상 이편과 저편에서 모두가 그렇게 느끼고 있다네. 자네의 멋진 형이 그 순간을 위해 전력 질주 중이지. 그 역사적인 순간을 놓치고 싶지 않아 이렇게 왔네. 닐 암스트롱의 달 착륙만큼 역사적인 순간을 곧 목격하게 될 거야. 토머스 에디슨의 저승과, 그의 살아 있는 조수 토마 웰즈의 세계가 최초로 이어지는 순간이지! 내가 죽은 뒤로 수많은 재주꾼들이 〈산 자의 한 걸음이 죽은 자들에게는 위대한 도약이다〉[10]를 좌우명 삼아 노력한 결과네.」

가브리엘은 형을 내려다보며 천문 돔에 떠 있다.

「여기서 진행 중인 연구는 아무도 모르네.」 그가 수군덕거린다.

「현 상태로는 아무도 몰라야 해. 자네도 여기 없었으면 하는 게 솔직한 내 심정일세.」

의심의 여지가 없다. 앞에 있는 남자는 토머스 에디슨의 떠돌이 영혼이 맞다.

밑에서는 열뜬 표정의 토마 웰즈가 꽃 모양으로 생긴 파동 수신기의 수신 강도를 조절한 다음 마이크가 달린 헤드셋을 머리에 쓴다.

---

10 〈한 인간의 한 걸음이 인류 전체에는 위대한 도약이다〉라는 닐 암스트롱의 말을 패러디한 표현.

「여보세요? 내 말 들려요?」

토마 웰즈가 다시 몇 가지 조작을 한다.

「아! 아! 여보세요? 여보세요? 누가 내 말 듣고 있어요? 주변에 누구 없어요? 떠돌이 영혼 없어요? 여보세요? 여보세요? 내 말 들리면 대답해요.」

그의 머리 위 두 심령체는 어쩔 줄을 몰라 서로를 물끄러미 쳐다본다.

「먼저 하시겠어요, 아니면 제가 먼저 할까요?」 가브리엘이 묻는다.

「자네 먼저 하게.」

「아니에요, 먼저 하세요.」

「난 괜찮네.」

「저도 괜찮아요.」

결국 에디슨이 총대를 멘다.

「아, 아! 여보세요? 여보세요? 깨끗하게 잘 들린다오.」

토마 웰즈가 뒤로 나자빠졌다 벌떡 다시 일어나더니 들뜬 목소리로 묻는다.

「아직 계신가요?」

「그렇소.」

「말씀하시는 분이 누구죠?」

살아 있는 물리학자가 극도의 흥분 상태에서 우왕좌왕하다 집기를 떨어트리더니 갑자기 서랍을 열어 카메라를 꺼내고 녹음 장치를 작동시킨다.

「나야, 가브리엘.」 가브리엘 웰즈가 즉시 말을 이어받는다.

「내 동생 가브리엘? 가브리엘, 너야? 내 느낌이 맞았어. 말하기 전에 네 존재를 느끼긴 했는데 정말 될 줄은 몰랐어!」

「나 혼자가 아니고 누구랑 같이 있어. 토머스…… 에디슨.」

「〈그〉 토머스 에디슨?」

「맞아.」

「이제 가능하다는 걸 입증했어!」 토머스 에디슨이 쩌렁쩌렁 울리는 음성으로 말한다. 「자네가 이 기계의 특허를 출원하는 일만 남았네. 곧 세상 사람 모두가 저승에 있는 사랑하는 사람들과 이야기할 수 있게 될 걸세. 장하네, 웰즈 선생, 내 아이디어를 발전시켜 현실화하는 데 성공했어. 나는 시간이 모자랐지…….」

토마 웰즈가 수신 상태를 개선하기 위해 조작을 시도하자 냉각 팬이 뿌연 연기를 내뿜기 시작하더니 갑자기 전자 기판들에 불꽃이 튀면서 불이 붙는다. 순식간에 수신 안테나가 폭발을 일으키면서 불이 커튼으로 옮겨붙는다. 토마가 급히 소화기를 집어 들고 백색 분말을 분사해 가까스로 화재를 진압한다. 그 와중에 삼각대를 발로 쳐 카메라가 땅에 떨어져 부서지고 만다.

「통신이 끊겼네요.」 가브리엘이 안타까운 표정을 짓

는다.

「전자 기판들에 과부하가 걸린 게 분명해. 기술적인 문제에 불과해 보이니 고칠 수 있을 걸세.」

두 심령체 밑에 있는 토마 웰즈의 얼굴에 실망과 흥분이 교차한다.

그는 〈됐어! 됐어!〉를 몇 번이고 반복한다.

토머스 에디슨이 나지막이 말한다.

「기계를 고칠 때까지 기다리면서 지켜보겠다고 말했어야 하는데, 이젠 우리가 하는 말을 들을 수가 없으니, 원.」

이때, 난데없이 짙은 화장을 하고 하이힐을 신은 젊은 여자의 떠돌이 영혼이 등장해 소리친다.

「둘 중 누가 가브리엘 웰즈죠?」

「전데, 왜 그러시죠?」

「여긴 아가씨가 올 곳이 아니에요. 당장 가요.」

미완성 상태로 발명품이 알려지는 게 속상한 에디슨이 호통을 친다.

「뤼시가 큰 위험에 처했어요. 당신을 찾으러 사방을 헤매고 다녔어요! 다행히 코넌 도일 작가가 여기 있다고 알려 주더군요. 당장 가야 해요, 가브리엘!」

「뤼시 필리피니 말이에요?」

「그녀가 납치됐어요. 당신을 찾아오라고 나한테 부탁했어요.」

가브리엘이 난감한 표정을 지으며 여전히 연기를 피워 올리는 네크로폰을 내려다본다. 그의 쌍둥이 형이 기계를 고치려고 부산하게 움직이고 있다.

「가보게, 가브리엘. 자네가 꼭 여기 있을 필요는 없네. 내가 남아서 시제품의 성능이 개선돼 완성될 때까지 지켜보겠네.」

네크로폰의 작동 순간을 직접 보고 싶은 마음과 친구를 구해야 한다는 마음 사이에서 갈등하는 가브리엘에게 정답 같은 문구가 떠오른다. 〈선택은 포기의 다른 이름이다.〉

63

    돌풍에 풀들이 모로 눕고 나무들이 고개를 꺾는다. 종이쪽지들이 바람에 휩쓸려 날아오른다. 가브리엘은 느닷없이 천문 돔에 나타난 정체불명의 가이드와 나란히 하늘을 날고 있다. 그녀가 알려 준 건 뤼시가 파리 북부 교외의 한 외딴집 지하실에 감금돼 있다는 사실이 전부다.

    두 심령체의 눈앞에 아직 완공되지 않은 단독 주택 한 채가 나타난다. 집 앞에 포르셰 한 대와 BMW 한 대가 주차돼 있다. 안으로 들어서자 바람이 거센 바깥과 달리 안온한 실내에서 게임 컨트롤러를 손에 쥐고 스크린에 시선을 고정한 사내 둘이 눈에 들어온다. 그들은 소파에 몸을 파묻은 채 자동차로 도시를 질주하면서 최대한 많은 행인을 치는 게임에 열중하고 있다.

    몸집이 작은 사내가 게임을 하면서도 연신 뚱뚱한 장모종 고양이를 한 손으로 쓰다듬어 준다. 고양이는 쉴 새 없이 스크린을 지나가는 장면들이 성가신 듯 눈을 감은 채 꼼짝 않고 앉아 있다.

가브리엘은 젊은 여성 떠돌이 영혼을 뒤따라 지하로 내려간다. 긴 복도를 따라가자 좌우로 문이 여러 개 보인다.

「뤼시!」 가브리엘이 큰 소리로 이름을 부른다.

「가브리엘!」 닫힌 문 너머에서 뤼시의 목소리가 들려온다.

나무 문을 통과해 들어가자 교도소 감방처럼 화장실과 세면대, 테이블을 갖춘 좁은 방의 침대에 뤼시가 누워 있는 게 보인다.

「어떻게 된 일이에요?」

「자고 있는데 갑자기 누가 들어와 독한 냄새를 풍기는 손수건으로 코와 입을 틀어막았어요. 상대를 확인할 새도 없이 순식간에 벌어진 일이에요. 정신을 차려 보니 머리에 시커먼 마대 자루가 씌워져 있고 손은 등 뒤로 결박돼 있더군요. 몸이 요동치는 걸로 보아 차 트렁크 안이 분명했죠. 몇십 분이 지나니까 덜컹거림이 멎었어요. 문이 열리고 누군가가 내 팔과 다리를 잡아 끌어내리더니 여기로 데려오더군요. 머리에 썼던 자루가 벗겨지자 우람한 사내의 모습이 보였어요. 내가 고함을 지르자 그가 입을 틀어막으면서 말했죠. 〈음식과 옷가지를 놔뒀어. 화장실도 있고. 소리쳐 봤자 아무 소용 없어, 들어 줄 이웃도 없으니까.〉 바로 그 순간 돌로레스가 나타났어요. 그

113

래서 얼른 당신을 찾아오라고 했죠.」

「돌로레스? 렌 여성 교도소에 함께 있었던 그 돌로레스 말이에요?」

돌로레스 본인이 직접 말을 받는다.

「설명하자면 긴데, 어쨌든 출소 후에 여동생과 나를 배신했던 놈에게 복수하려다가 이렇게 됐어요. 몸이 굼떠 놈에게 당한 거죠. 저승에 와서 오랫동안 떠돌다가 사자들과 얘기할 수 있는 이 친구 생각이 났어요. 그놈에게 제대로 복수하게 도와 달라고 하려고 뤼시를 찾아다녔는데 우연히 이 지하실에서 울고 있는 걸 발견했죠. 뤼시가 나를 만나자마자 당신을 찾아 달라고 부탁하더군요.」

「잠깐, 잠깐만요, 일단 상황부터 파악해야겠어요. 뤼시, 당신은 사미 곁에서 자고 있었어요. 그러다 누군가에 의해 마취를 당하고 납치됐어요. 사미는, 사미는 어떻게 됐어요?」

「모르겠어요. 나처럼 납치돼 옆방에 감금됐거나 아니면…… 아니, 그럴 리 없어! 말도 안 되는 일이야.」

「강도의 소행 같진 않아요. 당신을 납치할 이유가 없잖아요? 몸값을 요구할 것도 아닌데, 아니, 요구한다 칩시다, 누구한테 하겠어요? 사미한테? 당신 부모님한테?」

「사미를 죽이지 않았다면요!」

이때 자물쇠 풀리는 소리가 잘칵 나더니 문이 열리고 1층에서 본 사내 둘이 안으로 들어온다.

「누구랑 말하는 거야?」

키 큰 사내가 방에 휴대폰이 숨겨져 있는지 확인하기 위해 샅샅이 뒤지기 시작한다.

아무것도 발견하지 못하자 그는 동료를 향해 여자가 미쳐서 혼잣말을 하는 게 분명하다는 뜻을 담은 제스처를 취한다. 키 작은 사내가 어깨를 으쓱 추어올리더니 호주머니에서 작은 병 하나와 주사기를 꺼낸다.

「나한테 원하는 게 뭐예요? 날 납치한 이유가 뭐예요? 돈을 원한다면 얼마든지 얘기해 볼 수 있어요. 나한테 저금이 2천 유로 정도 있어요. 돈을 인출해 줄 테니 같이 가요, 찾아서 당신들한테 줄게요. 대신 날 놔줘요, 네?」

「이 여자가 상황 파악이 안 된 모양이네.」사내가 빈정대면서 주사기를 병에 찔러 넣는다.

「말해 줘요! 사미는 살아 있어요? 당신들이 죽였어요?」

「사미란다! 이 여자가 사미 걱정을 하고 있네!」키 큰 사내가 노골적으로 비아냥거린다.

「무슨 일인지 얘기해 줘요! 난 알 권리가 있어요! 당신들이 원하는 게 뭐냐고요?」

사내가 뤼시의 팔을 잡더니 소매를 걷어 올린다. 그녀가 발버둥 친다.

「가만있어, 괜찮을 거야.」작은 사내가 말한다.

「기다려 봐. 지금까지는 있는 줄도 몰랐던 곳으로 정신의 여행을 떠나게 될 테니까. 진즉 해주지 않았다고 나중에 앙탈이나 부리지 마. 너는 돈 한 푼 안 들여도 돼, 우리가 이렇게 공짜 여행을 시켜 주니까.」

「이거 뭐예요? 주사기 안에 뭘 넣었어요?」

「너한테 딱 어울리는 예쁜 이름을 가진 거야…… 헤로인이라고. 불안해할 거 없어, 이게 곧 여행을 떠나게 해 줄 테니까. 나중에 더 달라고 부탁, 아니 〈애원〉하지나 말아.」

그가 뤼시의 팔을 잡는다.

「그거 놔!」 가브리엘이 소리치며 사내에게 발길질해 보지만 그의 발은 저항 없이 물질을 통과해 지나간다.

「우리가 해줄 수 있는 게 없어요.」 돌로레스가 안타까운 얼굴로 뤼시를 내려다본다.

키 작은 사내가 뤼시의 팔뚝에 고무줄을 묶고 혈관을 찾기 시작한다. 그가 바늘을 찔러 넣자 뤼시가 발버둥을 친다. 하지만 노란 액체는 이미 그녀의 혈관을 타고 핏속으로 흘러들어 가고 있다.

「놈들이 왜 저런 짓을 하는 거죠?」 무기력하게 지켜보던 가브리엘이 묻는다.

「알 것 같아요. 여자들을 잡아 성매매를 시키는 놈들인 게 분명해요. 마약에 중독되게 만들어 계속 잡아 두려는 거죠.」

「뤼시를 저렇게 놔둘 순 없어요.」

「그녀는 물질세계에 있고 우린 비물질 세계에 있어요.

116

우리가 할 수 있는 게 아무것도 없어요.」

두 사내가 방을 나가면서 한마디 던진다.

「좋은 꿈이나 꾸고 있어.」

뤼시가 반쯤 얼이 빠져 말한다.

「가…… 가…… 가브리엘?」

「나 여기 있어요, 뤼시! 나 여기 있어요!」

「가브리엘, 내가…… 부탁이에요…… 도와줘요.」

「내가 뭘 어떻게 해야 하는지 말해요…….」

「그들이 올 거예요, 그들이…… 들어오게 하면 안 돼
요. 당신이…… 들어와요…… 당신이…….」

「〈그들〉이라니, 누구 말이에요?」

돌로레스가 가브리엘의 머리 위를 가리킨다. 떠돌이
영혼 열댓 위가 순진무구한 표정으로 천장에 붙어 있다.

「저들이 저기서 뭘 하고 있는 거죠?」

「뤼시의 몸을 도둑질할 기회를 노리고 있는 거예요.」
돌로레스가 대답한다.

「그런 일이 어떻게 가능하죠?」

「헤로인이 서서히 뤼시의 뇌에 작용하면 오라가 밀폐
성을 잃어요. 그러면 그녀의 영혼이 더 이상 갇혀 있지
않고 몸 밖으로 나가죠. 그때를 노려 뤼시의 육신을 차지
하려는 거예요.」

「저들이 여길 어떻게 알았을까요?」

「전에도 이런 일이 있었겠죠. 유체 이탈을 일으킬 만

큼 많은 용량이 여자들 몸에 주입되는 걸 봤겠죠. 그래서 저렇게 먹잇감을 노리는 맹금류처럼 기다리고 있는 거예요.」

말이 떨어지기 무섭게 떠돌이 영혼들이 뤼시에게 접근한다.

「가브리엘! 돌로레스! 말소리가…… 들려. 그들이, 왔지? 그들이 와 있는지 말해 줘. 사실대로 말해 줘.」

「왔어. 열댓 위의 떠돌이 영혼이 주변에 있어.」돌로레스가 어쩔 수 없이 사실대로 이야기해 준다.

「그들이 내 안으로 들어오려고 할 거예요. 누구든 먼저 들어와 내 몸을 차지하고 나면 나는 끝이에요. 당신이 먼저 들어와야 해요, 가브리엘.」

「뭐라고요?」

「그들이 독수리처럼 먹이를 노리고 있다는 거 알아요…… 그래서 부탁하는 거예요…… 가브리엘…… 당신이 내 몸을 가져요.」

「무슨 말인지 이해 못 하겠어요.」

그녀가 얼굴을 찡그리고 입술을 깨물어 가면서 간신히 말을 내뱉는다.

「당신의 영혼은 더럽혀지지 않았어요. 내 육신은 곧 두꺼운 오라의 보호를 받지 못하게 돼요. 몇 초 있으면 밀폐성이 떨어져 뭐든 내 몸으로 들어올 수 있게 돼요. 당신이 내 몸을 차지하지 않으면 낯선 영혼이 들어올 거예요. 그러면 나중에 몸을 돌려주지 않을지도 몰라요. 내가 믿을 수 있는 건…… 오직…… 당신뿐이에요. 내가 정수리의 7번 차크라를 통해 몸을 빠져나갈게요…… 당신이 거기 있다가 내가 나간 자리로 들어와요…….」 뤼시가 힘겹게 말을 이어간다. 「누구나 다른 성별의 몸이 되는 꿈을 한 번쯤 꾸지 않나요? 그리고 당신은…… 난 알아요…… 솔직해져요…… 당신은 내 몸으로 삽입해 들어오고 싶어 했잖아요…… 알고 있어요…….」

「이런 식은 사양하겠어요!」

「아니, 해야 해요.」 돌로레스가 단호하게 말한다. 「뤼시 말이 맞아요. 당신이 들어가지 않으면 그녀는 몸을 영영 잃어버리게 될 거예요. 저 떠돌이 영혼 하나가 먼저 몸을 차지하면 다시는 나오려고 하지 않을 테니까.」

「기억해요…… 7번 차크라예요.」

대화를 엿들은 떠돌이 영혼들이 벌써 뤼시의 정수리로 다가든다. 틈이 생기는 즉시 그녀의 몸속으로 내려앉을 태세다.

「잠깐! 안 돼, 아직 나오지 마 뤼시, 떠돌이 영혼들이 주변에 있어!」 돌로레스가 소리쳐 경고한다.

「도저히 견딜 수가 없어, 지금 상태로는…….. 잠깐…… 아이디어가 하나 떠올랐어요. 일단 내 정수리에 최대한 가까이 다가와 있어요…… 그 상태에서 내가 20까지 셀게요. 우리 집에 있는 고양이의 마릿수를 말하면, 그건 우리 둘만 알잖아요, 즉시 내 몸으로 들어와요. 그러면 당신이 제일 유리할 거예요. 자, 됐죠? 숫자를 듣는 순간 재빨리 움직이면 돼요. 준비됐어요?」

뤼시가 숫자를 세기 시작한다. 그녀의 몸을 차지할 기회만 엿보는 다른 떠돌이 영혼들도 가브리엘처럼 준비 자세를 취하고 기다리고 있다.

「1⋯⋯ 2⋯⋯ 3⋯⋯.」

그녀는 숫자를 똑바로 발음하기도 힘들어진다.

「10⋯⋯ 11⋯⋯ 12⋯⋯ 13⋯⋯.」

그 순간 갑자기 뤼시의 영혼이 거품 모양으로 몸을 빠져나간다.

가브리엘이 주변의 영혼들보다 빨리 그녀의 몸속으로 들어간다.

「성공했어요!」 돌로레스가 환호를 지른다.

실망한 떠돌이 영혼들이 하나둘 자리를 뜨기 시작한다.

순수한 영혼이 된 뤼시가 옛 친구인 돌로레스를 마주 보며 공중에 떠 있다.

「고마워!」

렌 교도소 시절에 친구가 된 두 떠돌이 영혼이 다정하게 포옹하는 몸짓을 한다.

가브리엘은 뤼시의 몸에 들어가 있다.

미처 육신을 되찾은 쾌감을 맛볼 새도 없이 헤로인의

효과가 나타난다. 도취 상태에 들어간 그의 머릿속에 꽃밭이 펼쳐진다. 새로 취한 몸의 형태와 크기를 제대로 가늠하기도 전에 그의 정신이 주변의 모든 것을 일그러뜨리고 변형시켜 보여 준다. 벽이 휘어지고 기울고 뒤틀리는가 하면 천장은 위로 떠올라 벌어지며 오르락내리락 움직이기 시작한다. 손은 얼음장같이 차고 머리는 터질 듯이 뜨겁다. 주삿바늘 자국에서 격통이 올라오고 침이 입가로 질질 흘러내려 불쾌감을 유발한다. 울컥울컥 구역질이 올라온다.

「내가 바로 옆에 있어요!」 뤼시가 그를 안심시키려고 애를 쓴다. 「당신을 이 상태로 놔두진 않을 거예요! 내 말 들려요, 가브리엘? *내 말 들려요?*」

상황을 비관적으로 바라보는 돌로레스가 말한다. 「네 몸속에 들어간 그가 네 뇌의 영매 능력을 사용할 줄 안다는 보장이 없어.」

「가브리엘! 가브리엘! 내 말 들려요?」

한참 경련을 일으키던 뤼시의 몸이 차분해지자 가브리엘이 겨우 몇 마디 오물거린다.

「네, 네. 듣고 있어요, 뤼시.」

두 여자는 그제야 마음을 놓는다.

「숨을 깊이 들이마셔 봐요.」

가브리엘은 기관지가 타는 듯한 통증을 느껴 캑캑거리면서 침을 뱉는다. 어두운 마약의 기운이 한 번 더 그를 덮쳐 온다. 다시 환각이 시작되자 침대가 네 발 달린 짐승으로 둔갑한다. 원래 있었던 편집증이 마약 효과로 극대화된 것이다. 날카로운 면도날이 당장이라도 머리로 쏟아져 내릴 듯 천장 가득히 달랑달랑 붙어 있다. 심장이 부정맥 증세를 보여 수시로 빨리 뛰었다 늦게 뛰었다 한다. 그는 초인적인 힘을 발휘해 몸을 일으킨다. 현기증에 휘청거리면서 세면대로 걸어가 수도꼭지를 틀고 갈증을 해갈한다.

그는 차가운 물에 머리를 밀어 넣는다.

「미안해요. 그리고 고마워요…… 나 대신 고통을 감당해 줘서.」 뤼시가 안타까운 표정으로 자신의 몸을 내려다본다.

가브리엘이 걸음을 떼다 고꾸라진다. 그는 다시 몸을 일으키지 못하고 쓰러진 채 잠이 든다.

몸에서 해방된 뤼시의 영혼은 잠든 가브리엘의 영혼이 들어 있는 자신의 예전 육신을 내려다보며 천장을 빙빙 돌고 있다.

그녀는 무중력 상태를 즐길 여유도 없이 돌로레스에게 질문을 던진다.

「나한테 무슨 일이 일어났던 걸까?」

「다른 방에도 다 가봤는데, 너랑 똑같이 마약에 취한 듯 보이는 여자들이 감금돼 있었어.」

「그래서 네가 내린 결론이 뭐야?」

「백인 여성을 대상으로 하는 인신매매 조직 같아.」

「놈들이 어떻게 한밤중에 집에 와서 사람을 잡아갈 수 있었을까…….」

「가능하지, 만약…….」

「아니, 불가능해. 사미도 변을 당한 게 틀림없어.」

「이제 순수한 영혼이 됐으면 〈양식 있는 영혼〉처럼 생각해 봐. 그래 좋아, 네가 그를 사랑하는 건 좋아. 하지만 그가 납치를 방조했을 가능성을 무시할 수 없다는 건 인정해야지.」

「말도 안 돼. 사미는 나를 사랑해.」

돌로레스가 한심하다는 듯이 쳐다보자 뤼시의 표정이 굳어진다.

「직접 확인해서 찜찜한 기분을 없애야겠어. 그의 집으로 가자. 가보면 분명히 다른 이유가 있었다는 걸 알게 될 거야.」

「안 돼!」 돌로레스가 정색을 하고 반대한다. 「네 몸을 여기 이렇게 무방비 상태로 놔둘 순 없어. 몸이 파괴되면 사미에 대한 진실을 알게 된들 무슨 소용이 있어? 몸으로 돌아갈 가능성이 완전히 사라지는 거잖아. 더군다나 그건 가브리엘에 대한 온당한 대접이 아니야. 그는 네 부탁으로 마약에 취한 네 몸속에 들어가 있어.」

「그럼 뭘 어떻게 하자는 거야?」

「일단 그가 깨어나길 기다렸다 탈출을 도와주자. 그런

다음 네 애인의 진짜 정체를 밝혀내고 네가 감금된 이유도 알아내는 거야. 빵살이 경험자로서 하는 얘긴데, 친구부터 돕고 나서 적을 손봐도 늦지 않아.」

뤼시는 교도소 친구의 제안을 받아들인다.

가브리엘은 여전히 바닥에 누워 잠들어 있다. 그는 꿈을 꾼다. 머릿속에 형광색 이미지가 하나둘 나타나 서서히 모양을 갖추기 시작한다. 그는 자신의 마지막 작품인 『천 살 인간』의 소재 중 하나인 멕시코 도롱뇽 아홀로틀을 꿈속에서 만나고 있다.

거대한 흰색 동물이 그에게 말을 건다. 작고 동그란 눈에 분홍색 실타래 같은 아가미가 옆으로 길게 뻗어 있는 짐승에게서 할아버지의 목소리가 흘러나온다.

〈가브리엘…… 가브리엘…… 삶을 붙잡아라…… 꽉 붙잡아야 해…… 죽으면 안 돼. 지금 죽는 건 진짜 어리석은 짓이야.〉

64

아홀로틀

몸의 모든 부위가 재생 가능한 도롱뇽 아홀로틀은 영생불멸의 동물이라고 할 수 있다. 도마뱀의 경우 이런 재생 능력이 꼬리에 한정되지만, 아홀로틀은 뇌를 포함해 몸 전체가 이런 능력을 갖고 있어 어떤 부분이 잘리거나 절단돼도 재생할 수 있다.

이런 특징은 아홀로틀이 변태를 거치지 않고 일생 동안 유생 상태로 머무르기 때문에 가능하다. 엄마 배 속에 있는 인간 태아처럼 아홀로틀의 몸은 재생 가능한 줄기세포 덩어리로 이루어져 있다. 또한 양수 안에 떠 있는 인간 태아가 그렇듯 몸의 일부가 잘려 나가면 그 자리가 아무는 게 아니라 다시 자라난다.

아홀로틀이라는 이름은 고대 방언인 나우아틀어로 〈수중 괴물〉을 뜻한다. 이 말처럼 아홀로틀은 멕시코 중부, 해발 2천 미터 높이에 있는 소치밀코 호수와 찰코 호수에서 서식한다.

아홀로틀은 대부분 분홍빛을 띠는 하얀 몸체를 가지고 있다. 몸 양옆에 고사리 모양으로 아가미들이 달려 있는데, 빨강 혹은 분홍 아가미들이 길고 더부룩하게 뻗은 모습이 마치 레게 머리를 연상시킨다. 아홀로틀은 이런 귀여운 외양 덕분에 만화 영화 「포켓몬스터」의 캐릭터 중 하나인 우파의 모델이 되기도 했다.

수중에 사는 아홀로틀은 물고기처럼 아가미로 호흡한다. 아홀로틀은 번식은 하지만 노화는 하지 않는다. 유형(幼形) 상태에서 성장을 멈춘 채 생식기만 성숙해 번식한다.

서식하던 호수의 물이 마르면 아홀로틀은 액체 환경을 나와 뭍에서 살게 된다. 이렇게 환경이 변하면 갑자기 변태가 일어나 반투명 피부가 갈색이나 초록색으로 변하고, 아가미 대신 허파로 숨을 쉬게 된다. 몸의 재생 능력을 상실하고 노화 현상이 일어나게 되면서 아홀로틀의 수명은 기껏해야 5년으로 단축된다.

오늘날 의학 전문가들은 아홀로틀이 지닌 재생 능력의 비밀인 〈유형 성숙〉 현상을 재현해 낼 수 있다는 희망을 가지고 이 도롱뇽을 연구하고 있다.

하지만 환경 오염과 기후 변화로 인해 서식지가 파괴되면서부터 이 종은 2006년 이후 멸종 위기에 처해 있다. 아홀로틀이 사라지면 이것의 유전자에 새겨져 있는 놀라운 신체 재생 능력의 비밀도 함께 사라지게 된다……

에드몽 웰즈,
『상대적이고 절대적인 지식의 백과사전』제12권

제3막

드러난 비밀

65

꼬박 하루 동안 열이 오른 상태에서 경련을 일으키다 선잠이 들어 악몽을 꾸는 사이클을 반복하던 뤼시의 몸이 서서히 안정을 찾는다. 마약이 몸 밖으로 배출되고 약효가 사라지자 의식이 조금씩 맑아지면서 눈이 떠진다. 가브리엘의 영혼은 그제야 눈으로 주변을 둘러보기 시작한다.

자신의 것인지 긴가민가한 생각이 가장 먼저 머릿속에 떠오른다.

〈살아 있음에 감사합니다.

육신을 가진 것에 감사합니다.〉

다음 구절이 메아리처럼 따라온다.

〈오늘도 존재의 행운을 누릴 수 있는 만큼 이에 부끄럽지 않은 하루를 살게 되기를 소망합니다. 제 재능이 생명 전반에 유익하게 쓰이도록, 특히 살아 있는 제 인간 동족들의 의식 고양에 기여하도록 최선을 다하겠습니

다.〉

자신의 생각이 낯선 생각과 뒤섞인다고 느끼는 순간 〈뤼시 몸속의 가브리엘〉은 소름이 끼친다. 오한이 나자 그는 침대 시트를 끌어당겨 몸을 감싼 채 경련이 잦아들기를 기다린다. 한참 만에 증세가 진정되자 그는 심호흡을 하면서 웅크렸던 몸을 편다. 몸을 천천히 일으켜 세면대 위에 붙은 거울을 향해 걸어간다.

거울 속 이미지를 대하는 순간 그는 몸을 소스라뜨린다. 납덩이같이 창백한 여자의 얼굴이 그를 쳐다보고 있다. 다시 헤로인 생각이 떠오르는 것을 간신히 누른다.

그는 얼굴에 줄줄이 찍힌 눈물 자국과 검게 번진 눈 화장을 물로 씻어 낸다. 조심스럽게 뺨으로 손을 가져간다. 그의 뺨보다 살짝 깊게 팬 보드라운 뺨. 그는 조그만 머리에 손을 얹어 긴 머리칼을 천천히 쓸어 넘겨본다. 가느다란 팔 끝에 달린 손가락들이 갸름하다. 거울 너머로 가슴 위가 봉긋이 솟아오른 게 보인다.

순간 다시 전율이 느껴진다.

그는 거울에 바짝 붙어 티셔츠를 홱 걷어 올린다. 두드러진 젖무덤 위에 진분홍빛 유두가 올라앉아 있다. 그는 티셔츠를 걷었다 내렸다 한다.

몸을 꼬집고 나서도 꿈인지 생신지 긴가민가해 혀를 살짝 깨물어 보기도 한다. 그는 다시 천천히 손을 움직여 가슴을 만져 본다.

뤼시와 사랑을 나누고 싶어 했던 그가 뤼시가 되어 있다. 손을 뻗으면 그녀의 몸을 마음대로 만질 수 있다.

정신을 차려야 한다는 생각으로 가브리엘이 피식 찬 웃음을 흘린다. 여전히 익숙하게 느껴지지 않는 몸으로 웃음소리가 통과해 지나가자 한결 마음이 편안해지고 기운이 생긴다.

「내 말 들려요?」

가브리엘이 소리가 들리는 쪽으로 몸을 돌리지만 아무도 보이지 않는다.

「나한테 말하고 있는 게 누구죠?」

「나예요, 뤼시. 나는 순수한 영혼이 됐고 당신은 내 몸으로 육화했어요. 내 말을 들을 수 있는지 확인해 보려고 불렀어요.」

「당신 말이 들려요.」

「내 뇌가 지닌 영매 기능이 여전히 작동하는 모양이군요. 그 감각이 내 정신에만 연결된 게 아니라 신체에도 연결돼 있다는 의미네요.」

「나는요? 내 말은 들려요? 뤼시 친구 돌로레스예요.」

「당신 말도 들려요.」

「천만다행이에요. 내 말 잘 들어요, 가브리엘.」 뤼시가 말한다. 「우린 맞교환을 했어요. 내가 제안하길 잘한 것 같아요. 나였으면 도저히 마약 증세를 견디지 못했을 텐데 당신은 잘 버텼어요. 무사히 고비를 넘겼으니 이제 문제 없을 거예요.」

「몸을 되찾고 싶어요?」

「아뇨, 아직은 아니에요. 범죄학을 전공한 추리 작가인 당신이 탈출에 훨씬 유리할 거예요. 나보다 경험도 많고 전략적인 마인드를 가졌으니까. 난 분명히 또 우왕좌왕할 거예요. 영안실에 잠입했을 때를 기억해 봐요. 몸에 상처를 입고 소란만 일으켰잖아요.」

「당신 몸을 언제까지 빌려줄 생각이죠?」

「탈출한 뒤에도 조금 더요. 그동안 나는 개인적으로 해결해야 할 문제가 있어요.」

「그럼 나 역시 주어진 유예 기간을 활용해 내 살인 사건, 다시 말해 내 예전 육신의 파괴 사건에 대한 수사를 계속해 봐야겠어요. 물론 당신이 반대하지 않으면 말이에요.」

「오늘 저녁에 누가 자동차를 쓸지 의논하는 사람들 같네……. 꼼짝없이 갇힌 신세이면서!」 돌로레스가 핀잔을 준다.

「앞으로 우리는 상부상조하는 거예요. 자, 내가 감시자들의 동태부터 살피고 올게요.」

뤼시가 잠시 사라졌다 돌아와 가브리엘에게 알려 준다.

「놈들이 자고 있어요. 지금이 기회예요.」

가브리엘의 정신이 작동하기 시작하자 뤼시의 몸이 바닥에서 못 두 개를 주워 구부린다. 못을 자물쇠에 넣고 요리조리 돌리자 빗장이 안쪽으로 슥 밀리면서 문이 열린다.

「밖이 무척 추우니까 두꺼운 옷으로 골라 입어요. 그리고 뛰어서 도망쳐야 할 테니 브래지어를 걸쳐요. 조금만 뛰어도 금방 효과를 몸으로 느낄 수 있을 거예요.」

가브리엘은 몇 번 시도한 끝에 간신히 등 뒤에서 훅을 채운다. 문턱을 넘는 순간 벌써 하이힐 때문에 걸음걸이가 불안정하고 브래지어가 걸쳐진 자리가 근질근질하다.

결국 그는 구두를 벗어 손에 들고 맨발로 걷기 시작한다. 어두컴컴한 복도에서 문 밑으로 나지막한 신음 소리가 새어 나온다. 둥근 창 너머에 젊은 여성이 실신해 있다. 좌우로 있는 방 여섯 개에 여섯 명의 여성이 뤼시와 똑같은 상태로 감금돼 있다.

가브리엘이 주머니에서 못을 꺼내 첫 번째 방의 자물쇠에 넣는다.

「지금 뭐 하는 거예요?」 돌로레스가 소리를 지른다.

「뭐긴요, 옆방 여자들을 풀어 주려는 거죠.」

「그러다 괜히 탈출만 힘들어져요. 우선 당신부터 여길 빠져나가고 나서 이 불쌍한 여자들을 도와주러 다시 오면 돼요. 당신이 잡히면 다 같이 망하는 거예요.」

「당신도 같은 생각이에요, 뤼시? 함께 잡혀 온 여자들한테 조금의 연민도 느끼지 않아요?」

「돌로레스 말이 맞아요. 섣불리 다른 여자들을 도우려

다 일을 그르치기보다 내 몸이 안전하게 여기서 *빠져나가는* 게 더 중요해요.」

티격태격할 때가 아니라고 판단한 가브리엘은 계단을 통해 서둘러 1층으로 올라간다. 두 사내가 TV를 켜놓고 소파에서 늘어져 자고 있다.

발소리를 죽이며 걸어가던 그는 가구에 발부리가 걸리는 바람에 엉겁결에 신음 소리를 내고 만다.

사내 하나가 눈을 번쩍 뜬다.

「어이! 너 거기서…….」

그가 도망자를 잡기 위해 몸을 벌떡 일으키자, 위에서 내려다보던 뤼시가 묘수를 찾아낸다. 그녀는 영혼에 접속해 비만 고양이를 움직이게 만든다. 사내가 고양이한테 발이 걸려 뒤로 나자빠진다.

가브리엘은 순식간에 문을 빠져나가 주차된 포르셰 앞에 가 있다. 다행히도 계기판에 놓여 있는 자동차 키를 집어 시동을 건다. 그가 차문을 잠그는 순간 고함 소리가 들린다.

「놓치면 안 돼! 빨리! 저년을 잡아!」

가브리엘은 조만간 다시 신을 것 같지 않은 고문 도구인 하이힐을 조수석에 던져 놓는다.

감시자들이 탄 BMW가 그를 뒤쫓기 시작한다. 혈액에 들어 있는 마약 탓에 그는 여전히 움찔움찔 몸을 떨고 있다. 호흡이 거칠어지면서 핸들을 잡은 손이 떨린다.

살아 있는 몸으로 존재한다는 게, 손에 만져지는 물질로 존재한다는 게 얼마나 대단한 행운인지 그는 이제야 자각한다.

긴 머리, 얇고 보드라운 피부, 가슴, 그리고 무엇보다…… 페니스가 없는 작은 몸을 가진 느낌은 여전히 생경하기만 하다.

그는 살짝 다리를 오므려 본다. 사타구니에서 느껴지는 건 실크 속옷의 감촉이 전부다.

이 느낌이 싫지 않아. 가브리엘의 입가에 웃음기가 번진다.

〈결국 위쪽은 솟아오르고 아래쪽은 꺼진 셈이네.〉

그는 운전대를 잡지 않은 손을 입술에 갖다 댄다. 도톰함이 주는 느낌이 새롭다. 이번엔 백미러를 향해 목을 길게 늘인다. 흐뭇한 미소를 짓는 순간 추격자들의 차가 시야에 잡힌다.

가브리엘은 문득 자신이 운용하고 있는 몸의 주인은 성공 조건을 모두 갖추었다는 생각을 한다. 뛰어난 머리, 감수성, 창의성, 영매 능력, 미모. 딱 한 가지 단점이라면 바로…… 사미. 여자들은 대개가 남자들보다 똑똑하지만, 사랑에 빠지면 180도 달라져 어린아이보다 더 순진해지기도 하지.

「조심해요, 오른쪽, 트럭!」 영혼 뤼시가 그에게 소리친다.

여자 가브리엘은 앞차를 추월하는 트럭과의 충돌을 간신히 피한다.

「실례가 아니라면 혹시 〈내〉 몸을 가지고 어딜 가는지 물어봐도 될까요?」

「블라디미르 크로스를 찾아가요.」

「그 사람은 왜요?」

「나와는 잘 아는 사이고 당신과도 이미 안면을 텄잖아요. 그의 연구소에는 마약 중독자를 위한 서비스가 따로 있고 혈액 정화에 필요한 장비도 다 갖춰져 있어요.」

가브리엘은 자신의 소설에서 묘사했던 추격 장면을 떠올리며 일단 파리 시내로 진입해 추격자들을 따돌릴 전략을 세운다. 그는 파리 외곽 순환 도로에서 포르트 드 생투앙을 통해 시내로 접어든 뒤 몽마르트르의 좁은 길을 내달린다. 신호를 무시하고 질주하다 자전거와의 충돌을 여러 번 아슬아슬하게 모면한 그는 결국 주차된 차의 사이드미러를 박살 내고 지나간다.

「여자가 운전대를 잡으면 저렇다니까! 저거 좀 봐!」

좁은 길에서 포르셰의 폭주를 지켜보던 한 보행자가 손가락질하며 소리를 지른다.

BMW에 탑승한 두 추격자는 먹잇감을 시야에서 놓치지 않기 위해 기를 쓰고 따라오다 천천히 운행하는 청소차에 가로막히고 만다. 그들이 아무리 경적을 울려도 청소부들은 도발적인 제스처로 응답할 뿐 꿈쩍도 하지 않는다.

「멋져요, 가브리엘! 운전 정말 잘하네요…… 여자치고
는.」돌로레스가 뼈 있는 농담을 건넨다.

여자 가브리엘은 블라디미르 크로스의 연구소가 있는
샹젤리제를 향해 차를 몬다. 그는 차에서 내리자마자 뤼
시의 하이힐부터 신는다. 키가 몇 센티미터나 커진 그가
비틀비틀 걸어가 안내 데스크에서 급히 친구를 만나러
왔다고 말한다.

여직원 지슬렌이 금방 그녀를 알아본다. 그녀가 이번
에는 협조적 태도를 보이며 군말 없이 크로스의 사무실
로 안내해 준다.

「다시 만나 정말 반가워요, 마드무아젤 필리피니!」그
가 반갑게 그녀를 맞는다. 「다시 연락하지 않으면 어쩌나
걱정했어요. 당신 첫인상이 너무 좋아서…….」

가까이 다가서는 크로스의 눈에 창백한 뤼시의 낯빛
과 짙은 다크서클이 들어온다. 그녀는 손을 몹시 떨고
있다.

「블라디미르, 내 말 잘 들어. 설명하기 좀 복잡한데, 내
가 포주 조직에 붙잡혔다 풀려났어. 놈들이 나를 좀비로
만들려고 강제로 마약을 투여했어. 교환 수혈을 해야겠
어. 자네 연구소에서 그걸 하는 걸 알아. 혈액 정화부터
하고 나서 자세한 얘기를 들려줄게.」

갑자기 반말을 쓰자 깜짝 놀라는 크로스에게 여자 가

브리엘이 팔뚝을 걷어 혈종을 보여 준다. 크로스가 곧바로 간호사들을 불러 처치를 시작하게 한다.

간호사들이 혈액 검사를 한 뒤 가브리엘을 방에 데려가 눕힌다. 펌프질이 시작되자 오염된 피가 서서히 깨끗한 피로 바뀐다.

「시간이 꽤 오래 걸릴 것 같으니 나는 여기 놔두고 가서 볼일 봐요, 뤼시.」여자 가브리엘이 말한다. 「개인적으로 해결해야 할 일이 있다고 했잖아요.」

「내 육신을 잘 보살펴 줘서 고마워요.」

「나는 정비사나 마찬가지예요. 원래 운전자가 점검해 달라고 차를 맡겼으니 오일 교환부터 하고 나서 타이어 압력을 체크하고 차체 세척도 하는 게 당연하죠.」

「아…… 저기…… 내가 몸을 위해 사소하게 신경 쓰는 게 몇 가지 있는데, 당신한테 알려 줘야 할 것 같아요.」

「어떤 거 말이죠?」

「화장을 지우지 않고 잠들면 안 돼요. 그리고 밤에 크림을 발라 줘야 아침에 피부가 땅기지 않아요.」

「알았어요, 다른 건요?」

「아침마다 약과 비타민을 잊지 말고 먹어요. 부엌 오른쪽 창장에 있어요. 다리털이 자라면 왁싱을 해주고 꿀 마스크팩도 가끔 해야 해요. 그리고…….」

「이 몸에 영원히 머물 생각이 없으니까 일단 급한 것부터 할게요. 혈액과 피부를 깨끗이 해주고, 음식을 먹고 잠을 자고 약간의 운동을 하고.」

「아, 머리 손질은 해줘요. 지금 당신 머리가 엉망이 에요.」

「기억할게요.」

「그리고, 난 비건이에요. 내 입에 고기를 넣지 말아요. 그건 당신이 좀 전에 했던 자동차의 비유를 빌리자면 휘발유 차에 경유를 넣는 거나 마찬가지니까.」

「걱정하지 말아요. 마약 때문에 한동안 혼란스러웠지만 이제는 당신 몸에 들어와 있는 경험을 뭐랄까…… 아주 〈이국적〉으로 느끼며 즐기는 중이니까요.」

뤼시는 몸에 대해 부탁할 말이 많지만 가브리엘이 귀찮아할 것 같아 참기로 한다.

「당신은 어때요? 순수한 영혼이 된 기분이 어떻죠?」

「솔직히 내가 이 상황을 견딜 수 있는 건 내 몸으로 돌아갈 수 있다는 걸 알기 때문이에요. 그렇지 않으면 죽었다는 느낌이 들 거예요.」

「당신의 운명은 요구할 때 몸을 돌려준다는 내 약속에 달린 셈이군요.」

「당신이 내 몸을 돌려주지 않을 수 있다는 생각은 해보지도 않았어요.」

여자 가브리엘이 씩 웃는다.

「괜히 그런 생각 들게 하지 말아요.」

「이 기회를 이용해 내 육신을 도둑질하겠다는 생각일

랑 하지도 말아요!」

가브리엘이 또다시 능청스럽게 웃는다.

「두고 볼게요.」

「경고하는데, 내가 요구할 때 즉시 당신한테 준 상태, 아니 좀 더 나아진 상태로 내 몸을 돌려주지 않으면 당신 꿈을 악몽으로 바꿔 버리겠어요…….」

「자자, 그만하고 순수한 영혼이 된 시간을 물질세계에 서는 불가능했던 일에 써요. 진실을 밝혀내야죠. 나는 그 동안 당신 육체의 가능성을 활용해 잃어버렸던 감각들을 다시 느껴 볼게요. 음식을 먹고 잠을 자볼 거예요. 어쨌 든 여자의 몸이 돼보고 싶었던 욕망이 이렇게라도 실현 이 된 셈이네요.」

가브리엘의 마지막 말이 영 꺼림칙해 한 번 더 확약을 받으려는 뤼시에게 돌로레스가 출발을 재촉한다.

「서두르자! 조금 이따 봐요, 가브리엘!」

뤼시가 떠난 뒤 가브리엘은 간호사를 부른다.

「저기, 교환 수혈이 시간이 꽤 걸린다고 들었는데 배 가 몹시 고프네요. 요기 좀 할 게 없을까요?」

식사 때는 아니지만 간호사가 간단한 음식을 쟁반에 담아 가져다준다. 렌틸콩 샐러드와 익힌 연어 한 토막, 퓌레, 콩포트와 사과 주스 한 병. 여자 가브리엘은 거장 의 미술 작품 같은 음식의 조합을 바라보다 주스 병부터 집어 든다. 주스를 입 안에 머금고 있는데 갑자기 어금니가 찌릿하다.

치과를 끔찍이 싫어하는 가브리엘은 어차피 곧 돌려줄 몸이니 주인인 뤼시에게 기회를 봐서 충치가 있다는 사실을 알려 주기로 하고 주스를 목으로 넘긴다.

가브리엘은 사과 주스 한 병을 천천히 다 비우고 나서 렌틸콩 샐러드에 포크를 가져간다. 채 썬 당근 사이에서 베이컨 조각을 발견하고 잠시 망설이다 뤼시와의 약속을 떠올리며 접시 가장자리로 밀어낸다.

그는 렌틸콩 표면에 살짝 묻은 올리브 오일과 소금, 심지어 후추 맛까지 깊이 음미한다. 맛있고 귀한 음식이 그에게 에너지 분자를 전달해 주고 있는 듯한 느낌이 든다.

몇 술에 퓌레 그릇을 비운 그는 연어 접시를 내려다보다 비건이 생선을 먹어도 되는지 고민한다. 확신이 없자 뤼시에 대한 예의를 지키기 위해 딱 한 점만 포크로 찍어 입에 넣는다. 그는 콩포트로 식사를 마무리한다.

문을 노크하는 소리가 나더니 블라디미르 크로스가 안으로 들어온다.

「정밀 분석 결과 당신 혈액에서 헤로인뿐 아니라 코카인과 메탐페타민까지 검출됐어요! 당신을 이 마약들에 한꺼번에 중독되게 만들려고 한 거예요.」

「날 낫게 해줄 수 있지, 블라디미르?」

「그럼요, 혈액 정화를 하면 괜찮아질 거예요. 다만 휴식이 필요해요.」

「부탁이 있는데 들어줄 수 있어? 있어요?」가브리엘은 자신의 반말에 상대가 당혹스러워하자 급히 말을 높인다. 「트레이닝복같이 조금…… 편한 옷을 사다 줄 수 있어요? 운동화와 면 소재 스포츠 브라도 필요해요. 놈들한테 휴대폰을 뺏겼는데, 하나 구해다 주면 좋겠어요. 돈은 나중에 줄게요. 놈들이 지갑까지 압수했어요.」

「더 필요한 건요?」

「총도 한 자루 있으면 좋겠는데.」

크로스가 깜짝 놀란다.

「아니 아니, 농담이에요. 테이저건이면 충분해요. 놈들한테 발견됐을 때 호신용으로 쓸 수 있는 거면 단도든 최루탄이든 아무거나 상관없어요.」

블라디미르가 어리둥절한 표정으로 여자 가브리엘을 바라본다.

「식사는 어땠어요? 마음에 안 들었으면 델리 가게에 다시 배달을 부탁할 수도 있는데.」

「일생 최고의 식사였어. 자네는 모를…… 아니, 당신은 모를 거예요. 지금 이 상태로 내가 얼마나 좋은지.」

알쏭달쏭한 말을 들으며 서 있는 크로스는 미인 환자의 눈빛이 너무 강렬해 똑바로 쳐다보지 못한다.

66

「뭐야? 놓쳤어? 〈환영 칵테일〉을 맞고 감금돼 있던 방에서 탈출해 네 부하 놈의 차를 훔치고, 파리 시내에서 추격까지 따돌렸다는 얘기를 나더러 믿으라는 거야? 제 정신이야, 크리스토프? 그 여자 이름을 다시는 듣지 않게 해준다고 했잖아! 너 때문에 지금 내가 얼마나 위험한 상황에 처했는지 알아? 괜찮다면 다시 찾아와. 당장 잡아오라고!」

돌로레스와 뤼시는 스마트폰에 대고 바락바락 소리를 지르는 사미를 내려다보며 공중에 떠 있다.

「봤지, 이게 네 애인의 참모습이야…….」

「도저히 믿기지 않아. 이 모든 일의 배후에 그가 있다는 거야?」

「이래도 못 믿는다면 너는 순진한 게 아니라 바보 천치야! 방금 똑똑히 들었잖아! 저놈이 널 없애려고 백인 여성 인신매매 조직과 연계된 친구 놈들과 손을 잡은 거

145

라고!」

사미는 여전히 스마트폰을 든 채 악을 쓰고 있다.

「무슨 일이 있어도 찾아야 해! 내가 특별히 부탁한 일을 어떻게 이렇게 잡칠 수가 있어? 반드시 잡아. 내 주소를 알고 있다니까. 좀 요령이 없는 여자긴 해도 자초지종을 알아내게 될 거야.」

「하, 진짜, 몸이 있었으면 아무거나 집어 들어 얼굴을 죽사발로 만들어 주고 싶어. 그런 다음 구두 굽이 부러지도록 밟아 버려도 시원치 않을 것 같아…….」

「살인 충동은 원시적인 반응이야. 그건 궁극적인 해결책이 아니지. 어차피 저놈은 저승에서 다시 만나게 돼 있어. 이승과 저승을 모두 아는 우리의 지식을 활용해 보다 계획적인 복수 방법을 찾아보자.」

이때, 사미의 누나 소니아가 나타난다.

「무슨 일인데 그렇게 소리를 지르니?」

「크리스토프한테 뤼시를 조직으로 데려가 처리해 달라고 했는데, 그 멍청이가 그만 놓쳤어요. 그녀의 소재조차 파악이 안 돼요.」

「위험한 짓 하지 말라고 내가 말했잖니. 그냥 떼어 놓으려고 하지 말고 완전히 제거했어야지.」

「그게 말처럼 쉬운가요. 뤼시가 날 얼마나 사랑했는데.」

「그래서? 왜, 너도 걔를 사랑했다고 말하지?」

「그런 게 아니라, 누난 이해 못 해요! 나를 다시 만나

개가 행복해하는 모습에 얼마나 가슴이 찡했는데.」

「너는 그놈의 감상주의 때문에 망할 거야……. 상황을 객관적으로 봐. 우리에 대해 많은 정보를 알고 있는 애가 종적을 감췄어. 경찰에 가서 불어 버리면 어쩔 거니?」

사미의 스마트폰이 문자 메시지 도착을 알린다.

「크리스토프예요. 예방 차원에서 뤼시가 입을 옷에 위치 추적 장치를 달아 놓은 덕분에 지금 어떤 병원에 가 있는 걸 확인했대요. 사람들을 보내 금방 잡아 오겠대요.」

뤼시와 돌로레스는 마음이 급해진다.

「가브리엘한테 가서 위험하다고 알려 줘야겠어.」 돌로레스가 뤼시를 보며 말한다.

그들은 전속력으로 크로스의 실험실로 날아가 지붕을 통과하고 천장을 지나 가브리엘이 누워 있는 방에 도착한다.

「가브리엘, 어서 여기서 나가야 해요!」

「〈우리〉 피가 깨끗해지려면 아직 몇 분 더 남았어요.」

「시간이 없어요. 추격자들이 곧 들이닥칠 거예요.」

그는 황급히 몸을 일으켜 펌프 작동을 중단시키고 팔에 꽂혀 있던 수액 바늘을 뽑는다.

「여기 있는 걸 놈들이 어떻게 알았을까요?」

「당신한테 입으라고 놔뒀던 옷에 칩이 꿰매져 있었던 모양이에요. 저기 병원에서 갖다 놓은 옷을 입고 얼른 도망쳐요.」

돌로레스의 설명을 들은 여자 가브리엘이 트레이닝복을 걸치고 운동화를 신은 다음 방을 나선다.

「마드무아젤 필리피니, 어디 가세요?」 그녀가 예상보다 일찍 방에서 나오는 것을 보고 놀란 지슬렌이 묻는다.

「급한 일이 생겼어요. 아 참, 한 가지 부탁이 있어요. 사내 몇 명이 찾아와 날 만나겠다고 할 거예요. 내가 차버린 전 남자 친구의 친구들인데, 괜히 말 섞지 말고 그냥 내쫓아 버려요. 나가지 않고 버티면 경찰을 불러요. 어차피 나랑 다시는 볼 일이 없는 남자예요.」

지슬렌이 미심쩍은 얼굴을 하자 가브리엘이 그럴싸한 이유를 찾다가 요즘 유행하는 표현을 떠올린다.

「그 남잔 지질한 변태 나르시시스트예요.」

이 말이 울림을 줬는지 지슬렌이 고개를 끄덕인다.

「멋져요, 가브리엘. 내 몸에 들어오더니 여성의 심리에 조금 눈을 떴군요.」

「칭찬으로 받아들일게요. 이제 나는 어디로 몸을 피해야 하죠?」

「우리 집으로 가요. 칩이 없으니까 당신 위치를 더 이상 추적하지 못할 거예요. 그놈들이 내가 사는 곳까지는 모를 거예요.」

여자 가브리엘은 포르셰에 올라타 파리 시내를 질주하기 시작한다.

그는 뤼시의 집에 도착하자 쓰러지듯 소파에 앉는다.

고양이들이 야옹거리면서 다가온다. 몇 마리는 처음의 반가워하던 기색과 달리 뜸을 들이면서 경계하는 기색을 내비친다.

「녀석들은 쉽게 속아 넘어가지 않아요. 분명히 외모와 냄새는 내 것인데 몸속의 영혼이 내 것이 아니라는 걸 감지한 거죠.」뤼시가 고양이들을 애틋하게 내려다보며 말한다.

고양이들이 여자 가브리엘의 장딴지에 몸을 비벼 대며 계속 소리를 낸다.

「배가 고픈 모양인데 밥을 줘요.」

가브리엘은 몸을 일으켜 뤼시가 시키는 대로 고양이 열세 마리가 먹을 사료를 꺼내고 캔을 따서 그릇에 쏟은 다음 급수기를 작동시킨다. 그러고 나서 거실에 있는 오디오를 켜고 새뮤얼 바버의 「현을 위한 아다지오」를 틀어 놓는다.

음악이 흐르는 사이 그는 꼭 하고 싶었던 일을 실행에 옮긴다.

따뜻한 목욕물에 몸을 담그는 행복. 어머니 배 속에 잉태돼 있던 때를 무의식적으로 떠올리게 하는 시간.

〈아, 같은 삶을 한 번만 더 살아 봤으면. 새로 얻은 지식을 기반으로 삶을 제대로 이해하기 위해서라도…… 창밖 풍경에 무심한 기차 승객처럼 삶을 지나쳐 가지 말고 온전히 음미하기 위해서라도…….〉

숨을 크게 들이쉬는 순간 무수한 내음이 코끝에 와 닿는다. 후각을 되찾은 만족감에 살며시 눈을 감자 냄새와 맞물린 과거의 기억들이 슬라이드 화면처럼 머릿속을 스쳐 지나간다. 유아기(아기 때 빨던 엄마의 젖 냄새), 형과 장난치며 놀던 어린 시절(형이 짓궂게 뀌던 방귀 냄새), 아버지를 따라갔던 실험실(분젠 버너로 가열하던 황과 칼륨 냄새), 엄마가 쳐주던 카드 점(엄마의 장미 향수와 오래된 타로 카드 냄새), 그가 들려주는 괴물 이야기에 몸서리 치면서 귀를 세우던 여자 동급생들(파촐리와 풍선껌 냄새가 나던 소녀들의 싸구려 향수), 범죄학 학부에서 처음 봤던 시체(냄새를 덮어야 하는 포르말린이 송장 냄새와 뒤섞여 만들어 내는 역겨운 냄새를 맡으며 그는 죽음에서 가장 끔찍한 것은 송장 냄새라고 생각했다). 구체적이고 선명한 순간들이 하나둘씩 떠오른다. 첫 성교(그녀의 몸 내음을 오래도록 맡으면서 성행위가 좋은 건 상대의 냄새 때문이라고 생각했다), 잠수함에서의 첫 르포 취재(요오드를 품은 파도 비말의 내음과 선실에서 나던 퀴퀴한 냄새), 난생처음 낙하산을 펼치던 순간(공중으로 몸을 날리기 직전 삐질삐질 나던 내 몸의 땀 냄새), 최초로 해저 잠수에 도전해 하늘이 아닌 바다를 날던 경험(공기통의 플라스틱 끝부분에서 나던 냄새), 첫 책의 인쇄를 지켜보러 인쇄소에 갔던 날(산업용 잉크 특유의 냄새와 거대한 윤전기의 뜨거운 기름 냄새 그리고 막 인쇄돼 나온 종이 냄새). 내 이름이 박힌 소설을 손에 들고 냄새를 맡으면서 그토록 기다려 온 순간에서 삶이 멈추길 바라며 자살 충동을 느꼈던 일.

또 다른 내음들이 기억을 덮친다. 코코아 냄새, 여자들의 목덜미에서 나는 냄새, 고사리 냄새, 해변에서 팔던 도넛 냄새, 집에서 만들던 양파 튀김 냄새…… 그리고 내 마지막 생일날, 케이크의 초가 생크림 위로 흘러 떨어져 나던 냄새, 사브리나와 옛 여자 친구들의 향수 냄새, 샴페인과 적포도주 냄새, 커피 냄새, 내가 마지막으로 몸을 뉘었던 침대 시트 냄새(살짝 남아 있던 라벤더향 세제 냄새). 그러고 나서 다음 날 아침, 꽃 가게 앞에서 아무 냄새도 맡지 못했다. 신생아에게 엄마를 알게 해주는 냄새, 냄새를 맡는 감각이야말로 최초의 감각이자 최고로 강렬한 감각이 아닐까. 후각의 상실은 종말을 뜻하지.

그는 손에 잡히는 대로 들고 냄새를 맡기 시작한다. 샴푸, 헤어 에센스, 수분 마스크팩, 샤워 젤, 거품 입욕제. 수도꼭지를 틀어 놓고 거품 입욕제를 풀자 하얀 비누 거품이 구름처럼 뭉실뭉실 퍼진다.

여자 가브리엘은 숨을 깊이 들이마신다.

거실을 꽉 채우고 욕실로 밀려들어 오는 새뮤얼 바버의 아다지오가 이 순간에 엄숙함을 더해 준다.

그는 물속에 머리를 밀어 넣는다.

다시 살아나는 기억의 조각들. 프레데리크 랑망 박사

의 대기실로 걸어 들어오는 뤼시를 보던 순간, 창문으로 몸을 날리던 순간, 최초의 비행, 내 죽음을 인지하던 순간. 온몸으로 전율이 번져 나간다. 내 방 천장에서 죽은 나를 내려다보던 순간. 응급 소생의들이 사망을 선고하던 순간. 내 장례식, 형이 발명 중인 네크로폰의 존재를 발견하던 순간, 뤼시의 몸으로 들어가던 순간.

만약에…… 이 기이한 순간들이 다 환각이었다면? 내가 평소보다 조금 복잡하고 정교한 꿈을 꾼 것이라면? 문득 자신의 존재 자체와 과거, 현재에 대한 거대한 의구심이 일어난다.

〈아니! 꿈일 리 없어.〉

〈깨어 보니 꿈이었다〉라든가 〈숨겨진 쌍둥이 형이 있었다〉를 소설에 쓰지 않는 것을 철칙으로 삼아 온 나잖아. 그건 속임수니까. 너무 손쉬운 방법이니까, 그래서 스스로에게 엄격한 작가에게는 어울리지 않으니까. 그는 다시 생각을 모은다.

따라서 이건 꿈이 아니다.

따라서 이건 실제로 지나 온 삶이다.

따라서 이건 얼마 전 실제로 일어난 죽음이다.

따라서 그는, 실제로, 일시적으로, 여자의 몸으로 육화했다. 아무리 이상야릇한 상황일지라도.

그는 거품 위로 천천히 고개를 내민다.

〈내가 다가가고 싶었던 바로 그 여자가 돼 있어.〉

목욕 장갑으로 살살 몸을 문지르면서 매끈하고 민감한 살결이 주는 생경한 감촉을 경험한다.

관능과 황홀감. 다시 살아 있다는 기쁨. 머릿속에서 목소리가 들려온다.

「목욕을 끝내기 전에 찬물로 다리와 가슴을 헹궈 줘요. 그래야 혈액 순환과 피부 탄력에 좋대요. 여드름이 나도 절대 손톱으로 짜지 말아요. 모를 것 같아 알려 주는데, 긴 머리는 마르는 데 시간이 걸리니까 드라이어를 써요. 머리카락이 타지 않게 멀찌감치 떨어져 드라이어를 잡아요.」

그는 듣는 둥 마는 둥 하면서 목욕물의 온도를 높여 놓고 거품 속에서 발가락을 꼼지락거리며 장난을 친다. 표정에 희색이 만면하다.

「이제 마약 효과는 사라졌어요?」 뤼시가 가브리엘에게 묻는다.

순간 가브리엘은 아랫배에 묵직한 통증이 퍼지는 것을 느낀다. 마약 부작용이려니 하다 통증 부위가 머리에서 멀고 국소적인 것 같아 고개를 갸웃거린다. 크로스의 병원에서 먹은 음식이 상해 위장염이나 소화 불량이 왔는지도 모른다고 생각하며 욕조 밖으로 나온다. 그는 몸을 말리다 수건에 피가 묻는 걸 보고 깜짝 놀란다. 상처가 났는지 급히 몸을 살피는 그에게 뤼시가 뜻밖의 정보를 알려 준다.

「여자들의 세계에 온 걸 환영해요.」

가브리엘이 어리둥절해한다.

「생리 주기가 시작되는 날이라는 걸 알려 줬어야 하는데.」

「그러니까, 내가…… 생리를 한다고요?」

「세면대 위 수납장에 탐폰이 있어요. 방법을 가르쳐 줄 테니 잘 들어요. 일단 몸의 긴장부터 풀어요, 절대 억지로 하면 안 돼요.」

그는 자세한 설명을 듣고 나서도 몇 번 실패한 끝에 겨우 낯선 물체를 몸속에 안착시키는 데 성공한다.

겨우 한숨을 돌렸을 때 현관에서 초인종 소리가 난다.

「누구지?」 돌로레스의 안색이 변한다.

「나가 봐요, 가브리엘!」

여자 가브리엘이 서둘러 목욕 가운을 걸친다.

「혹시 사미가 보낸 다른 수하들인가? 칩이 없는데 어떻게 이렇게 단시간에 위치를 찾아낼 수 있지?」 돌로레스의 표정이 몹시 어두워진다.

「아니야, 폭력배들이 아니라 손님들이야.」

「단체 손님이야?」

「일요일 저녁마다 그룹 심령회를 하거든.」

돌로레스가 문 앞에 가 있는 가브리엘 옆에서 밖에 서 있는 사람들을 확인하고는 깜짝 놀란다.

「어머, 내무 장관이네! 이름이 뭐였더라?」

「발라디에 장관. 내 친구야.」

「다른 사람들은?」

「누군지 몰라?」

「잠깐, 설마 꿈은 아니겠지, 브로카르 총리가 있어!」

「한번 모시고 온다고는 했는데 정말로 그럴 줄은 몰랐네.」

「이제 대통령만 남았네!」

「얼른 내 몸에 다시 들어가 손님들을 맞아야겠어.」

「안 돼, 지금은 불가능해.」

「왜 안 된다는 거야?」

돌로레스가 뤼시를 딱하게 쳐다본다.

「쌍방 간의 분명한 합의에 따라 천천히 교환이 이루어지지 않으면 두 영혼이 한 몸에 공존하는 불상사가 벌어질 수도 있어. 그러다간 평생 정신 분열증에 시달릴지도 몰라. 정신적 충격을 유발하는 이런 행위는 최소한 24시간의 간격을 두고 하는 게 좋아.」

뤼시는 마녀를 화형시키겠다며 자신에게 달려들던 정신 질환자들을 떠올리며 몸서리를 친다.

돌로레스가 두 정치인과 같이 온 여자들에게 시선을 던진다.

「안전하게 내일 네 몸으로 돌아가는 편이 나아.」 돌로레스가 거듭 말한다.

「내무 장관과 총리께서 오셨는데 가브리엘은 뭘 어떻

게 해야 하는지 모르잖아!」

「가브리엘이 망신당하지 않게 우리가 도와주면 되지.」

다시 초인종이 울린다. 여자 가브리엘은 고양이들에게 에워싸인 채 옷장 앞에 서서 적당한 원피스를 고르고 있다.

「대단하다, 총리께서 오시다니! 너한테 그 정도의 영향력이 있는 줄은 미처 몰랐네…….」 돌로레스가 감탄을 금치 못한다.

「위정자들은 점성가나 영매를 공식적으로 곁에 두는 경우가 많아. 자신들의 두뇌만으로는 효율적인 통치가 어렵다는 걸 깨닫기 때문이지. 정상의 자리에 오르면 누구나 필연적으로 가시 세계에 영향을 미치는 비가시 세계의 힘이 존재한다는 사실을 받아들이게 되더라.」

67

라스푸틴

정치인에게 영향을 끼친 유명한 영매 중 대표적인 인물이 그리고리 라스푸틴이다. 그는 1869년경 시베리아 동부 포크롭스코예의 농부 가정에서 태어났다. 강렬한 파란 눈동자를 지녔던 그는 키가 장승같이 크고 힘이 장사였다. 그는 어릴 적부터 남다른 카리스마로 주변 사람들을 휘어잡았다. 주색을 탐하기로 유명했던 라스푸틴은 술에 취하면 사람들 앞에서 뿌리에 점이 있고 길이가 30센티미터도 넘는 음경을 자랑하듯 꺼내 보였다고 그의 많은 정부들이 술회했다.

라스푸틴은 주술을 펼친다는 이유로 군중에게 린치를 당하다 경찰의 개입으로 간신히 목숨을 건진 뒤 성도착자와 범죄자의 교화 및 갱생을 담당하는 한 수도원에 보내졌다. 거기서 그는 신비주의자로 변모해 수도승들을 놀라게 했다. 성경 몇 장을 처음부터 끝까지 암기했고, 몇 주간 잠을 자지 않고 식사도 거른 채 무릎 꿇고 밤새

위 기도하기도 했다.

치유 능력을 지닌 라스푸틴이 맹인에게 시력을 되찾아 주고 불임 여성에게 쌍둥이를 낳게 해줬다는 일화는 유명하다. 그는 동물과도 소통이 가능해 사나운 말도 금세 길들였다고 한다.

수도원을 나와 전국을 여행한 뒤 그는 상트페테르부르크의 상류 사교 모임들에 초대되었다. 이 신비주의 전문가는 사자들과의 통신을 언급하고 폭스 자매처럼 테이블 터닝 심령회를 조직해 권태감에 빠져 있던 지역 부르주아들의 마음을 사로잡았다.

당시 황제 니콜라이 2세의 아들인 알렉세이는 일명 〈왕가의 병〉으로 불리던 혈우병을 앓고 있었다. 아들의 병을 고칠 방법을 고심하던 알렉산드라 표도로브나 황후는 기적을 기대하고 라스푸틴을 황실로 불러들였다. 그런데 장발에 크고 파란 눈을 가진 이 수도승이 치료차 다녀가자 황태자는 그야말로 기적처럼 병세가 호전되기 시작했다. 라스푸틴은 이때부터 궁에 머물면서 자신의 신통력으로 황실 가족의 주치의 노릇을 했다.

황제 부부의 절대 신임을 얻은 그는 닥치는 대로 궁녀들과 잠자리를 가졌다. 그는 황실 가족을 돌보는 데 그치지 않고 정사에도 개입하기 시작했다. 황제 부부는 그에게 군사 정책에 대한 자문을 구하고 각료들의 자질과 충성심에 대한 의견도 물었다. 국사 전반에 대한 그의 영향력은 날이 갈수록 커졌다.

1911년, 그는 자신의 권세를 입증하듯 이렇게 선언했다. 〈신께서 러시아 황실의 운명을 나에게 맡기셨다. 만약 내가 천수를 다하지 못하면 황제와 황후, 그리고 다섯 자녀들도 고통스럽게 명이 끊어질 것이다.〉

1차 대전이 발발하자 프랑스와 영국이 동맹인 러시아에게 동쪽 전선을 열어 서쪽의 부담을 덜어 줄 것을 요구했다. 하지만 황제는 라스푸틴의 조언에 따라 동맹의 요청을 거절했다. 지나친 전횡을 일삼는 주술사를 증오하던 러시아 귀족들의 지원하에 이때부터 라스푸틴을 제거하기 위한 서양 정보기관들의 공작이 시작됐다.

1916년 6월 29일, 교회를 나서던 라스푸틴은 걸인으로 위장한 여성 스파이에게 칼로 습격당했으나 금방 회복했다.

1916년 12월 29일, 모이카 궁전에서 열린 연회에서 독살을 계획한 펠릭스 유수포프 공작이 라스푸틴의 과자에 다량의 청산가리를 집어넣었다. 하지만 독극물이 전혀 효과가 없었던 탓에 라스푸틴은 저녁 내내 즐겁게 노래 부르고 기타를 치며 파티를 즐겼다. 인내심이 한계에 도달한 유수포프가 권총을 들고 와 식당에 있던 라스푸틴의 가슴을 쏘았다. 쓰러진 라스푸틴이 죽었는지 확인하기 위해 유수포프가 허리를 숙이는 순간, 그가 한쪽 눈을 번쩍 뜨더니 몸을 일으켜 공작의 목을 조르기 시작했다. 가까스로 그 손아귀에서 벗어난 유수포프가 〈이놈이 아직 살아 있다!〉라고 외치며 도움을 청했다. 황급히 권총으로 무장한 네 사람이 식당으로 달려 내려왔지만 라스푸틴은 이미 황궁을 빠져나간 뒤였다. 그들은 눈밭에 찍힌 흔적을 뒤쫓아 가 기어서 도망치는 라스푸틴을 향해 권총 세 발을 추가로 쏘아 확인 사살했다. 그들은 그가 입고 있던 외투를 벗겨 시신을 둘둘 만 다음 결박해 얼어붙은 네바강에 던졌다. 다음 날, 라스푸틴은 폐에 물이 찬 상태로 발견됐다. 그가 결박을 풀고 헤엄치던 도중 탈진해 익사했다는 증거였다.

그의 영험한 능력을 갖고 싶었던 숭배자들이 시신에서 흘러나오는 물을 얻으러 모여들었다. 라스푸틴의 음경은 따로 수거돼 상트페테르부르크 박물관에 전시됐는데, 오늘날까지도 관람객들 사이에 구경거리로 인기를 끌고 있다.

프랑스와 영국 편에서 1차 대전에 참전한 러시아에 1917년 혁명이 발발했다. 마치 라스푸틴의 예언이 실현되기라도 하듯 황제 니콜라이 2세와 황후, 다섯 자식을 비롯한 황실의 많은 사람들이 혁명 세력의 손에 죽임을 당했다.

에드몽 웰즈,

『상대적이고 절대적인 지식의 백과사전』 제12권

68

서로 옆 사람과 엄지손가락과 새끼손가락이 맞닿아 있다. 정치인 둘과 그들의 아내들, 그리고 영매 가브리엘이 잔뜩 긴장한 표정을 하고 있다.

금박 장식이 붙은 검정 드레스에 액세서리를 치렁치렁 늘어뜨린 여자 가브리엘이 눈을 감고 정신을 집중한다.

「소환한 영혼들이 찾아올 수 있게 에너지의 원을 만들라고 저분들에게 말해요.」뤼시가 그에게 일러준다.

「이제 우리는 마법의 원을…….」

「아니, 아니에요. 집중해서 내 말을 똑똑히 들어요. 〈마법〉이 아니라 〈에너지〉예요. 〈마법〉이라는 단어가 들리면 저분들이 꺼림칙해할 거예요.」

「다시 말해, 에너지의 원을 만드세요…….」

「내 말을 그대로 받아 전해요. 신경 써서 들어요, 가브리엘. 〈소환한 영혼들이 찾아올 수 있게〉.」

「소환한 영혼들이 찾아올 수 있게.」

「좋아요. 저분들한테 누구를, 무슨 이유로 소환하고 싶은지 물어봐요. 그러면 내가 당신한테 직접 답변을 전해 줄게요.」

「누구를, 무슨 이유로 소환하고 싶으시죠?」

발라디에 내무 장관이 브로카르 총리를 쳐다보며 말한다.

「총리께서 먼저 하시죠.」

「그러지! 아주 심각한 상황이 발생했어요. 꼬치꼬치 캐길 좋아하는 기자 몇 명이 HLM[11] 예산이 유용된 정황을 포착했거든. 그래서 우리는…… 아니 나는, 이 정치적 트릭의 원조인 그분을 불러 직접 여쭤 보고 싶소. 우린 그 양반이 만든 관행을 그대로 따랐을 뿐이니까, 그분이라면 작금의 곤란한 상황을 어떻게 돌파해 나갈지 알겠지. 프랑수아 미테랑 대통령을 불러 주시오.」

「그러시군요. 자, 이제 다 함께 정신을 집중합니다. 제가…… 프랑수아 미테랑 대통령을 불러 오겠습니다.」

다섯 사람은 눈을 감은 채 기다린다.

뤼시가 도움을 구하기 위해 드라콘을 부른다. 비가시 세계에 들어와 새로운 감각들을 획득한 덕에 뤼시는 처음으로 드라콘의 모습을 눈으로 확인한다. 볼살이 도독하고 배가 나온 키 작은 남자가 토가를 걸치고 샌들을 신

---

11 프랑스의 서민 임대 아파트.

고 있다.

「잘 지냈어요, 뤼시?」

「안녕하세요! 이렇게 뵈니 반갑네요.」

「내가 뭘 도와주면 되겠어요?」

「프랑수아 미테랑 대통령을 찾아다 주세요.」

「운이 좋네요. 그는 아직 환생 전이에요. 가능한지 물어보고 데려올게요.」

드라콘이 금방 전직 프랑스 대통령을 대동하고 다시 나타난다. 프랑수아 미테랑이 뤼시를 향해 말한다.

「드라콘한테 자초지종을 들었소. 후임자들을 당연히 도와줘야지. 일종의 〈애프터서비스〉니까. 저승에서도 여전히 정치적 영향력을 행사할 수 있으니 나로서도 기쁜 일이오.」

프랑수아 미테랑이 뤼시에게 말하면 그녀가 가브리엘을 통해 다시 그의 말을 전달하는 식으로 기묘한 대화가 시작된다.

미테랑은 정치인으로서 어떻게 복잡한 수단을 동원해 당과 정부의 비밀 자금을 조달하고, 그 돈을 어떤 식으로 홍보와 지역 미팅, 〈공격〉에 썼는지 브로카르에게 상세히 알려 준다. 기자들을 상대로 서슴없이 도청과 협박을 했고, 그래도 통하지 않으면 세무 조사, 심지어 신변 위협까지 했다고 그가 말한다. 정권의 근간을 흔들 위험이 있는 골칫거리들에 대해서는 더러 〈제거〉도 이루어졌다고 솔직히 인정한다.

비밀을 털어놓은 미테랑의 심령체는 속이 후련해 보인다.

「자, 속 시원히 듣고 나니 어떠신가, 총리. 내가 자네라면 오늘 조언에 대한 감사의 표시로 다음번 연설에 나를 인용하겠네. 그러면 자네에 대한 대중의 호감도와 신뢰도가 자동적으로 상승할 걸세. 훗날 대통령 자리도 노려볼 수 있지 않겠나. 자, 그럼 나는 이만.」

여자 가브리엘은 뤼시를 통해 들은 전직 프랑스 대통령의 말을 하나도 빠짐없이 전한다.

저승에서 미테랑은 자신을 초대한 두 여성과 정담을 나눈다.

「보다시피 여긴 좀 지루한 곳이오. 지상에 있을 땐 영매, 주술사들과 교류를 꽤 했지. 아주 즐거운 경험이었소. 저승에 대해 호기심을 갖고 상상을 많이 했었는데, 막상 와보니 이렇게 지루하구려. 우리 앞으로 정기적인 만남을 가져 보면 어떻겠소? 나는 아직 엘리제 궁에 살고 있으니 우리 집으로 와 만납시다. 와보면 알겠지만 정말 멋진 곳이오.」

프랑수아 미테랑과의 대화가 끝나자 원탁에 둘러앉은 사람들의 얼굴에서 긴장감이 사라진다. 하지만 그들은 여전히 손끝을 맞댄 채 눈을 감고 있다. 영매 가브리엘이 이번에는 마피아와 연계된 전직 FBI 국장 에드거 후버와 프랑스 내무 장관의 대화를 중재한다. 미국인의 입에서 인종 차별적 언사가 쏟아지자 프랑스인이 반색하며 귀를 기울인다. 이어 총리와 장관의 부인들이 차례로 저승에 있는 어머니와 소통한다. 그들은 삶에 대한 조언부터 요리 레시피까지 어머니에게 끝없이 뭔가를 물어본다. 아랫배의 통증을 참다못한 가브리엘이 시간을 단축해 심령회를 마무리한다. 그는 환한 얼굴로 곧 다시 찾아오겠다고 말하는 손님들을 현관까지 배웅한다.

손님들이 돌아가고 나자 가브리엘이 안도의 한숨을 내쉬며 소파에 주저앉는다. 고양이들이 다가와 심령회 동안 발생한 나쁜 파동들을 없애 주려는 듯 장딴지에 몸을 비벼 댄다.

「하, 총리와 장관을 모시고 한 테이블 터닝이 성공리에 끝났네요!」

「정말 잘했어요, 가브리엘.」

「당신이 거기서 도와준 덕분이죠. 우리끼리 얘긴데, 당신이 저승에서 본 그 사람이 진짜 미테랑 대통령이 맞아요?」

「그가 아니면 어떤 사람이 그런 정보를 말해 주겠어요?」

「그건 그렇죠…… 아휴, 진이 빠지네요, 그만 자야겠어요. 내가 떠돌이 영혼이 되고 가장 그리웠던 게 바로 자는 시간이었어요. 사고가 정지된 무방비 상태 말이에요.」

여자 가브리엘이 얼른 겉옷을 벗고 슬립을 걸치더니 이불 속으로 들어간다.

「내가 자는 모습을 훔쳐볼 생각은 꿈에도 하지 말아요! 당신 고양이들이 지키고 있다가 나한테 알려 줄 거니까.」 가브리엘이 천장을 쳐다보며 한마디 한다.

「걱정 말아요. 우리는 당신을 훔쳐보는 것 말고 다른 할 일이 있으니까.」

뤼시가 가브리엘을 안심시킨 뒤 하늘로 날아오른다.

69

사미가 숨을 푸푸거리며 코를 곤다. 뤼시와 돌로레스는 침대 위에서 잠든 그를 내려다보고 있다.

「오라가 완전히 밀폐돼 있어.」 기(氣) 전문가로 변모한 돌로레스가 말한다.

그녀가 뤼시와 함께 침대를 빙빙 도는 사이 사미의 코골이는 한층 요란해진다.

「봐, 깊은 잠에 들었어. *기회가 올지도 모르니까 준비하고 기다려.*」

옛 애인의 몸을 둘러싼 수증기 같은 막을 유심히 관찰하던 뤼시는 오라의 색이 군데군데 어둡게 변하다가 정수리 부근에 작은 틈이 생기는 것을 발견한다.

「*역설수면 단계로 들어갔어. 이제 무방비 상태야. 어서 움직여, 뤼시.*」

뤼시가 사미 위에 떠 있는 상태에서 그의 머리 쪽으로 천천히 검지를 가져간다. 그녀가 구멍에 손가락을 끼워 두개골 속으로 깊이 찔러 넣는다. 순간 그의 몸이 미세하게 떨리면서 입에서 딱딱거리는 소리가 난다. 그녀는 아랑곳하지 않고 두개골을 통과해 뇌에 닿을 때까지 손가락을 밀어 넣는다. 검지 끝이 좌뇌와 우뇌를 잇는 뇌량에 닿자 그의 생각이 발산하는 에너지가 전해져 온다. 역설 수면 시간은 길어야 10분을 넘지 않기 때문에 서둘러야 한다. 그녀는 즉시 방법을 찾는다.

「아들아, 엄마란다. 엄마 말 좀 들어 보렴.」

「엄마예요?」 사미가 자면서 큰 소리로 말한다.

「아들아, 네가 한 짓은 정말 나쁜 짓이야. 우리 가문의 이름을 더럽히는 꼴을 보니 속상해 죽겠구나. 잘못을 바로잡으렴!」

「엄마!」

「그냥 듣기만 해. 크리스토프가 여자들을 풀어 주게 네가 조치를 취하렴. 그리고 다시는 그런 짓을 못 하게 만들어. 경찰에 신고하는 것도 생각해 보고, 알겠니? 그런 녀석과는 앞으로 상종하지 말거라.」

「엄마…….」

「엄마가 하늘에서 지켜보고 있단다. 네 친구 녀석한테 뤼시의 행방을 찾는 일을 중단하라고 해. 알았니? 뤼시를 그냥 조용히 살게 내버려 둬.」

「하지만 엄마…….」

「잔말 말고 시키는 대로 하렴! 그러지 않으면 이 엄마는 너무 불행할 거야. 그게 네가 원하는 건 아니지? 그렇지?」

「아니에요…….」

「엄마가 지켜보고 있으니 꼭 속죄하렴. 과오를 네 손으로 바로잡아. 내일 당장, 알았니? 그러겠다고 말해.」

「그럴게요.」

「그리고 남에게 고의적으로 고통을 가하는 짓은 다시는 하지 말거라. 약속해.」

「하지만 엄마…….」

「약속해. 그러지 않으면 매일 밤 네 꿈에 찾아와 악몽을 꾸게 만들 테니까.」

「잘 알았어요. 약속할게요.」

「그래. 그럼 내일 당장…….」

돌로레스가 부질없다는 뜻으로 뤼시를 쳐다보며 고개를 가로젓는다. 마침 사미가 역설수면 단계를 벗어나자 그의 오라는 원래 상태로 되돌아간다. 그는 더 이상 뤼시의 목소리를 들을 수 없다.

「나라면 저 망할 놈을 아주 박살내 버렸을 텐데!」 돌로레스가 흥분해 언성을 높인다.

「어차피 저승에서 우리가 할 수 있는 건 아무것도 없잖아…….」

「없긴 왜 없어. 죽고 나서 구천에서 할 수 있는 일을 찾다 내가 몇 가지 발견한 게 있어. 가령 말이야, 저런 놈들의 나쁜 기질이 강화되도록 만드는 거야…… 우리 자매를 배신한 인간 말종을 끝까지 추적해 내가 그런 식으로 복수했어…….」

「어떻게 했는데?」

「워낙 술을 좋아하는 놈이었어. 그래서, 뭐랄까, 그놈이 술에 더 탐닉하게 도와줬지. 그러고 나서 놈의 오라에 구멍이 뚫렸을 때 저승의 알코올 중독 에그레고르를 찾아갔어. 에그레고르가 뭔지는 알지? 똑같이 생각하고 집단적으로 행동하는 영혼들의 무리 말이야. 일종의 떠돌이 영혼 클럽. 이자들은 알코올 중독으로 죽어서인지 더 많은 사람들이 자신들처럼 술로 고통받길 원해. 그래서 전도 활동을 하지. 내 말은, 그러니까, 우리 눈에 지독히 거슬리는 자가 있으면 술에 의존하게 만들어 알코올 중독 에그레고르에게 넘기면 된다는 거야. 그럼 그들이 알아서 그런 증세를 더 강화시켜 줘.」

「그래서 성공했어?」

「그놈이 알코올 중독에 의한 섬망 증상을 보이더니 금방 폐인이 되더라. 부랑자가 돼 나중에는 몸을 일으키지조차 못했어. 이게 죽이는 것보다 훨씬 나은 방법이야, 내 말 믿어. 오래 고통을 지속시켜 결국 영혼을 타락시키는 거니까. 저승에 있는 알코올 중독 에그레고르들이 즐겨 활용하는 방법이지.」

「너무 심하잖아!」

「너는 너무 착해서 탈이야. 그놈 때문에 네가 8년을 교도소에서 썩은 걸 굳이 내 입으로 다시 말해 줘야 하니?」

「하지만 그 덕분에 내 재능을 발견해 지금의 직업을 갖고, 너를 만나게 됐잖아!」

「너는 너무 물러 터져서 탈이야. 악한 놈들은 변명거리를 찾아 줄 게 아니라 죗값을 치르게 해야지. 네 애인 놈은 너한테 거짓말을 했어. 경찰에 널 넘겼고, 포주 친구 놈들을 시켜 납치까지 했어. 그런데도 아직 뭘 어떻게 할지 모르겠다고? 저놈한테 이번에 따끔한 맛을 보여 줘야 해. 하지만, 그래, 뭐, 네가 엄마 행세나 하면서 훈계로 마무리하고 싶다면, 그건 네 선택이니까 존중해야지. 자, 날 따라와, 같이 가볼 데가 있어.」

두 여자는 파리 중심부를 향해 날아간다.

돌로레스가 뤼시를 데려간 곳은 마레 지구에 위치한 홀로코스트 박물관이다. 강제 수용 희생자들의 유령이 주변에 인산인해를 이루고 있다.

「저들을 봐. 네 눈엔 뭘 하고 있는 것 같니? 자기들끼리 모여 그저 불행했던 과거를 곱씹고 있어. 대부분이 너랑 비슷해, 그게 문제야. 피해자들인데도 원한을 품지 않아. 결국 인간을 위한 정의는 지상에도 저승에도 존재하지 않는 거야.」 돌로레스가 안타까움을 토로한다. 「2차대전 말미에 패주하던 독일군 장교가 오라두르쉬르글란에서 마을 사람을 전부 교회에 감금해 불태워 죽였어. 그런데 있잖아, 정작 그 만행을 저지른 당사자는 천수를 누린 뒤 가족들 곁에서 편안히 눈을 감았어. 나치 강제 수용소에서 어린아이들, 특히 쌍둥이들을 상대로 생체 실험을 진행한 요제프 멩겔레라는 악랄한 의사도 마찬가지야.」

「어디 그뿐이니, 나치들 대부분이 주변의 도움을 받아 브라질이나 아르헨티나로 도주했어…….」

「나치들만 그런 게 아니야. 무고한 사람들을 대량 학살한 마오쩌둥과 스탈린, 김일성, 피노체트도 병원이나 자신의 침대에서 평화로운 죽음을 맞았어. 포악한 독재자, 범죄자, 고문자를 막론하고 악인들 대부분이 호화로운 삶을 살다 노환으로 조용히 숨을 거뒀지. 후계자들에게 자신의 위업을 계승할 방도까지 일러주고 나서 말이야. 죽은 뒤에도 그들은 자신들의 악행을 숭배하는 사람들에게 여전히 추앙받고 있어.」

「악인들은 운만 좋은 게 아니야. 발 벗고 나서 그들을 도와주는 사람들이 세계 도처에 존재하니 어쩔 도리가 없는 거지.」

돌로레스와 뤼시는 1만 1천4백 명의 어린이를 포함한 7만 6천 명의 강제 수용 희생자들의 이름이 적힌 명단 앞에서 잠시 묵념을 올린다.

「인간들의 정의는 결국 유토피아에나 있는 게 아닐까.」 뤼시가 한숨을 내쉰다.

「난 동의하지 않아. 인간들의 정의가 실현되기 힘들다면 〈저승의 법정〉이라도 세워 떠돌이 영혼 판사들이 구천에서 심판을 내리게 해야지.」

「네가 알코올 중독자로 만들었다는 그놈한테 했듯이?」

「맞아. 물질세계의 판사들은 포기했지만 정의감에 충실한 우리 떠돌이 영혼들은 해낼 수 있다고 믿어.」

「보통 일이 아닐 것 같은데…….」

「마침 잘됐어. 남아도는 게 시간이잖아. 이제야 저승에서 계속되는 내 존재의 의미를 찾은 것 같아!」

그들은 굴복하지 않고 야만에 저항해 3,853명을 구한 의인들의 명단을 물끄러미 바라본다. 목숨을 걸고 불의에 맞서 싸운 의인들의 이름 앞에서 뤼시는 숙연해진다. 지금 자신이 아무것도 하지 않으면 결국 유사한 피해를 보는 여성들이 앞으로 계속 나올 것이다.

「마음을 바꿨어, 돌로레스. 아무리 생각해 봐도 사미가 엄마와의 약속을 지켜 회개할 것 같진 않아. 일시적으로는 그럴지도 모르지만 근본적으로 달라지진 않을 거야. 그래, 잘못을 저질렀으면 당연히 대가를 치러야지.」

뤼시는 서둘러 날아올라 사미의 집으로 향한다. 그녀가 침대에 잠들어 있는 옛 애인을 의미심장한 얼굴로 내려다본다.

「어쩔 셈이야? 내가 했던 것처럼 알코올 중독자로 만

들게? 일단 아침 댓바람부터 한잔 생각나게 만들어 놓고 나서, 정신이 알딸딸해지면 암시를 통해 경찰에 포주를 고발하게 만들자. 그런 다음 자유 의지를 상실할 정도로 알코올 의존도가 높아지면 간 경화로 죽은 내 떠돌이 영혼 친구들한테 넘기면 돼.」돌로레스가 신이 나서 구상을 밝힌다.

「아니. 나한테 더 좋은 생각이 있어. 사미가 나를 마약에 중독시켜 매춘부로 만들려고 했지? 이제 도끼로 제 발등을 찍게 만들어 줄 거야. 네가 얘기한 저승의 법정의 신호탄을 쏴 올리는 거야. 악인들에게 부메랑 효과가 뭔지 가르쳐 줄 거야.」

70

어두운 영혼들

동류 인간들에게 고통을 가하는 데 혈안이 된 인간들이 간혹 있다. 증오심에 불타는 그런 인간 유형의 몇 가지 예를 들어 보자.

중국의 진시황(B.C. 259~B.C. 210)은 생각을 금지하겠다고 공표했다. 그는 단순히 성문법에 의존하지 않고, 백성들이 도둑질을 하고 싶어도 손이 말을 듣지 않게 만들고 싶어 했다. 이를 위해 그가 사용한 무기는 다름 아닌 공포였다. 그는 잔인한 형벌을 만들고 고문 기관을 세웠다. 아이들이 부모를 감시해 황제에 불온한 생각을 품는 즉시 고발하게 만드는 형사 체계를 수립했다. 또한 분서갱유로 5백 명에서 6백 명의 학자를 참살하기도 했다. 그의 치하에서 3백만 명이 넘는 사람이 목숨을 잃었다.

로마인들에 의해 왕위에 오른 유대 왕 헤롯(B.C. 73~B.C. 4)은 이스라엘 부족들의 정치권력을 박탈하고 랍비들을 파면했으며 자신의 아내와 자식 여럿을 처형했다. 예수 그리스도와 같은 시대를 살았던 헤롯은 유대 소년 수만 명을 학살해 공포 정치의 극단을 보여 주었다. 그는 자신의 권력에 조금이라도 위협이 되는 인물은 무조건 제거했다. 로마인들의 편에 선 그는 강탈과 음모, 도적질로 유대 백성을 탄압했다. 그는 자신이 죽으면 나라의 주요 인물들을 모두 처단해 자신의 죽음을 위대한 사건으로 만들라고 명령했다.

로마 황제 칼리굴라(12~41)는 집권 초기에는 합리적이고 지혜로운 결정을 내리는 성군으로 백성들의 추앙을 받았다. 하지만 혼수상태에 빠질 만큼 고열에 시달리다 깨어난 후 완전히 딴사람이 되었고, 자애롭던 그의 얼굴은 어둡게 일그러졌다. 그는 상식에 어긋나는 법을 공표하고 자신의 뜻을 따르지 않는 사람들을 무조건 처단했다. 자신의 정적은 물론이고 아무나 기분에 따라 붙잡아 고문을 가하고 죽였다. 일부러 고통이 오래 지속되는 고문 방법을 지시하기도 했다. 그가 가장 좋아한 고문 방식은 사타구니부터 가슴까지 척추를 따라 포를 뜨듯 살을 벗기는 것이었다. 그는 누이들과 근친상간을 벌이기도 했다. 귀족의 결혼식에 참석해 신부와의 첫날밤을 요구하고, 거절하는 신랑의 고환을 잘라 신부가 보는 앞에서 직접 먹는가 하면 신부에게 먹으라고 강요하기도 했다. 그가 남긴 말들 중 다음 몇 가지는 아주 유명하다. 〈신들과 대적하기 위해서는 오로지 그들처럼 잔인해지는 방법밖에 없다.〉〈인간이 똑똑해질 수 있는 방법은 증오뿐이다.〉〈하루라도 사람을 죽이지 않으면 어마어마한 고독감이 밀려온다.〉결국 그는 휘하 병사들의 칼에 찔려 죽었다. 부하들은 황제의 죽음을 불가역적으로 만들기 위해 시신을 먹어 치웠다.

잔혹한 폭군이었던 로마 황제 네로(37~68)는 기독교인들을 박해하고 그들의 처형식을 공연으로 만들었다. 그는 로마 시가지에 불을 지르게 한 뒤 불타는 집들을 보면서 시를 읊었다. 그는 자신의 어머니와 고모, 이복 여동생, 두 명의 아내, 처남을 비롯한 가족을 살해하고 수천 명을 처단했다. 수시로 강간을 행하고 잔혹하게 사람을 죽였던 그가 즐겨 사용한 살해 방법으로는 독살과 참수, 십자가형, 몸에 말뚝 박기 등이 있다.

〈신의 재앙〉이라는 이름으로 불렸던 훈족 왕 아틸라(406~453)는 로마 제국을 멸망시키겠다는 원대한 목표를 세웠다. 그는 포로들의 사지를 찢는 등 잔인한 고문을 가하고 아들 둘을 잡아먹는 식인 행위를 했으며, 죽인 사람들의 피를 마시기도 했다. 그는 서로마 제국 여성과 결혼하려 했다가 외교적 문제로 실패하자 1만 1천 명을 잔인한 방식으로 죽여 보복했다. 침략하는 도시들을 불태워 초토화시키기로 유명했던 그가 왕좌에 머무는 동안 수십 만 명이 죽임을 당했다.

측천무후(624~705)는 10대 소녀 때 당 태종의 후궁이 되어 입궐했다. 절세미인이었던 그녀는 금방 황제의 총애를 얻었다. 그녀는 아버지 태종의 뒤를 이어 왕위에 오른 고종을 유혹해 아이를 낳은 뒤 목 졸라 죽이고 황후에게 죄를 뒤집어씌웠다. 황후가 폐위되자 후궁이었던 그녀가 대신 자리를 차지했다. 그녀는 정사에 개입해 전쟁을 일으키고 고종을 시켜 한반도의 세 나라에 정벌군을 파견하게 했다. 서쪽에서는 티베트, 남쪽에서는 터키를 상대로 전쟁을 지휘하는 동안 측천무후는 중국 고위 관리의 절반을 참수하고 그들의 자식을 노예로 만들었다. 그녀는 남편인 고종을 독살하고 스스로 최초의 여황제가 된 뒤 당나라 황족을 모두 제거하고 국호를 주(周)로 바꾸었다. 50년에 이르는 철권통치 기간 동안 그녀는 하루도 빠짐없이 연회를 열고 고문을 자행하고 공개 처형을 실시했다. 그녀가 가장 즐겼던 고문은 코와 귀, 다리, 발 등을 절단하는 것이었다. 그녀는 자신의 궁정뿐만 아니라 주나라가 정복한 동쪽과 서쪽의 접경 국가들에서도 공포 정치를 행했다.

칭기즈 칸(1162~1227)은 금나라를 복속시키고 동유럽과 중앙아시아의 여러 왕조들을 침략해 몽골 제국을 세웠다. 그는 패전한 적장들을 가마솥에 넣어 삶는가 하면 자신에게 예우를 갖추지 않는다며 사람들을 잡아 와 귀와 눈에 뜨거운 쇳물을 붓는 등 끔찍하고 잔혹한 고문을 행했다. 그는 전투 때마다 포로 수십만 명을 인간 방패로 최전선에 세워 적진에 화살이 동나게 만들었다. 그는 휘하의 전사들이 말의 핏줄을 잘라 피를 마셔 원기를 돋우게 했다. 그의 치하에서 2천만~3천만 명이 사망했고, 이란 고원과 중부 유럽 평원에 살던 인구의 4분의 3이 줄어들었다.

튀르크몽골의 전사 티무르 왕(1336~1405)은 중앙아시아의 도시들을 무참히 파괴하고 대량 학살을 자행해 티무르 제국을 세웠다. 정복 과정에서 그에게 죽임을 당한 사람의 숫자만 해도 1천5백만 명에서 2천만 명에 이를 것으로 추정된다. 그는 사람을 서서히 질식시켜 죽이거나 창이 빽빽이 꽂혀 있는 벼랑 아래로 강제로 뛰어내리게 만드는 등 잔인한 고문을 행했다. 바그다드에 진격해 민간인 9만 명을 본보기 삼아 참수했고, 티크리트에서 7만 명, 이스파한에서 7만 명, 알레포에서 2만 명을 똑같은 방식으로 죽였다. 그는 해골을 벽돌처럼 쌓아 올린 탑을 세워 공포를 조성하기도 했다.

로빈 후드 전설의 발단이 된 잉글랜드의 존 왕(1166~1216)은 난폭하고 잔인하며 음탕한 통치자로 유명했다. 그는 대신들의 아내를 강제로 취해 12명의 혼외 자식을 낳은 뒤 여자들을 추방하거나 살해했다. 그는 자신의 아버지와 형제들, 아내, 그리고 자신과 뜻을 같이했던 귀족들을 차례로 배신했고, 종국에는 조국 전체를 배신했다. 그는 자신에게 복종하지 않는 사람들을 무조건 감옥에 가둬 굶겨 죽였다. 그가 많은 세금을 징수해 방탕하고 호사스러운 생활을 영위하는 동안 백성들은 곤궁에 내몰렸다. 그는 이질에 걸려 사망했다.

크메르 루주 지도자이자 캄보디아 공산주의 독재자였던 폴 포트(1925~1998)의 치하에서는 170만 명 ─ 캄보디아 인구의 20퍼센트였다 ─ 이 죽임을 당했다. 폴 포트는 농민들을 사주해 도시인들을 죽이고 문맹들을 부추겨 지식인들을 살해하게 했다. 그는 고문의 목적이 자백을 받아 내는 것뿐 아니라 고문 대상으로 하여금 스스로 처형을 요구하게 만드는 데 있다고 믿었다. 그는 반공주의자로 간주되는 사람들은 무조건 제거했다. 폴 포트는 자신이 죽고 나면 흔적도 없이 시신을 처리하고, 자신의 이름이 언급된 행정 문서는 전부 폐기한 뒤 자신을 알았던 사람들을 모조리 잡아 죽이라고 명령했다. 자신이 마치 존재하지 않았던 사람처럼 만인에게 잊히길 바랐던 것이다.

에드몽 웰즈,
『상대적이고 절대적인 지식의 백과사전』 제12권

71

얼굴을 핥는 까끌까끌한 혀의 감촉.

여자 가브리엘이 한쪽 눈을 살며시 뜨자 코앞에 고양이 한 마리가 보인다. 녀석이 제대로 한 방 날려 할퀴면 어떡하지.

그가 다른 쪽 눈을 마저 뜨자 아침 햇살로 가득한 뤼시의 침실이 보인다. 배가 고픈지 고양이들이 분주하게 모여들기 시작한다.

매끈하고 날씬한 두 다리가 쭉 펼쳐지더니 침대를 내려와 그를 부엌으로 이끈다. 가느다랗고 긴 손가락들이 움직이며 그릇 여러 개에 사료를 쏟아 놓는다. 급수기가 켜지고 물이 솟는다. 뒤늦게 생각이 일어난다.

〈살아 있음에 감사합니다.

육신을 가진 것에 감사합니다.

오늘도 존재의 행운을 누릴 수 있는 만큼 이에 부끄럽지 않은 하루를 살게 되기를 소망합니다.〉

거울 앞에 서자 익숙한 얼굴이 눈에 들어온다.

나는 영매 뤼시 필리피니의 몸에 들어와 있는 작가 가브리엘 웰즈의 영혼이다. 아니, 나는 미치광이가 아니다. 아니, 이건 꿈이 아니다. 아니, 지금 벌어지는 일은 내 상상력의 결과가 아니다. 그렇다, 최악은 아니다.

그는 부엌에 서서 자신의 허파가 부풀어 올랐다 가라앉기를 반복하는 것을 느낀다. 그리고 심장 박동을 느낀다.

눈을 감자 피가 혈관을 타고 뻗어 나가 손끝과 발끝으로 퍼지는 게 느껴진다.

그는 창문을 열어젖히고 나서 심호흡을 한다. 들을수록 가슴을 울리는 새뮤얼 바버의 아다지오를 낮게 틀어 놓는다.

「살아 있다는 게 행운임을 깨닫는 건…… 죽음을 경험하고 나서지.」 그는 혼잣말로 중얼거린다.

이 문장을 메모하면서 그는 소설에 쓸 아이디어를 적어 놓는 작가적 습관이 여전히 남아 있는 것을 발견한다.

어찌 보면 작가로 존재한다는 것은 일종의 강박증일지도 모른다. 아니면 스스로 감당을 자처한 질병이거나.

이 멋진 몸을 원주인에게 돌려줘야 한다는 생각이 드는 순간 그는 실망감이 아니라 조급증을 느낀다. 무한한 몸의 가능성을 매순간 누리고 싶은 욕망을 느낀다.

하지만 그는 작가의 영혼답게 뤼시의 컴퓨터부터 찾

는다. 최신 컴퓨터는 다행히 지문 인식으로 로그인이 가능해 애써 패스워드를 고민할 필요가 없다.

컴퓨터가 켜지는 즉시 그는 자판을 두드리기 시작한다.

〈누가…… 날…… 죽였지……?〉

수시로 〈거짓말처럼〉 다가오는 모방 불가능한 현실, 그 속의 기이한 순간들을 끊임없이 만들어 내는 창조주 앞에서 작가인 자신은 그저 보잘것없는 모방자에 불과하다는 자각이 오는 순간, 그는 창조주에게 바칠 헌사를 머리에 떠올린다.

〈우리가 살고 있는 복잡한 세상을 만드신 위대한 시나리오 작가께. 당신의 절대 숭배자가 바칩니다.〉

그는 그간 겪은 우여곡절을 세세히 기록해 놓고 나서 대화와 액션 장면을 섞어 이야기를 써내려 간다.

다시 그의 머릿속은 예상을 뒤엎는 결말과 마지막 문장에 대한 생각으로 가득하다.

그는 그리스의 의사 아스클레피오스가 만들었던 아스클레피온을 떠올린다. 아스클레피오스는 미치광이들을 지하 미로에 가둬 치료했는데, 환자들이 어둠 속에서 미로를 헤매다 빛이 쏟아지는 출구를 발견하고 달려가 고개를 쳐드는 순간 양동이에 가득 담겨 있던 뱀들이 쏟아져 내리게 만들었다고 한다. 어찌 보면 마지막 극적 반전, 일종의 전기 충격 요법의 원조인 셈이다.

탄탄한 줄거리 역시 이런 지하 미로 같은 게 아닐까. 독자가 빛이 들어오는 출구를 찾아다니다가 드디어 찾았다고 확신하는 순간 머리 위로 뱀들이 쏟아져 내리게 만드는 것.

아스클레피오스는 죽은 사람들을 소생시키려 했다는 죄로 번개 — 제우스의 번개였을까? — 를 맞고 죽었다고 하지.

정신이 제멋대로 가지를 뻗기 시작한다. 이게 내 최대 결점이야. 기억력은 다양한 사고의 축을 제공해 주기도 하지만 때로는 서사의 본류에서 벗어나게 만들기도 하니까.

키를 단단히 잡아야 한다.

그는 빠르게 키보드를 두드리며 밑그림을 그려 나간다.

문제는, 나한테 실제로 벌어진 일이지만 신빙성이 없다는 거야. 내가 죽었다가 잠시 여자의 몸으로 환생했다는 걸 과연 누가 믿어 줄까.

키보드를 두드리는 그의 손놀림이 점점 빨라진다. 길게 자란 손톱이 딱딱 소리를 내면서 자판과 부딪칠 때의 느낌이 충일감을 안겨 준다.

젊은 여성의 몸속에 들어온 원숙한 작가의 영혼. 지금의 이 모습으로 삶이 연장될 수 있다면 더할 나위 없이 좋지 않을까? 불가능할 것도 없지 않은가? 언제든 몸을 돌려주겠다고 한 뤼시와의 약속이 걸림돌이라면 유일한 걸림돌이지.

글을 써내려 가는 동안 그의 정신은 숲속을 질주하는 말처럼 종횡무진 행간을 누빈다.

정연한 정신으로서의 일체성을 되찾은 느낌. 순수한 영혼이었을 때 가브리엘이 가장 그리워했던 게 바로 컴퓨터 자판을 두드리면서 이야기의 고랑을 파나가는 지금의 이 느낌이었다.

〈글쓰기가 나를 구원한다. 이 순간이야말로 내가 진정한 나로서 존재하는 유일한 순간이다. 오직 이 공간에서만큼은 사건을 뒤따라가는 게 아니라, 내가, 그것들을 창조해 낸다.〉

몇 챕터를 정신없이 써내려 가다 보니 눈이 뻑뻑해져 온다.

시계가 오후 12시 30분을 가리키고 있다. 네 시간 가까이 자판 앞에 앉아 있었던 것이다.

그는 재킷을 걸치고 밖으로 나가 지나가는 택시를 불러 세운다. 떠돌이 영혼이 아니니 산 자들이 이용하는 털털거리는 운송 수단에 의존하는 수밖에 없다.

그가 택시에 오르자마자 기사가 요란한 템포의 음악을 귀가 찢어지게 틀어 놓는다. 여자 가브리엘이 볼륨을 낮춰 달라고 부탁하자 그는 자기 차니까 자기 마음이라며 콧방귀를 뀐다.

가브리엘은 물질세계에, 게다가 여성으로 존재하는 불편함을 새삼 느낀다.

뤼시의 여리고 작은 체구로는 몸싸움조차 못 하겠다는 생각이 드는 순간 백미러에 택시 기사의 능글맞은 시선이 잡힌다.

순간 여자 가브리엘의 몸이 오싹한다. 다시 아랫배가 살살 아파 온다.

「편안히 앉아 있어요, 아가씨. 금방 모셔다 드릴 테니.」

찜찜한 기분이 드는 순간 택시 기사가 씨익 웃음을 흘리며 노골적으로 입맛을 다시는 모습이 다시 거울에 비친다. 마침내 목적지에 도착하자 그가 뒷좌석을 돌아다보며 말한다.

「다 왔습니다. 안전하게 모셔다 드렸어요. 35유로 나왔습니다.」

여자 가브리엘이 딱 그가 말한 액수만 내민다.

「팁은?」

어이없어하는 택시 기사에게 가브리엘은 아무런 대꾸도 하지 않는다. 차문을 닫고 내리는 그의 뒤통수에 여성 차별적인 욕설이 날아온다. 가브리엘은 그동안 여성 인물의 입장을 제대로 반영해 소설을 썼는지 모르겠다는 생각이 들자 마음이 복잡해진다.

그는 형이 사는 건물에 도착해 인터폰을 누른다.

「무슨 일이죠?」

「뤼시 필리피니예요.」

「6층 오른쪽이에요.」

여자 가브리엘이 고장 난 엘리베이터 대신 계단을 통해 올라가자 토마가 문밖에 나와 기다리고 있다.

「다시 만나서 정말 반가워요. 당신이…… 우리 집까지 올 줄은 몰랐어요. 집 주소는 어떻게 알았는지 모르지만…….」

「시간 좀 있어요? 여전히 나랑 식사할 마음이 있어요? 그렇다면 가요, 배고파요.」

토마가 안으로 들어가 외투를 걸치고 나오더니 그녀를 집에서 가까운 고급 비스트로로 데려간다. 식당에 도착하자 여자 가브리엘을 위해 문을 잡아 주고 소파 좌석을 먼저 권한다. 남자의 매너는 받아 줘야지……. 여자 가브리엘은 자리에 앉자마자 불편하기 짝이 없는 하이힐에서 슬쩍 발을 뺀다.

「무척…… 뜻밖이네요.」

「여긴 뭐가 맛있죠?」

「참, 신기하네. 내 동생 말투랑 똑같아요.」

말버릇 때문에 정체를 들킬까 봐 순간 마음을 졸이던 가브리엘은 머릿속에서 울리는 목소리를 듣고는 마음을 놓는다. 그런데 지금 머릿속에 들리는 카랑카랑한 고음의 목소리는 그가 뤼시의 몸에 들어오기 전에 들었던 목소리와는 꽤 차이가 있다.

「급한 일이 있나 보죠? 내 동생의 죽음을 아직 수사 중인가요?」

「당신은 네크로폰을 만들었어요, 그렇죠?」

「당신이 그걸 어떻게 알았어요?!」

여자 가브리엘은 잠시 둘러댈 방법을 찾다 솔직히 털어놓는다.

「심령 대화를 하다 가브리엘한테 들었어요. 그 기계를 통해 당신과 대화했다고 하더군요.」

「동생이 맞았군요. 내가 진짜 동생과 이야기한 게 맞군요…….」

「내가 그와 심령 소통을 했고, 그가 당신의 기계에 대해 이야기해 줬어요. 이건 모두 사실이에요. 고장이 났다고 들었는데, 고쳤어요?」

「아뇨…… 타버린 부속이 쉽게 구할 수 있는 게 아니라서요. 주문했으니까 다음 주면 받을 수 있을 거예요.」

웨이터가 다가와 메뉴판을 두 개 내민다.

「오늘의 메뉴는 밤을 곁들인 칠면조구이입니다.」

「생선 요리는 뭐가 있죠?」 토마가 묻는다.

「케이퍼를 곁들여 구운 가오리 요리 어떠세요?」

「저는 그걸로 하죠.」

「음…… 전 비건이라서.」〈동물 사체〉를 몸속에 넣지 않겠다고 뤼시와 했던 약속을 떠올리며 여자 가브리엘이 고심한다.

「저희 식당에 엄밀한 의미의 비건 메뉴는 없지만, 베이컨과 닭가슴살을 빼고 시저 샐러드를 만들어 드릴 수는 있어요.」

가브리엘이 웨이터에게 그렇게 해달라는 뜻을 전한 뒤 토마를 향해 몸을 돌린다.

「어떻게 그런 대단한 기계를 만들었어요?」

우쭐해진 토마가 물 잔을 들어 단숨에 마시더니 여자 가브리엘 앞으로 상체를 기울인다.

「지금까지 우리는 세계를 분석하기 위해 두 가지 방법, 즉 화학과 물리만 있다고 믿었어요. 하지만 나는 물질의 표현 형태에 이것 말고 한 가지가 더 있다고, 다시 말해 세 번째 방식이 있다고 생각해요. 말러의 교향곡 디스크를 예로 들어 볼게요. 당신이 이 디스크라는 물체를 집어 산산조각 낼 수 있어요. 하지만 분자 속 어디에서도 교향곡의 음은 발견할 수 없죠. 당신한테 물어볼게요. 대체 디스크 속 어디에 음악이 있는 거죠?」

「글쎄요.」

「비물질 파동이기 때문이에요. 새를 예로 들어 볼까요. 새의 뇌세포나 DNA 어디에서도 새가 부르는 노래의 멜로디는 찾을 수 없어요. 그리고 정확히 똑같은 DNA를 가진 쌍둥이 새들도…….」

「……노랫소리가 다르다는 말이죠?」

「내가 하려는 말을 금방 이해했네요. 인간의 몸도 마

찬가지예요. 아무리 아인슈타인의 뇌세포를 분석해 봐도 $E=mc^2$이라는 공식은 찾을 수 없어요. 당신의 뇌와 DNA 속을 뒤져 봐요, 당신이 꾸는 꿈이 나오는지. 이게 내가 발견한 거예요. 어떠한 물리학과 화학의 도구를 사용해도 감지할 수 없는 다른 것이 〈다른〉 곳에 있다는 것. 이 세 번째 형태는 물질이 아니라는 것.」

「그게 파동이라는 거예요?」

「그래요. 입자성은 없지만 물질에 작용할 수 있는 파동 말이에요. 가령, 말러의 교향곡을 듣고 있으면 나한테서 엔도르핀이 분출돼요. 새 노랫소리는 짝짓기 욕망을 일으켜 교미를 하게 하고, 그것을 통해 알이 태어나죠. $E=mc^2$ 공식은 원자력 발전소를 짓게 해줘요. 거기서 전기를 만들어 우리 집에 불을 켜게 해줄 수도 있고, 원자폭탄을 제조해 집을 잿더미로 만들어 버릴 수도 있어요. 그런데 깊이 따져 보면, 이 모든 것의 출발은 바로 하나의 생각이에요.」

「그건 다름 아닌 파동이죠…….」

가브리엘은 자신도 모르게 형에 대한 존경심을 느낀다. 형이 이토록 확신에 차서 분명하게 얘기하는 걸 여태껏 본 적이 없다.

「당신이 지난번에 말한 찻잔 속 설탕의 비유가 이 모든 걸 깨닫게 해줬어요. 그때만 해도 나는 대학에서 받은 교육 탓에 눈에 가리개가 채워져 세상의 절묘한 복잡성을 보지 못했어요. 앞뒤가 꽉 막혀 있었죠. 하지만 지금은 달라요. 나는 그 어떤 대단한 컴퓨터라도, 가브리엘의 글쓰기 특징 정도는 모방 가능할지언정 그의 생각은 베낄 수 없다는 확신을 갖게 됐어요.」

「네크로폰 이야기를 좀 더 들려줘요.」

「나는 죽은 사람들과 소통 가능한 사람이 있는 건 파동의 발신과 수신이 있기 때문이라고 믿고, 에디슨의 네크로폰 설계를 찾아봤어요. 거기에 자기장 파동에 대한 언급이 있더군요. 그래서 자기장 파동을 공부하기 시작했고, 그러한 파동이 존재하는 파동 대역이 있으리라는 추론을 했죠. 파동 마루가 초저주파음과 유사한, 진폭이 큰 파동들 말이에요.」

「그래서 고양이들이 영혼을 감지할 수 있는 거예요?」

「맞아요. 박쥐나 돌고래 같은 동물들의 소통도 그 파장에서 이루어지죠.」

토마가 몸을 바싹 당겨 앉으며 여자 가브리엘의 허벅지에 손을 얹는다. 순간 가브리엘의 영혼은 찌릿한 양가적 전율을 느낀다. 그의 피부는 과히 싫지 않다는 신호를 발산하지만, 자신을 유혹하는 상대가 쌍둥이 형이라는 생각은 거부감을 일으킨다. 그가 급히 몸을 뒤로 빼다 무릎으로 테이블을 치는 바람에 유리잔이 넘어져 바닥에 떨어지면서 산산조각 난다.

「뤼시, 난 이전과 달라요. 당신을 사람들의 순진함을

이용하는 사기꾼으로 보던 융통성 없는 합리주의자가 더이상 아니에요. 지금은 당신이 옳다고 믿어요. 얼마든지 사자들과 소통이 가능하다고 믿게 됐어요. 죽은 동생과 대화했다는 게 그 증거예요.」

가브리엘은 형과의 심령 대화를 위한 좋은 방법을 떠올린다.

「마지막으로 심령 대화를 나누었을 때 당신 동생이 나한테 서로를 확실히 확인할 수 있는 암호를 당신과 상의해 정하라고 부탁하더군요.」

「내가 맞춰 볼게요. 〈로자벨, 믿어요〉로 하라고 했죠? 저승의 후디니가 이승의 아내와 소통하기 위해 사용했던 암호 말이에요.」

「맞아요. 그 암호를 말하면 당신이 대화하는 상대가 가브리엘을 사칭하는 다른 영혼이 아니라 진짜 가브리엘이라는 뜻이에요.」

「그건 그렇고, 수사는 어떻게 돼가요? 신문을 봤는지 모르겠는데, 알렉상드르 드 빌랑브뢰즈가 추진하는 가브리엘 웰즈 버추얼 프로젝트가 빠른 진척을 보이고 있어요. 한 달 이내에 『천 살 인간』의 인공 지능 버전이 출판될 거라고 그가 발표했어요.」

「그래 봤자 작가의 진짜 영혼에는 적수가 못 될 거예요…….」

「과연 대중이 그 차이를 감지할 수 있을까요? 생전에

그를 제대로 조명하지 못했다는 자책감에 벌써 몇몇 비평가가 그 끔찍한 창조물을 홍보하는 데 열을 올리고 있어요. 빌랑브뢰즈의 인공 지능 로봇이 내 동생의 작품을 무한정 찍어 내는 참사가 벌어질지도 몰라요!」

음식이 나오자 가브리엘이 얼른 포크를 집어 들고 평소처럼 허겁지겁 음식을 먹기 시작한다. 토마가 눈을 동그랗게 뜨고 쳐다보자 그는 자세를 고쳐 앉으며 과장스러울 정도로 조심스럽게 포크질을 한다.

「당신은 아직도 내가 쌍둥이 동생을 살해했다고 믿어요?」

「현재로선 어떠한 가능성도 배제하지 않아요.」

「당신처럼 올곧고 똑똑한 사람이 왜 계속 나를 의심하는지 도무지 이해가 가지 않아요.」

그는 여자 가브리엘의 손을 덥석 잡아 자신의 가슴에 얹는다.

「내 에너지를 느껴 봐요. 진정성을 느껴 보라고요. 내 말 똑똑히 들어요. 나는 동생을 죽이지 않았어요. 나도 당신 못지않게 그 끔찍한 짓을 저지른 자가 누군지 알고 싶어요.」

72

깊은 잠에 빠진 사미의 꿈에 영향을 미쳐 마약 중독을 유도하기 위해 그의 정신 속에 다시 들어가 있는 뤼시와 돌로레스의 앞에 난데없이 드라콘이 나타난다.

「이게 무슨 짓입니까?」

「이 나쁜 놈이 더 이상 여자들을 노예로 만들지 못하게 하려고요.」

뤼시가 드라콘에게 상황을 설명하고 나서, 돌로레스에게 그가 자신의 상부 접속 상대라고 알려 준다.

「우리 중위 아스트랄계 존재들은……」 그가 깔보듯 말한다. 「하위 아스트랄계 존재들이 산 자들 사이에서 복닥거리는 걸 지켜보기만 하지 웬만해선 개입하지 않아요. 그런데 당신들이 특정인에게 집착해 알코올 중독 에그레고르까지 끌어들이는 건 도저히 묵과할 수 없어요.」

「뤼시와 제가 산 자 한 놈을 따끔하게 손봐 줘서 더 이상의 피해자가 나오지 않게 만들려는 거예요. 지상에서 인간들의 정의가 해내지 못하는 것을 저승에서 우리가 이루는 거라고요.」

「정의, 정의라, 참 말은 쉬워도 행하기는 어렵지! 당신 들이 정의에 대해 대체 뭘 안다고 그러는 거죠?」

「우리는 산 자들의 법정들에서 저지르는 실수를 바로 잡기 위해 죽은 자들의 법정을 만들고 싶은 거예요.」

재소자 출신 돌로레스가 점점 확신에 차 과감한 주장 을 펼친다.

「지금은 21세기예요. 이대로 계속 가서는 안 돼요. 국 가 최고위층에서, 혹은 거미줄처럼 뻗은 유사 권력 기관 들에 퍼져 어떠한 제재도 받지 않고 불행을 퍼뜨리는 사 악하고 해로운 자들을 모조리 제거해야 해요.」

흰 토가를 걸친 남자가 딱하다는 듯 혀를 끌끌거린다.

「난 보통 사람이 아니라…… 사법 체계를 최초로 수립 한 사람이나 다름없어요. 기원전 621년, 계층의 구분 없 이 모든 개인에게 보편적으로 적용되는 최초의 성문법을 만든 게 바로 나, 드라콘이니까. 그때까지만 해도 부자들 과 가난한 자들에게 적용되는 사법 원칙이 달랐어요. 당 신이 여자인지 남자인지, 내국인인지 외국인인지에 따라 서도 상이한 법이 적용됐죠.」

「그 이전에는 정말 아무것도 없었단 말이에요?」 뤼시 가 믿기지 않는다는 표정으로 묻는다.

「모세의 십계명이 있긴 있었죠. 기원전 1300년에. 하지만 그건 소수의 유대인들에게만 적용되는 것이었어요. 당시 지중해의 패권 국가였던 내 조국 그리스만 해도 불문법밖에 없었고 법 해석도 전적으로 입법권자의 재량에 달려 있었죠. 그렇다 보니 직권을 남용해 마음대로 처벌을 내리는 사례가 빈번히 발생했어요. 그래서 내가 나서 더 이상 법을 사적인 복수에 동원할 수 없도록 명문화한 거죠. 도시로 진입하는 길목에 법 조항을 새긴 나무판을 걸고, 나중에는 석비를 세워 아무도 법을 몰랐다고 주장하지 못하게 하자는 아이디어를 생각해 낸 것도 나였어요. 어디 그뿐인가요. 살인과 과실 치사의 구분도 내가 만들었어요. 사법 정의에 관해선 내가 전문가라는 뜻이에요.」

「〈드라콘의 법만큼〉 가혹하다는 표현이 당신한테서 비롯됐군요?」

「맞아요. 어쩔 수 없는 선택이었어요. 복수의 욕망이 사라지게 만들 정도로 본보기가 될 만한 처벌을 내려야 했으니까, 그렇게 사법 정의를 구현해야 했으니까. 나 역시 당신들처럼 유토피아를 꿈꿔 죄는 철저하게 물어야 한다고 생각했죠. 절도범에게 사형을 내리는 식으로 말이에요. 그 때문에 지나치게 가혹한 사법적 판단을 얘기할 때 내 이름을 언급하는 거예요.」

「당신이 진정으로 지상에서 정의를 구현하려 애썼다면 우리 행동에 쉽게 공감하겠군요. 우리를 제지하려 하지 말고 도와줘요.」 뤼시는 뜻을 굽히지 않는다.

「함부로 나서지 말아요!」 드라콘이 얼음 같은 차가운 목소리로 말한다.

급작스러운 어조 변화에 두 여자는 당황한다.

「우리는 도덕을 수호하려는 거예요.」

「이 세상은 지금 있는 그대로 완벽해서 바뀔 필요가 없다는 생각을 해보진 않았어요?」

욱한 돌로레스가 언성을 높인다.

「여성 인신매매 조직들도 말이에요?」

「인류는 바닥을 칠 때까지 실수를 해봐야 해요. 끔찍한 실수라도 배움을 위해선 필요해요.」

「저런 인간 말종들도 우주의 계획의 일부라는 말씀을 하고 싶으신 거예요?」

「어디 그들뿐인가요. 광신도, 사이비 종교, 술, 마약, 학살, 전염병 등등, 인간의 무수한 어리석음이 다 그렇죠…….」

「전쟁이나 가난, 기근, 살인이 없는, 성도착증 환자들이나 독재자들이 존재조차 하지 않는 행성은 상상할 수 없나요?」

「그런 행성은 이미 존재하는걸요.」

「그래요? 어디 있는데요?」

「태양계의 다른 행성은 모두 그래요. 단지 그런 행성들에는 산소가…… 결국 생명이 함께 없는 게 문제죠.」

말재간을 부리고 나서 흡족한 표정을 짓더니 그가 한 마디 덧붙인다.

「사람들을 구하고 세상을 바꿀 수 있다고 믿으면 그건 대단한 오만이에요. 그러니까 당신들이 닿을 수 없는 세상의 섭리를 이해하지 못한 채 소꿉놀이하듯 사소한 정의를 구현하려는 짓은 이제 그만둬요. 인간은 자신의 어두운 면과 맞부닥뜨려 봐야 비로소 그것에서 벗어날 수 있어요. 실수를 하고 잘못을 저질러 봐야 고칠 수 있는 거예요. 단시간에 변혁을 이루겠다는 욕심을 버리고 작은 변화와 성과를 소중히 여겨요. 진화는 덜컹거리고 요동치면서 서서히 이루어지는 거니까. 당신들 위에 있는 상부를 믿어요.」

「체념하고 아무것도 하지 말라는 뜻인가요?!」 돌로레스가 반기를 든다.

「각자의 자리에서 노력은 해야겠지만 절대 자신의 힘을 과신하지 말라는 뜻이에요. 세계가 지금의 모습으로 존재하는 데는 모종의 숨겨진 의도가 있으리라는 걸 기억하라는 말이에요. 실수 없이 앎에 도달하는 건 불가능해요. 경험은 오랜 시간에 걸쳐 퇴적물처럼 쌓이는 거죠. 우리는 누구나 경험을 해봐야 해요. 그러고 나서 그 경험의 결과물을 확인해야 비로소 행동을 바꿔야겠다는 자각이 오죠. 그래야 다른 방식으로 행동하는 것을 자연스럽게 받아들이게 돼요.」

단호한 드라콘 앞에서도 돌로레스는 전혀 압도당하는 기색이 아니다.

「넌 어느 쪽이야, 뤼시?」 그녀가 친구를 향해 말한다.

「이분은 나에겐 특별한 중위 아스트랄계 접속 상대야. 어떻게 감히 반박할 수 있겠어.」

「두 손 들겠다고? 복수를 포기하겠다는 말이야?」

　뤼시는 팽팽한 양쪽 입장 사이에서 이러지도 저러지도 못한 채 모순된 감정을 느낀다.

「난 세상을 있는 그대로 받아들이겠어.」

「난 그렇게는 못 해. 네가 악과 맞서 싸울 힘이 없다면 나 혼자서라도 싸울 거야. 언젠가 반드시 천상의 법정이 존재할 수 있게, 그래서 산 자들의 법정들이 가진 부족한 점을 보완할 수 있게 힘쓸 거야. 우린 앞으로 다시는 볼 일이 없을 거야, 행운을 빌게. 나는 새로운 자각으로 인한 막중한 책임감을 외면할 수 없어.」

　말을 끝낸 돌로레스가 뤼시와 드라콘을 사미의 침대 위에 남겨 둔 채 황급히 천장을 지나 솟구쳐 오른다.

「그동안 왜 숨겼어요? 당신이 진짜 정의의 창조자가 맞긴 맞나요?」

「다 옛날 일이죠.」

「당신은 오늘날 지상에서 실현되는 정의에 동감하나요?」

「전적으로 동의하진 못해도 이해는 해요.」

「조금 개인적인 질문을 드려도 될까요?」

「해봐요.」

「원수를 괴롭히는 일을 포기하고 나니까 친구를 행복하게 만들어 주고 싶어졌어요.」

「가브리엘 웰즈 말이에요?」

그녀가 고개를 끄덕인다.

「그는 지금 제 몸속에 들어가 있어요. 그렇게 인연이 맺어지네요……. 누가 그를 살해했는지 아세요?」

드라콘의 입꼬리를 살짝 올리며 얄궂은 미소를 짓는다.

「알아요.」

뤼시가 한쪽 눈썹을 찡긋 추켜올린다.

「저한테 얘기해 주실 수 있어요?」

「물론이에요. 하지만 알아 봤자 당신한테 아무 도움이 안 될 거예요.」

「그냥 제 호기심이라고 이해해 주세요.」

「알고 나면 실망할걸요. 마술의 비법을 알게 되면 허탈해지듯이.」

「그래도 알고 싶어요. 아직 마술의 비법을 알고 나서 실망한 적이 없어요.」

「정 그렇다면 뭐.」

드라콘이 뤼시의 귀에 대고 살인자의 이름을 작은 소리로 얘기해 준다. 뤼시는 자신의 귀를 의심한다.

73

백 번째 원숭이 이론

〈백 번째 원숭이 이론〉은 일본원숭이*Macaca fuscata*의 행동을 주의 깊게 관찰한 결과 탄생한 이론이다. 얼굴이 붉고 몸이 긴 은빛 털로 덮인 일본원숭이들은 1952년에서 1965년 사이 일본의 고지마섬과 규슈섬에서 안개가 내려앉은 호수에 몸을 담근 모습이 주로 카메라에 잡혔다.

과학자들의 관찰은 모래사장에 원숭이들이 먹을 고구마를 던져 주면서부터 시작됐다. 고구마를 좋아하는 원숭이들이 고구마에 묻은 모래 때문에 선뜻 손을 대려고 하지 않았다.

그러던 어느 날 과학자들이 〈이모〉라는 이름으로 부르던 암컷 원숭이가 기발한 해결책을 찾아냈다. 우연히 고구마를 물에 씻어 모래를 털어 내고 먹어 보더니, 그다음부터 무조건 고구마를 물에 씻어 먹기 시작했다.

처음에는 이모 혼자 이런 습관을 보였는데, 시간이 가

자 다른 원숭이들이 따라 하기 시작했다. 제일 먼저 어린 원숭이들이, 그다음은 암컷 원숭이들이 이모의 행동을 흉내 냈다. 제일 소극적이었던 늙은 수컷 원숭이들은 새로운 행동에 거부감을 보이며 못마땅하게 여겼다.

시간이 흐르자 같은 군집에 속한 더 많은 원숭이들이 고구마를 씻어 먹기 시작했다.

이들을 관찰하던 일본 과학자들은 백 번째 원숭이가 고구마를 씻어 먹으면서 임계치를 넘어서자, 섬에 서식하는 모든 원숭이가 고구마를 씻어 먹는 행동을 당연히 여기게 됐다는 사실을 알게 되었다.

더욱 놀라운 것은, 정확히 1백 마리라는 숫자를 넘어서는 순간 마치 전염이라도 된 듯 인접한 섬들에 서식하는 모든 원숭이 군집에서 똑같은 행동이 관찰되었다는 사실이다. 그러나 원숭이들이 섬을 헤엄쳐 건너는 것은 절대로 불가능한 상황이었다.

미국 학자 라이얼 왓슨은 이 같은 관찰을 바탕으로 다음의 가설을 수립했다. 일정 수 이상의 개체가 새로운 아이디어를 받아들여 태도를 바꾸게 되면, 이 아이디어는 물리적인 전파 없이도 마치 공기 속에서 파동이 퍼져 나가듯 모든 구성원에게 영향을 미친다는 것이다.

1984년, 켄 케즈는 『백 번째 원숭이』라는 저서에서 일본원숭이들의 행동과 인간 사회 간의 유사성을 지적했다. 그는 개개인의 정신적 에너지들이 더해져 일정 단계에 도달하는 순간 일종의 폭발이 일어나 전반적인 의식의 변화가 일어나게 된다는 가설을 제시했다. 처음에는 제한된 수의 입문자와 호기심이 많은 구성원, 가령 유연한 사고를 지녀 새로운 행동에 호기심을 느끼는 젊은 층에서만 변화가 나타나지만, 일종의 시소 효과에 의해 독창성이 결국 규범으로 자리 잡게 된다는 것이다. 이후 세대들은 조상들이 했던 서툰 행동들을 기억조차 하지 못하게 된다.

에드몽 웰즈,
『상대적이고 절대적인 지식의 백과사전』제12권

74

　여자 가브리엘은 멋지게 꾸며진 빌랑브뢰즈 출판사 사장의 집무실에 와 있다. 빌랑브뢰즈는 양쪽으로 원고 더미가 높이 쌓인 책상 앞에 앉아 전화기를 들고 큰 소리로 통화 중이다.

　「맞습니다…… 네, 그렇죠……. 웰즈의 생각은 우리를 통해 전 세계에 전파될 거예요…… 물론이죠…… 여러 채널을 통해 부활할 겁니다, 빌랑브뢰즈 출판사가 선봉에 설 거예요……. 아니…… 그렇지 않아요…… 그 얘기가 아니에요. 그것과는 전혀 상관없는 거예요, 가브리엘 웰즈의 단편이에요. 우리가 독점권을 가진 미발표 단편이죠. 왜 알려지지 않았냐고요? 그 친구가 2년 전에 의견을 묻기 위해 개인적으로 맡겼던 원고예요. 그동안 귀하게 보관하고 있다 이번에 선보이게 된 겁니다.」

　여자 가브리엘은 문제가 되는 단편의 내용이 전혀 기억나지 않는다. 빌랑브뢰즈는 손님의 존재에도 아랑곳하지 않고 통화를 계속한다.

「……그렇다니까요 ……제목이요? 〈당신의 자리에서〉입니다.」

여자 가브리엘은 그제야 내용이 머리에 떠오른다. 빌랑브뢰즈가 그 작품을 선택한 이유가 분명해진다.

「줄거리요? 아카데미 프랑세즈 회원인 작가와 SF 작가가 서로의 글을 맞바꿔 발표하는 내용이에요. 비평가들이 아카데미 회원인 작가가 썼다는 작품에는 상찬을 쏟아 내죠. 반면 SF 작가가 썼다는 작품은 관심조차 끌지 못하고 혹평을 받아요. 얘기는 여기서 끝나는 게 아니에요. 아카데미 프랑세즈 회원 작가가 아예 회원직을 사퇴하고 SF 장르에 매진하기로 결정해요. 반면 SF 작가는 자신이 간직하고 있던 시에 대한 열정을 새삼스럽게 떠올리죠. 마음에 들어요? ……별로예요? ……왜요? ……물론 이걸로 경쟁 업체들과 더 불편한 관계가 될 수도 있다는 걸 모르지 않아요. 하지만 가브리엘 웰즈라면 지금이 이 작품을 출판할 적기라고 생각했을 거예요. 그런 의미에서 이 출간은 일종의 사후 헌정이죠, 가브리엘에게 보내는 윙크이기도 하고.」

앞에 서 있는 젊은 여성이 대화에 흥미를 느낀다는 확신이 들자 빌랑브뢰즈는 굳이 서둘러 통화를 끝내려 하지 않는다.

「어차피 나는 더 이상 잃을 게 없어요. 그냥 한번 밀어

붙여 보는 거지 뭐.」

이 말을 듣는 순간 여자 가브리엘은 빌랑브뢰즈가 그 동안 자신에게 호의적이었던 이유를 깨닫는다. 그는 20분 뒤 빌랑브뢰즈가 수화기를 내려놓을 때까지 묵묵히 기다린다.

「다시 만나서 반가워요, 마드무아젤 필리피니. 기다리게 해서 미안해요. 여전히 웰즈의 살인 사건을 수사 중인가요?」

「네, 수사에 진척이 있어요.」

「무아지?」

「그는 용의선상에서 제외됐어요.」

빌랑브뢰즈가 곱게 매니큐어가 칠해진 긴 손가락으로 깍지를 꼈다 풀었다 한다.

「그럼 누구한테 혐의를 두고 있죠? 쌍둥이 형?」

「토마 웰즈도 결백해요.」

「그럼 나?」

「여전히 당신에 대한 의심을 못 풀었어요. 그걸 풀게 도와주세요.」

빌랑브뢰즈가 어색한 미소를 짓더니 뭔가를 작심한 듯 몸을 일으킨다.

「그렇다면 의심을 완전히 걷어 드리죠. 자, 날 따라와요.」

여자 가브리엘은 상대가 바람기 많기로 유명한 남자

라는 사실을 떠올리며 혹시 현관 입구에서 자신을 구석으로 몰지 않을까 잔뜩 긴장한다. 하지만 그는 문을 열고 나가더니 가브리엘 웰즈의 초상화로 도배되어 있는 근사한 사무실로 안내한다.

「어이, 실뱅!」

「안녕하세요, 보스!」

「이쪽은 〈불멸의 정신〉에서 일하는 실뱅 뒤로, 가브리엘 웰즈의 가상적 사고의 산파 역할을 하는 친구죠. 지금부터 가브리엘에 대한 내 애정을 두 눈으로 확인하게 될 거예요. 내가 어떻게 그를 불멸의 존재로 만들려고 하는지, 이렇게 좋아하는 작가를 살해하는 게 가능했겠는지 직접 보고 판단해요. 실뱅, 이분한테 시연을 해드리게.」

말이 떨어지자마자 완벽히 재현된 가브리엘 웰즈의 얼굴이, 뤼시 필리피니의 몸에 들어온 가브리엘 웰즈의 영혼 앞에 나타난다. 가브리엘은 마치 거울을 들여다보는 듯한 느낌을 받는다.

「어서 오세요, 반갑습니다.」 가브리엘 웰즈 버추얼이 반갑게 인사를 건넨다.

「자자, 뭐라고 말을 걸어 봐요!」 알렉상드르 드 빌랑브뢰즈가 재촉한다. 「당황스러워도 진짜 가브리엘이라고 생각하고 대화를 나눠 봐요! 그냥 편하게 가브리엘 버추얼이라고 부르면 돼요.」

「반가워요, 가브리엘 버추얼.」

「미인이시네요.」

가브리엘은 가상적으로 구현된 자신에게 뜻밖의 칭찬을 받자 묘한 기분이 든다.

「진짜 가브리엘이 본래 여자를 좋아하고 좀 짓궂은 구석이 있었어요. 그래서 그런 특징들을 그를 재현하는 인공 지능 프로그램에 고스란히 넣었죠.」

빌랑브뢰즈가 우쭐해하며 말한다.

여자 가브리엘이 도박을 하는 심정으로 포문을 연다.

「가브리엘, 하나 물어볼게요. 누가 당신의 모델을 죽였다고 생각해요?」

스크린에 떠 있는 얼굴의 근육이 미세하게 일그러지고 아랫입술이 달싹거린다. 강도 높은 사고 작용이 일어나고 있다는 반증이다.

「유기체 가브리엘의 절필을 바라는 사람들이 많았어요.」 한참 만에 대답이 돌아온다.

「가브리엘에겐 편집증이 좀 있었어요. 그런 특징을 프로그램에 입력해 충실히 반영했죠.」 빌랑브뢰즈가 목소리를 낮춰 뤼시의 귀에 대고 설명해 준다.

「당신 생각에는 그의 죽음으로 가장 큰 이득을 볼 사람이 누굴까요?」

「누굴까요?」

스크린 위의 얼굴이 마치 시간을 벌려는 듯 마지막 단어를 따라 말한다.

가브리엘 버추얼이 다시 한번 생각에 잠긴 듯한 동작을 취한다.

「그럼 이렇게 물어 볼게요…… 가브리엘 버추얼, 당신이 가브리엘 웰즈의 죽음을 소재로 소설을 쓴다면 누구를 살인자로 설정하겠어요?」

빌랑브뢰즈가 엄지를 치켜올리며 만족감을 표시한다.

「질문을 정확히 그런 식으로 던져야 해요.」

스크린 속 얼굴이 또다시 골똘히 생각하는 시늉을 하다 금방 편안한 표정을 되찾는다.

「〈한 시스템을 이해하기 위해서는 시스템 밖으로 나와야 한다.〉 가브리엘이 한 말이에요.」

「그래, 시스템 밖으로 나오니까 뭐가 찾아지죠?」

「찾았어요! 살인자는 바로…… 살인자는 바로…… 살인자는 바로…….」

가브리엘 버추얼이 더듬거리다 말문이 막히는 순간, 갑자기 스크린이 꺼진다.

「아, 이런! 당신 때문에 버그가 생겼잖아요!」 실뱅 뒤로가 안타까운 표정으로 소리를 지른다.

「새로운 프로그램을 실행하면 오작동이 일어나기도 해요.」

그가 컴퓨터 덮개를 풀어 버그의 원인을 찾기 시작한다.

「제가 얘기했죠, 아직 너무 많은 걸 물어보면 안 된다고. 이건 베타 버전에 불과해요!」

「자신의 모델을 죽인 살인자에 대한 질문이 이런 상태를 초래할지는 몰랐어요. 실망스럽네요.」

여자 가브리엘이 은근히 상대를 떠보려는 속셈으로 평가를 내린다.

젊은 여성에게 좋은 인상을 주고 싶은 욕심을 버리지 못한 빌랑브뢰즈가 서랍에서 인쇄된 종이 뭉치를 꺼내 가브리엘에게 내민다.

「『천 살 인간』의 앞부분 세 챕터예요.」

「제가 읽어 봐도 돼요?」

「첫 스무 페이지만. 더 이상은 안 돼요. 나머지는 일급 기밀이기도 하거니와 인간이 다시 읽고 손을 봐서 〈매끄럽게〉 만들어야 해요.」

여자 가브리엘은 호기심에 차서 첫머리를 읽어 내려가기 시작한다.

〈누구나 한 번쯤은 자신의 생명이 무한히 연장되는 꿈을 가져 보지 않았을까?〉

가브리엘 웰즈의 소설은 늘 물음으로 시작한다는 원칙을 충실히 적용해 탄생시킨 첫 문장이다. 이야기는 정통 추리 소설의 서사 구조를 그대로 따르고 있다. 독창적인 점이 있다면 생명 연장이라는 소재뿐이다.

주인공은 다소 단면적이고 진부하게 느껴진다. 인공 지능 프로그램이 인간의 다면성과 광기를 이해할 리 만

무하지 않은가.

빌랑브뢰즈가 시가에 불을 붙여 입에 물고 뽀얀 연기를 내뿜는다.

「남들보다 먼저 이 원고를 읽을 수 있다는 게 얼마나 대단한 특권인지 알아요?」

가브리엘은 뜨악하리만치 평범한 첫 챕터에 대한 감상을 속으로만 간직하고 그에게 감사 인사를 전한다.

「당연히, 뒷부분도 얼마든지 읽을 수 있어요. 지금보다 좀 격식을 허물고 우리가 다시 만날 기회가 생기면…….」

여자 가브리엘은 빌랑브뢰즈가 건네는 명함을 받아 들고 인사를 한 뒤 출판사를 나선다. 가브리엘은 자신의 두뇌를 이야기 제조 기계로 바꾸어 놓는 연금술에 대해 생각한다. 살아 있는 인간 정신이 지닌 호기심을 절대 흉내 낼 수 없다는 것, 이것이 바로 가브리엘 웰즈 버추얼 프로그램의 결점이 아닐까.

젊은 여자 영매의 육신이 주는 활동성을 기꺼이 누리면서도, 그는 자신이 살해된 순간 근본적으로 달라졌다는 생각을 한다. 그의 안에 있는 무언가가 부서져 버린 것이다. 누가, 무슨 이유로 자신을 죽였는지 알지 못하면 영원히 안식을 누리지 못할 것 같다.

75

긴쓰기

일본 문화에서는 깨진 물건이 온전한 새 물건보다 더 가치를 지니기도 한다. 보수 과정을 통해 그것이 더 흥미로운 물건으로 거듭난다고 여기기 때문이다.

물건을 고쳐 더 좋게 만드는 행위를 가리키는 긴쓰기(金継ぎ, 〈금으로 이음〉이라는 뜻)라는 단어도 존재한다. 긴쓰기의 기원은 15세기로 거슬러 올라간다. 쇼군 아시카가 요시마사는 자신이 사용하던 다기가 깨지자 중국에 보내 수선을 의뢰했다. 다기가 깨진 부분에 보기 싫은 철 끈이 묶인 채 돌아오자 쇼군은 진노했다. 그러자 일본 장인들이 이음매에 옻칠을 하고 금박을 입혀 깨진 부분이 드러나게 다시 수선을 했다. 깨진 부분을 잇는 금박을 일종의 장식으로 사용한 것이다. 이러한 수선 방식이 자리를 잡자 쇼군들은 더 이상 깨진 도자기를 버리지 않았다. 물건에 생긴 흠결을 감추기보다 그것의 가치를 살려 제2의 생명을 주는 방법을 택한 것이다.

긴쓰기가 인기를 얻자 일부 수집가들, 특히 다인(茶人)들 사이에는 금박을 입혀 수선하기 위해 일부러 도자기를 깨는 유행까지 생겨났다. 물건에 제2의 삶을 불어넣는 이런 긴쓰기 방식에는, 비극을 겪는 과정에서 부서졌다 회복된 인간이 삶의 풍파를 전혀 모르는 온전한 인간보다 훨씬 매력 있다는 생각 또한 담겨 있다.

에드몽 웰즈,
『상대적이고 절대적인 지식의 백과사전』제12권

76

그녀가 기둥에 몸이 묶인 채 발버둥 치고 있다. 인디언 우두머리가 큰 칼을 들고 다가오더니 칼끝으로 그녀의 블라우스를 겨눈다. 블라우스의 단추 하나가 툭 떨어질 정도로 여자가 거칠게 숨을 몰아쉰다.

「컷! 이 신은 살립시다. 사브리나를 풀어 줘요.」

조수들이 달려와 줄을 풀어 주자 여배우가 감정을 추스르려는 듯 샴페인을 한 잔 달라고 한다. 인디언 부족의 우두머리를 연기한 남자 배우가 조심스럽게 다가와 사인을 부탁한다.

촬영장을 분주히 오가는 사람들 사이에서 사브리나는 낯익은 얼굴 하나를 발견한다.

「당신은 묘한 상황에서만 나를 찾아오는군요.」 여배우가 비꼬는 투로 말한다. 「지난번에는 루이 14세 시대의 악독한 재판관들한테 고문을 당할 때 찾아오더니 이번에는 그들 못지않게 음흉한 인디언들한테 잡혀 있을 때 왔네요.」

「인생은 무한 반복되는 시나리오가 아니던가요?」

「어머, 신기하네, 말하는 게 꼭 가브리엘 웰즈 같아요. 딱 가브리엘이 했을 말이 당신 입에서 나오다니. 살인 사건에 대한 수사는 어떻게 돼가고 있죠?」

「진척이 되고 있어요.」

소품 담당자들, 음향 엔지니어들, 메이크업 담당자들이 주변에서 긴장한 얼굴로 바삐 움직이고 있다.

「사브리나, 10분만 쉴까요?」 감독이 그녀를 건너다보며 큰 소리로 묻는다.

여배우가 블라우스를 여미면서 대답한다.

「아뇨, 20분. 우린 같이 대기실로 들어가요. 얘기를 나누기엔 거기가 훨씬 조용할 거예요.」

사브리나가 여자 가브리엘을 촬영장에 서 있는 고급 이동식 주택으로 안내한다. 문을 열자 합성 목재로 인테리어를 꾸민 넓은 실내가 나타난다.

「한 번 더 시간을 내주셔서 고마워요.」 여자 가브리엘이 말한다.

「이유는 모르겠지만 당신 분위기가 참 마음에 들어요.」

어느새 사브리나의 얼굴이 닿을 듯 바싹 다가와 있다.

「이런, 놀라는 시늉하지 말아요. 내가 마음이 있다는 걸 잘 알면서……」 사브리나가 의미심장하게 바라본다.

여자 가브리엘은 여자가, 게다가 〈옛 여자 친구〉가 자신에게 성욕을 느끼리라고는 상상도 못 했다.

「말은 고맙지만…….」

그가 몸을 급히 뒤로 빼보지만 사브리나는 거침없이 다가온다.

형과 편집자, 옛 애인이 차례로 추파를 던져 이렇게 수사를 어수선하게 만들 줄이야. 여자 가브리엘은 그동안 뤼시가 용의자들을 심문하느라 얼마나 애를 먹었을지 이해가 간다.

「당신을 처음 본 순간 왠지 우리 둘이 보이지 않는 방식으로 연결돼 있다는 생각이 들었어요.」

여배우가 입술을 내민다.

「시간이 없어요. 어서 키스해 줘요.」

「저기…… 제가 온 건 수사를…….」

「내가 싫어요? 남자라면 다 나를 욕망하는데, 내가 노출 포즈를 취한 포스터를 다들 방에 한 장씩 갖고 있죠, 청소년들이나…….」

「……트럭 기사들도 ……아니, 그걸 부인하는 게 아니라 저는 그 카테고리 어디에도 해당하지 않아서.」 여자 가브리엘이 난감한 표정을 짓는다.

「요조숙녀인 척 말고 어서 키스해요!」

순식간에 사브리나의 육감적인 입술이 그의 입술에 포개진다. 친숙한 입술이 분명한데 그것이 여자의 몸인 자신에게 불러일으키는 자극은 생경하기만 하다.

문득 어떤 생각이 머릿속을 가득 채운다.

〈결국 나는 뤼시가 했던 수사를 똑같이 반복했을 뿐이야. 똑같은 용의자들을 다시 심문했지만 새로운 정보나 결정적인 증거는 찾지 못했어. 그녀의 몸속에 있는 내가 그녀보다 나은 게 하나도 없어. 사람과 거리를 두는 건 그녀가 도리어 나보다 나아. 그게 그녀와 나의 유일한 차이라면 차이야.〉

그가 버티다 못해 입술에 힘을 풀면서 키스에 응한다. 광대뼈가 화끈 달아오른다.

「소심한 사람이군요?」

「제가 저기…… 가브리엘 웰즈를 살해한 범인을 찾기 위해 수사 중이라서.」

「무아지가 범인이라고 내가 얘기했잖아요. 왜 똑같은 말을 반복하게 만들어요? 자자, 긴장 풀어요. 기분 좋게 해줄게요.」

사브리나가 가브리엘을 꽉 끌어안고 포옹을 풀지 않는다. 가브리엘은 힘의 한계를 느끼며 몸부림을 친다. 남자의 몸이었으면 당장 품에서 벗어날 수 있었겠지. 그런데, 남자였으면 정말 그걸 원했을까? 사브리나가 눈 깜짝할 사이에 그를 바닥에 눕혀 놓고 무릎으로 팔을 내리눌러 꼼짝 못 하게 만든다.

「사람의 욕망은 다 똑같아요. 그 욕망이 우리 행위의 원동력이죠. 우린 키스를 원하고, 섹스를 원해요.」

사브리나가 어설프게 발버둥 치는 여자 가브리엘의 가슴을 옷 밖에서 더듬더니 갑자기 단추를 풀기 시작한다.

〈옛 애인한테 억지로 당할 순 없지!〉

그가 고개를 옆으로 돌린 채 팔꿈치로 그녀를 제지하면서 몸을 빼려고 안간힘을 쓴다. 순간 격통이 찾아온다. 아랫배가 아니라 머리가 송곳으로 뚫리는 듯하다. 그가 급작스러운 편두통에 얕은 신음 소리를 낸다. 전기 충격이 가해진 듯 온몸이 찌릿찌릿하다.

「무슨 일이에요? 어디 아파요?」

「편두통!」 그가 힘겹게 한마디 내뱉는다.

사브리나가 즉시 몸을 일으키더니 약을 찾아 들고 온다.

「나도 그럴 때가 있어요! 그야말로 악몽이죠, 그 심정 잘 알아요.」

여자 가브리엘은 마치 두개골 속에서 굴착기가 뻐꺼덕거리고 있는 느낌을 받는다. 그는 급히 약 몇 알을 물과 함께 삼킨다.

「가봐야겠어요. 번거롭게 해서 미안해요.」

「움직일 수 있겠어요?」

「괜찮아요. 고마워요.」

그는 가까스로 몸을 일으킨다. 사브리나의 건장한 팔에 의지해 비틀거리며 이동식 주택을 나와 뤼시의 스마트 자동차에 오른다. 두통약이 전혀 듣지 않아 마치 뜨거운 용암이 관자놀이 안에서 흘러내리고 있는 느낌이 든다. 그는 통증을 못 이겨 운전대를 잡은 채로 가끔씩 눈을 감는다. 육신을 가졌다는 건 이런 것이기도 하다. 그는 천신만고 끝에 뤼시의 집에 도착해 소파에 쓰러지듯 눕는다.

고양이들이 머리맡에 다가와 갸르릉 소리를 내면서 편안한 파동을 발산하지만 통증을 줄여 주기에는 역부족이다. 가브리엘은 커튼을 치고 불을 모두 끈 다음 침대에 가서 눕는다. 고양이들이 걱정스러운 듯 침실까지 따라온다. 소리 하나, 빛 한 줄기에도 통증이 심해지는 걸 보니 안구 편두통인가. 자신의 몸이 내보내던 신호들이야 의미를 알 수 있었지만 뤼시의 몸에서 나오는 신호들은 해석할 길이 없다.

「그동안 내 육신을 망가뜨리진 않았길 바라요!」

뤼시가 어느새 천장에 나타나 맴을 돌며 그에게 소리친다. 그녀를 알아본 고양이들이 반가운 내색을 한다.

「언제든 돌려줄게요. 당신이 원하면 당장 돌려줄 테니 방법만 알려 줘요!」

가브리엘이 고통스러운 표정을 짓는다.

「지금처럼 편두통 발작을 일으킨 몸으로 들어가고 싶은 마음이 나겠어요?」

「이건 내 몸이 아니잖아요!」

「지금으로선 우리 둘 다 순수한 영혼의 상태로 있는 게 최선일 것 같아요.」

「당신 몸을 영혼이 없는 상태로 비워 둘 순 없어요! 그러다 떠돌이 영혼한테 몸을 도둑맞을지도 몰라요.」

갑자기 고양이들이 신경을 곤두세운다.

「걱정 말아요, 내가 알아서 할 테니까. 그건 그렇고, 좋은 소식과 나쁜 소식이 하나씩 있는데, 뭐부터 들을래요?」

뤼시가 장난기 어린 목소리로 묻는다.

「좋은 소식! 지금 도저히 나쁜 소식을 들을 정신이 아니에요.」

「누가 당신을 살해했는지 알았어요.」

「정말이에요? 지금보다 나은 상황에서 들었더라면 훨씬 반가웠을 텐데…… 나쁜 소식은요?」

「지금 단계에서는 당신이 이해조차 못 할 테니 말하지 않을래요.」

「날 놀리는 거예요?」

다시 통증이 찾아오자 그가 신음 소리를 낸다.

「그런 게 아니에요, 내가 당신을 돕기 위해 최선을 다하고 있다는 사실만은 믿어 줘요. 어쨌든, 수사를 계속해 나가려면 당신이 순수한 영혼 상태로 존재하는 게 나을 것 같아요.」

「그럼 당장 어떻게 할까요?」

「편두통이 너무 심해서 나도 지금 당장은 내 몸으로 들어가고 싶지 않아요. 당신도 몸을 탈출해서 내가 있는 림보로 와요.」

마치 전기 고문을 당하는 느낌이 들자 그가 울부짖듯 소리친다.

「어떻게 해야 하는지 말해 줘요! 얼른요, 도저히 못 참겠어요.」

「내 말을 잘 듣고 하라는 대로 해요. 일단 내 명상용 방석에 앉아서 가부좌를 틀어요.」

가브리엘이 기다시피 해서 빨간색 방석에 가 앉는다.

「자, 척추를 최대한 곧게 펴고 머리를 쳐들어요.」

그는 통증을 참으면서 그녀가 지시하는 동작을 취한다.

「손끝과 발끝까지 나른한 기분을 느껴 봐요. 무력감이 몸을 타고 오르며 온몸으로 번져 나가요. 살이 물렁물렁한 무스처럼 변했다가 나무가 되죠.」

그가 집중한 상태에서 고개를 끄덕인다.

「당신의 몸이 감각이 없는 한 그루 나무로 변해요. 수액이 당신의 팔을 타고, 다리를 타고 올라와요. 골반을 지나고 가슴을 지나 전신을 마비시키죠. 심장 박동이 느려져요. 혈관 속의 팔딱거림이 약해져요. 호흡은 가벼워지죠. 아무것도 느껴지지 않아요.」

굳었던 그의 얼굴 근육이 풀어진다.

「자, 이제 당신의 정수리에 빛이 환한 현창을 시각화해 봐요. 그걸 열어서 영혼을 밖으로 내보내요.」

고양이들이 그에게 다가온다.

「주변에 떠돌이 영혼이 하나도 없는 게 확실해요?」

「그 반대예요, 그들이 있어요.」

「만약에 그들이 이 기회를 노려…….」

「걱정할 필요 없어요. 내 고양이들이 내 육신을 지켜 줄 거예요. 그리고 어차피 편두통으로 고통스러워하는 몸에 들어오고 싶어 하는 떠돌이 영혼도 없을 거예요.」

안심한 가브리엘이 정수리에 빛이 환한 현창을 시각화하는 순간 그의 영혼이 이 출구를 통해 밖으로 빠져 나간다. 가브리엘이 자신의 영혼으로 사물을 보는 순간 편두통은 말끔히 사라진다. 안온함과 편안함이 찾아온다.

그의 눈에 뤼시가 보인다.

뤼시의 눈에도 그가 보인다.

그들 위에 머물며 빙글빙글 맴을 돌던 기생 영혼들이 뤼시의 몸을 향해 다가간다.

「생각이 달라졌어요. 내 몸이 도둑맞을 것 같아 다시 들어가야겠어요. 편두통이야 시간이 지나면 없어지겠죠.」

그녀가 잠수함 속으로 들어가듯 자신의 정수리에 생긴 틈으로 들어간다.

그녀는 육체로 돌아가자마자 두통을 견디지 못해 침

대에 누워 이불을 뒤집어쓴다. 그녀의 영혼은 결국 다시 몸을 빠져나온다.

「이랬다저랬다 하네요.」 가브리엘이 빈정대듯 말한다.

「내 마음이에요. 생각이야 언제든 바뀔 수 있는 거죠.」 그녀가 아랑곳하지 않고 대답한다.

「그렇게 통증이 심하다는 걸 잊고 있었어요…… 버틸 수 있을 줄 알았는데 순수한 영혼의 상태를 경험하고 나니 물러졌나 봐요.」

「정말 영혼이 빈 상태로 놔둬도 될까요?」

「내 고양이 열세 마리가 지켜 주는 한 지금처럼 코마 상태로 놔둬도 문제는 없을 거예요. 어쨌든 위험을 감수해 보는 수밖에요.」

가브리엘이 더는 참지 못하고 입 안에서 맴돌던 질문을 던진다.

「우리 이제 같은 〈정신 상태〉가 됐으니까 나를 죽인 살해범이 누군지 가르쳐 줄 수 있어요?」

77

    그들 밑으로 도버 해협이 펼쳐지고 있다. 떠돌이 영혼 두 위는 노르망디 해변을 날아올라 검푸른 물결이 넘실 대고 은빛 포말이 이는 바다를 건너는 중이다. 금세 도버 의 가파른 절벽들이 눈앞에 나타난다. 영국 땅. 그들은 런던에 도착해 코넌 도일이 생전에 건축해 즐겨 머물렀 던 저택 언더쇼로 가기 위해 남쪽으로 날아간다. 회색과 흰색이 어우러진 외관의 저택은 코넌 도일 박물관으로 운영되고 있다. 건물 입구의 조각상이 그들을 맞는다.

    가브리엘과 뤼시는 다행히 거실에서 셜록 홈스의 아 버지를 발견한다. 그는 영매 능력을 지닌 게 분명한 이 건물의 마지막 주인을 〈페이지 터너〉 삼아 소설을 읽고 있다. 그가 신호를 보낼 때마다 책장이 넘어간다.

    기발한 방식으로 산 자를 활용하고 있는 노작가에게 가브리엘이 다가간다.

    「이렇게 번거롭게 찾아와서 죄송한데, 현재 수사 단계

에서 저희를 도와주실 분은 선생님밖에 없습니다.」

「아, 누군지 알겠네, 프랑스 출신 추리 작가 아닌가.」

「저와 같이 온 이쪽은 파리에서 활동하는 유명 영매 뤼시 필리피니입니다.」

「영매가 여기까지? 육신은 어디에 두고 왔소?」

「코마 상태로 안전하게 있어요. 영혼이 빈 상태로 파리에서 주인을 기다리고 있죠.」

코넌 도일이 뤼시의 손을 잡더니 손등에 입맞춤한다.

「반가워요. 첫 아내 루이자가 오랫동안 코마 상태에 빠져 있을 때 나도 여자 영매를 통해 대화를 시도한 적이 있었소.」

「묘한 우연이군요. 제 몸은 지금 〈기거〉가 불가능한 상태예요.」

「그러다 도둑이라도 맞으면 어쩌려고?」

「편두통이 있는 상태라서 누가 훔쳤다가는 〈제〉 고통을 호되게 겪을 거예요.」

「저희를 도와주시겠어요, 선생님?」 가브리엘이 설득에 나선다.

「범죄 수사라고 했지……. 죽은 사람이 누군가?」

「접니다.」

아서 코넌 도일 경이 폭소를 터뜨린다.

「방금 한 대화를 딱 내 소설에 넣으면 좋겠군.」

코넌 도일이 책과 거미줄로 가득한 박물관의 한 방으

로 두 프랑스인을 안내한다. 문을 통과해 지나가자 오른쪽에 녹이 슨 미늘창을 든 갑옷이 세워져 있는 게 보인다. 왼쪽에는 첫 번째 아내와 두 번째 아내, 그리고 아이들과 함께 있는 그의 모습을 시기별로 그린 작품들이 벽에 걸려 있다.

「이 박물관에서 폐쇄된 방이네. 빛이 들지 않고 난방도 되지 않지. 그런데 눅눅하고 먼지가 가득한 이 방에 들어오면 나도 모르게 편안해지네. 우리 순수한 영혼들한테는 이런 분위기가 맞는 건지도 모르겠네.」

가브리엘 역시 예전 같으면 음산함을 느꼈을 방에서 안온한 기분이 된다.

「자네 살인 사건에 대한 이야기를 좀 더 해보게나.」

「얼마 전부터 수사가 예기치 않은 방향으로 흘러가고 있습니다.」

「말해 보게.」

「여기 있는 뤼시 필리피니가 살인범이 누군지 알게 됐습니다.」

「그렇다면 수사의 의미가 180도 달라지는 거 아닌가! 내가 어떤 도움을 줄 수 있다는 거지?」

「일단 살해범이 누군지 아셔야 해요.」

뤼시가 귀에 대고 비밀을 들려주자 코넌 도일이 놀라는 표정을 짓더니 또다시 폭소를 터뜨린다.

「이 정보는 어디서 얻었소?」

「드라콘한테서요.」

「정의의 창조자 말인가?」

「네, 직접 들었어요. 그분은 중위 아스트랄계 존재지만 저희를 여러모로 도와줘 특별한 관계가 됐어요.」

코넌 도일이 미간을 좁히며 흥미가 당기는 표정을 짓는다. 그가 입에 파이프를 물고 가상으로 불을 붙인 후 뻐끔거리더니 후, 하고 한 줄기 반투명 연기를 내뿜는다.

「거참 묘하군. 그만큼 도전 욕구를 불러일으켜! 아주 흥미진진해.」

코넌 도일이 콧수염을 매만지면서 삭막한 황야에 서 있는 자신의 모습을 그린 초상화 앞에 서더니 다시 파이프에 불을 붙이는 시늉을 한다.

「나는 도전을 좋아한다네. 자네 이야기는…… 아주 독특한 매력이 있어.」

「저희가 할 수 있는 일이라면 스스로 해결했을 겁니다. 그런데 지난번에 함께 심령회를 하는 작가 친구분들 이야기를 하신 게 생각이 났어요. 선생님이 저희를 도와주실 적임자라는 확신이 들었죠.」

「일개 프랑스 작가의 문제를 해결하자고 대작가들을 번거롭게 만들 생각은 손톱만큼도 없네. 어차피 큰 도움도 되지 않을 테고. 이건 자격을 갖춘 전문가가 할 일이네. 자네들은 운이 좋아. 그 전문가가 있는 곳을 내가 알고 있으니까.」

코넌 도일이 방 안을 빙글빙글 돈다.

「특별한, 아주 특별한 장소가 있네. 지금까지 모르고 있었다면 분명히 흥미를 느끼게 될 걸세.」

이때 녹슨 미늘창을 든 기사의 갑옷에서 미세한 움직임이 감지되더니 양날 검이 바닥에 떨어져 굉음을 낸다. 프랑스 떠돌이 영혼들이 몸을 소스라뜨린다.

「선생님께서 하셨어요?」 가브리엘이 믿을 수 없다는 표정을 짓는다. 「떠돌이 영혼이 물질에 작용하는 게 가능한가요?」

대답이라도 하듯 생쥐 한 마리가 갑옷에서 빠져나오더니 책장을 타고 오른다. 생쥐가 코넌 도일의 책 한 페이지를 기다란 앞니로 갉기 시작한다.

「이게 우리들 작품의 최후지. 생쥐들한테 갉아 먹히는 거.」 코넌 도일이 냉소조로 한마디 던진다.

「어쨌든 선생님 책을 좋아하는 것 같은데요.」 가브리엘이 순식간에 한 챕터를 갉아 삼키는 생쥐를 보며 빙그레 웃는다.

「자, 허비할 시간이 없네! 수사를 진척시키려면 가능성이 남아 있을 때 움직여야 하네.」

78

그들 아래로 영국의 숲과 작은 집들이 점점이 흩어져 있는 초원이 펼쳐진다. 풀을 뜯는 양 떼가 하얀 얼룩무늬를 만들어 내고 있다. 떠돌이 영혼 세 위가 윌트셔에 도착해 에임즈버리에서 멀지 않은 라크힐 마을로 들어선다.

코넌 도일이 좁고 기다란 띠처럼 생긴 뜰이 있는 이층집을 가리킨다. 그가 앞장서 지붕을 통과해 주방으로 들어간다. 긴 백발에 턱수염이 부슬부슬한 사내가 TV를 켜놓고 조리대 앞에 서 있다. 뱃살이 두두룩한 남자는 요리 프로그램 진행자가 하는 과정을 그럭저럭 비슷하게 따라 하고 있다.

「마이클 플러머를 소개하겠네. 공식적으로는 스톤헨지의 가이드지.」

「그럼 비공식적으로는요?」

「구투아터, 이 지역 최고의 드루이드야.」

두 프랑스인은 요리 강좌를 보며 음식을 만드느라 여념이 없는 사내를 유심히 관찰한다.

「우리를 도와줄 사람이 저 사람이에요?」

「이 사건의 독특함과 살인범의 프로필을 고려할 때 솔직히 그 말고는 다른 적임자가 없네.」

「구투아터, 내 말 들리나? 구투아터!」

사내는 묵묵부답이다.

「저 사람이 영매 능력을 지닌 게 확실해요?」

「그렇네. 한데 저 친구가 또 보통 고집불통이 아니야.」

「구투아터 씨, 제 말 들리세요? 구투아터 씨!」

「평범해 보이는데요. 우리가 하는 말을 못 듣는 것 같아요.」

「이봐, 구투아터, 심술 그만 부리고 대답해. 나야!」

드루이드는 게일어로 한참 웅얼웅얼한 뒤에야 좌중이 알아들을 수 있는 말을 하기 시작한다.

「누가 이렇게 귀찮게 하는 거야?」

「날세, 코넌 도일. 자네 도움이 필요한 프랑스 친구 둘과 함께 왔네.」

「프랑스인은 질색이야.」

「이들은 밝은 영혼일세.」

구투아터가 짜증을 내면서 TV를 끄더니 만들던 음식을 쓰레기통에 처넣는다.

「프랑스인은 딱 질색이라고 했지! 그 빌어먹을 라파예트

230

후작[12] 때문에 우리가 아메리카를 잃었단 말이야!」

「구투아터, 그렇게 과거에 사로잡혀 살면 쓰나……」

「사돈 남 말 하나? 우리 둘 중 누가 죽은 자고 누가 산 자인지 내 입으로 다시 말해 줄까?」

「아니, 내 말은 과거에〈만〉사로잡히지는 말라는 이야 기지.」

드루이드가 손목에 찬 시계를 내려다본다.

「어차피 일하러 나갈 시간이야.」

그가 감색 유니폼을 걸치고 야구 모자를 쓴 다음 집을 나선다.

「구투아터, 부탁일세, 내 말 좀 들어 봐.」

「여러 말 말게, 코넌 도일, 저 개구리 먹는 인간들을 도 와줄 생각이 없으니까.」

그가 스톤헨지 유적에 도착하자 기다리고 있던 한 무 리의 중국 관광객이 그를 반긴다.

「반갑습니다. 저는 여러분의 가이드인 마이클 플러머 예요. 지금부터 저랑 같이 멋진 유적지를 둘러보시죠.」

중국인 통역이 부지런히 그의 말을 중국어로 옮긴다.

「여기서는 담배꽁초나 쓰레기를 버리거나 침을 뱉는 행동을 삼가 주세요. 돌을 훔치거나 하트, 이니셜을 새겨 넣는 것도 금지합니다.」

---

12 프랑스의 군인으로, 미국 독립 전쟁에 참전해 영국군을 상대로 혁 혁한 전과를 올렸다.

관광객들이 천천히 걸음을 옮기자 마이클 플러머, 일명 구투아터가 밋밋한 목소리지만 정확한 영어 발음으로 설명을 시작한다.

「스톤헨지는 옛 영어로 〈서 있는 돌〉이라는 뜻입니다. 여기 보이는 거석주(巨石柱)는 기원전 3000년에서 기원전 1000년 사이에 형성됐다고 알려져 있어요. 골랜드 교수에 의해 1901년 발굴된 이후, 이 돌들의 신전이 지닌 신비를 밝히기 위한 노력이 오늘날까지도 이어지고 있죠. 이 유적은 인간이 만들어 낸 가장 신비한 창조물 중 하나입니다.」

일행은 평평한 돌 앞에 도착한다.

「이 거석은 〈굽처럼 생긴 돌〉이라는 뜻의 힐 스톤이라고 불리죠.」

관광객들이 카메라를 꺼내 사진을 찍기 시작한다. 가이드는 잠시 기다렸다 마치 목동이 양 떼를 몰듯 관광객 무리를 이끌고 발걸음을 옮긴다.

「여기, 입석(立石)이 있었던 구덩이들이 두 겹으로 고리 모양을 이루고 있죠. 안으로 들어가면 다시 두 줄의 환상 열석이 나와요. 안쪽 원을 형성한 거석들은 〈사르센석〉이라 불리는 사암들이에요. 바깥쪽 원을 이룬 서른 개의 거석은 〈청석〉이라는 이름의 돌이죠.」

전문적인 용어가 들릴 때마다 아시아 관광객들이 〈와!〉 하고 탄성을 지르며 카메라 셔터를 눌러 댄다.

「중앙에 보이는 건 제단석이에요. 무게가 6톤이나 나가는 초록색 사암이죠. 발굴 당시에는 그다지 주목받지 못했는데, 오늘날 이 돌이 환상 열석의 무게 중심으로 알려져 관심을 끌고 있죠.」

또다시 〈와!〉 하는 탄성이 합창처럼 울려 퍼진다.

「이쪽으로 따라오세요. 여기서 〈스톤헨지의 궁수〉라고 불리는 사내의 유골이 발견됐어요. 그가 차고 있던 손목 보호대와 소지하고 있던 화살, 함께 발견된 규석을 근거로 추론해 궁수라는 결론을 내렸다고 해요. 방사성 탄소 연대 측정법에 의해 기원전 2300년에 사망했다는 판정이 내려졌죠. 사망 당시 서른 살이었을 걸로 추정됩니다.」

「다른 시대에는 이 유적지에 뭐가 있었나요?」 관광객 하나가 직접 영어로 질문을 던진다.

「기원후 100년부터 로마인들이 로마 제국에 반기를 드는 자들의 집결지였던 이곳을 파괴해 버리려고 했어요. 이후에도 수많은 왕들과 사제들이 여기를 〈악마적〉 장소로 여겨 파묻어 버리거나 없애 버리려고 했죠.」

「이전에는요?」 같은 관광객이 끈질기게 물어 온다.

「어, 이런 질문을 하시는 분은 참 드문데! 여기서 발견된 가장 오래된 인간의 흔적은 기원전 8000년으로 거슬러 올라가요. 당시에는 지금과 비슷한 형태이지만 목재로 지은 신전이 서 있었고, 거석들 대신 나무들이 있었다고 해요.」

「우리 나라에도 비슷한 사원들이 있어요.」 한 관광객이 흥미진진한 표정으로 말한다.

「물론 규모는 훨씬 작지만요.」 동료 관광객이 한마디 덧붙여 가이드의 체면을 살려 준다.

구투아터가 어깨를 으쓱하더니 좍 설명을 쏟아 놓는다.

「최근 자력계 측정을 통해 이 환상 열석이 하늘로 나선을 그리며 올라가는 지자기장(地磁氣場)을 형성한다는 사실이 밝혀졌어요. 이것은 우리 혈액 속에 들어 있는 철, 특히 귓속의 자철석에 영향을 미치죠.」

그가 돌에 새겨진 뱀 무늬를 가리킨다.

「다수의 이집트 신전에서도 발견되는 이 뱀의 형상은 샤먼들이 다스리는 땅의 기운을 상징해요.」

난해한 정보에 압도된 중국인 통역이 들은 얘기를 전달할 엄두를 내지 못한다.

「유익한 안내였다고 느끼시면 팁을 부탁드립니다.」

구투아터가 시큰둥한 말투로 안내를 마친다.

마지막으로 사진을 찍기 위해 재빨리 포즈를 취하고 난 중국인들이 두둑한 팁을 건넨다. 구투아터가 고개만 까닥해 감사를 표시한다.

마이클 플러머는 곧장 술집으로 향한다. 그는 하루 벌이에서 뚝 떼어 기네스 맥주를 주문한다. 코넌 도일 일행도 그의 뒤를 따라 술집에 들어선다.

「구투아터, 부탁이야, 우리 좀 도와주게.」

「그 대가가 뭔지 들어나 봅시다.」

가브리엘 웰즈가 답변한다. 「아시다시피 떠돌이 영혼인 제가 물질적인 보상을 해드릴 수는 없습니다, 구투아터 씨.」

「교환 조건을 고민해 보시오.」

「아무 대가 없이 도와주고 있는 나처럼 좀 하면 안 되겠나.」 코넌 도일이 거들고 나선다.

「살아 있을 때는 없던 품성이 죽고 나니 자동 형성된 모양이군, 나 참, 놀랄 노 자(字)네.」

「저기, 이러면 어떨까요? 저를 죽인 살해범을 찾게 도와주시면 앞으로 제가 입수하는 모든 정보를 알려 드릴게요.」

구투아터가 바닥에 맥주를 뱉는다.

「무슨 대단한 발견을 하려고?」

「우린 떠돌이 영혼들이에요. 살아 있는 당신이 가지 못하는 곳에 얼마든지 갈 수 있어요.」

「관심 없소.」

보다 못한 뤼시가 끼어든다.

「구투아터 씨, 코넌 도일 경이 우리를 도울 수 있는 사람은 오직 당신뿐이라고 했어요. 여기서, 당신과 당신 친구들만이 우릴 도울 수 있다고 했어요.」

사내가 얼굴을 구기며 말한다.

「이번엔 칭찬인가? 그런 입에 발린 말은 나한테 안 통해요. 절대 없어선 안 되는 사람이나 대체 불가능한 사람 같은 건 존재하지 않아요.」

당혹해하는 세 떠돌이 영혼의 마음을 떠보려는 듯 구투아터가 말끝을 단다.

「하지만 내가 당신들을 돕는다면…… 발견하는 정보를 정말로 다 알려 준다는 거요?」

「*최대한 상세히 전부 알려 드릴게요. 제 직업이 작가예요.*」

가브리엘이 다시 기대에 부풀어 대답한다.

「그러신가? 코넌 도일처럼 작가라……. 내 눈엔 작가나 건달이나 별반 다르게 보이지 않더군. 타자기 앞에 가만히 앉아서 이야기나 만들어 내는 사람들한테 돈을 주다니, 기가 찰 노릇이지.」

「*당신이 흥미를 느낄 만한 책도 한 권 썼어요.『죽은 자들』이라는 소설이죠.*」

「아, 그게 당신 책이오? 영어로 읽어서 작가가 프랑스 사람인지 몰랐소.」

「*영국에선 반응이 신통치 않았어요.*」

「주인공 남녀의 러브 스토리가 정말 별로였소. 작가가 겁이 나서 에로틱한 장면을 많이 넣지 못한 것 같은 느낌이 들더군. 영국 언론의 서평들이야 상찬 일색이었지만.」

뤼시가 조바심을 내며 끼어든다.

「지금이 문학이나 논할 때예요? 우린 놀러 온 게 아니라 시급히 해결할 문제가 있어 여기 와 있는 거예요. 게다가 내 육신은 지금 영혼이 〈빈〉 채 나를 기다리고 있어요. 고양이들이 허기를 느끼면 내 몸속에 사료를 줄 영혼이 없다는 사실을 알아챌 것이고, 그런 상태에서 떠돌이 영혼이 나타나면 내 몸을 내줄지도 모른단 말이에요!」

「여자분이 화가 단단히 나셨네……」

「자자, 우리를 좀 도와주면 안 되겠나, 구투아터?」

스톤헨지의 가이드가 거품을 줄인 맥주로 한 잔 더 주문한다.

「내 이름이 카이사르 시절 살았던 갈리아의 드루이드한테서 온 걸 아시오? 〈구투*gutu*〉는 켈트어로 말[言]을 뜻하는데, 신을 의미하는 아일랜드어 〈구스*guth*〉, 독일어 〈고트*gott*〉, 영어 〈갓*god*〉이 여기서 나왔지. 신에 가장 가까운 인간이었던 구투아터는 카르누테스족의 존경받는 드루이드였소. 카이사르가 그에게 채찍형을 내려 죽도록 매질을 가한 뒤 도끼로 내리쳐 숨을 끊어 놓았지. 나는 그의 이름은 물론이고 그의 에너지와 반골 기질, 분노까지 물려받았소. 당신들을 도와주겠소. 그러려면 먼저 근방의 드루이드들을 불러 모아야 해요.」

「어려운 일인가요?」

「조건만 갖춰지면 어려울 건 없소. 당신들을 위해 내

가 사모니오스를 준비하겠소. 저승과 접촉하게 해주는 일종의 의식이지. 보통은 11월 1일에 치르는데, 이번만은 예외로 하겠소.」

「사모니오스라는 건 어떻게 하는 거죠?」 호기심이 당긴 뤼시가 묻는다.

「멧돼지를 먹고 맥주와 꿀술을 마시면서 의식을 치러요. 돈이 많이 드는 게 문제지. 그럴 돈이 있소?」

「저희가 비물질 세계에 있다 보니 비용을 드릴 수가 없네요.」

드루이드가 입을 비쭉 내민다.

「돈이 없으면 사모니오스가 안 되지. 드루이드들이 의식을 올리려고 하지 않을 거요.」

「멧돼지로 포식을 하고 맥주에 취한다고요? 술은 영혼의 밀폐성과 제어력에 해롭지 않나요?!」 뤼시가 발끈한다.

「우린 다르오. 그 두 물질의 힘으로 영혼의 문을 열지.」

술이 영혼에 미치는 효과를 제어할 자신이 있다는 것을 입증하려는 듯 그가 맥주를 목으로 넘기면서 지그시 눈을 감는다.

코넌 도일이 가상의 파이프를 꺼내 입에 물고 뻐끔뻐끔한다.

「뤼시, 지금쯤이면 자네의 급성 편두통이 멎지 않았을까?」

「그랬으면 좋겠어요. 불이 난 집에 들어가는 건 결코 반가운 일이 아니니까.」

「그러면 어서 몸으로 돌아가서, 돈을 밝혀 적잖이 나를 실망시키는 이 양반한테 송금을 좀 해주는 게 어떻겠나.」 코넌 도일이 중재안을 제시한다.

「난 드루이드이기 이전에 인간이오. 돈이 오면 즉시 사모니오스를 시작하겠소. 그러면 당신은 당신을 죽인 범인을 찾을 수 있을 것이오, 웰즈 씨.」

뤼시는 사태를 해결하기 위해 서둘러 프랑스를 향해 날아오른다. 구투아터가 흡족한 표정으로 수염에 묻은 맥주를 닦아 내고 소매를 걷어 올린다.

79

드루이드교

   드루이드교의 기원은 파르홀론이 이끌었던 동명의 부족에서 찾을 수 있다.

   5천 년 전 아일랜드 땅에서 살았던 파르홀론족은 천재지변으로 절멸하고 딱 한 명, 파르홀론의 조카인 투안 ─ 아일랜드어로 〈침묵하는 자〉라는 뜻 ─ 만 살아남았다. 당시 1백 살이었던 그는 죽음을 면한 뒤 사슴으로 둔갑해 3백 년을 살았고, 다시 멧돼지, 독수리로 변신해 각각 2백 년과 3백 년을 살았다. 마지막에 연어의 몸으로 1백 년을 살고 나서 그는 낚시하던 인간의 손에 잡혀 켈트족 문더그 왕의 아내인 카이릴 왕비에게 바쳐졌다.

   연어를 먹고 출산한 왕비는 투안의 영혼이 깃든 아기의 이름을 투안 맥 카이릴이라고 지었다. 투안은 자신의 기억에 간직하고 있던 파르홀론족의 지식과 지혜를 드루이드식 교육 ─ 드루이드는 〈입문자〉라는 뜻이다 ─ 을 통해 사람들에게 전했다. 그는 인류 최초의 드루이드였던 셈이다. 드루이드의 지식 전달은 활자가 아닌 구전 방식으로만 이루어졌다. 지식은 입에서 귀로, 스승으로부터 제자에게로 전달되었을 뿐 기록으로는 남지 않았다.

드루이드는 지식 전수 외에도 공동체 내에서 다양한 역할을 맡았다. 그들의 주거지로 추정되는 장소들에서 발견된 해부용 칼과 핀셋, 접골한 뼈, 개두술을 실시한 두개골 등으로 미루어 짐작하건대 드루이드는 뇌 수술을 포함한 의학 전반에 해박한 지식을 가지고 있었을 것이다.

율리우스 카이사르는 사법 분야에서도 드루이드의 역할을 중시해, 계약 체결을 주관하고 계약이 지켜지지 않을 경우 처벌을 내리는 일을 그들에게 맡겼다. 켈트족 왕들은 정식 임명한 드루이드와 정사를 논의했고, 반드시 그의 의견을 물은 뒤 중요한 결정을 내렸다.

드루이드는 공동체의 역사는 물론 부족 구성원 개개인의 족보까지 꿰뚫고 있었다. 그들은 각지를 여행했고 여러 언어를 말했다. 다친 병사들을 위해 보철구를 제작하고, 전투에서 한쪽 팔을 잃은 누아다 왕에게 의족을 만들어 주기도 했다. 그들은 천문학에도 정통해 자신들만의 달력을 가지고 있었다. 갈리아 시대에 제작된 콜리니 달력은 드물게 활자로 남아 있는 갈리아 드루이드교에 관한 자료 중 하나다.

드루이드는 갖가지 영험한 힘을 지녔다고도 알려져

있다. 몸을 씻으면 상처가 낫고 죽어 가는 사람을 살린다는 건강의 샘, 마시면 모든 것을 잊게 해준다는 망각의 영약, 지능과 지혜를 얻게 해주는 지식의 사과, 입에 올리기만 해도 대상을 죽게 만든다는 원격 죽음의 저주인 글람 디킨, 깨달음에 이르게 해준다는 주술인 임바스 포로스나이가 그들이 행한 대표적인 마법이다.

드루이드들은 사모니오스라는 이름의 축제를 벌였는데, 사람들은 이 축제 기간에 산 자를 잡으러 오는 악마들의 눈을 속이기 위해 죽은 사람으로 변장했다. 사모니오스는 핼러윈이라는 이름으로 서양에서 오늘날까지 전통이 이어지고 있다.

영혼의 불멸을 믿었던 드루이드들은 죽음이 인간에게 일어나는 최악의 불행이라고 여기지 않았으며, 죽으면 게일어로 저승을 뜻하는 시드에 간다고 믿었다. 그들은 구름 위에 떠 있는 화려하고 웅장한 크리스털 궁전으로 시드의 모습을 상상했다.

에드몽 웰즈,
『상대적이고 절대적인 지식의 백과사전』제12권

80

하늘에 보름달이 비치고 땅에는 뽀유스름한 안개가 레이스 무늬를 펼치며 낮게 깔려 있다.

제단석 주변에 모여 있는 실루엣들이 달빛에 서서히 모습을 드러낸다. 긴 흰색 튜닉 위에 망토를 걸치고, 회색 혹은 하얀 장발에 노란 줄이 세 개 들어간 머리띠를 두르고, 허리에는 낫을 걸어 차고, 가슴팍에는 드루이드교 십자가를 단 드루이드 예순네 명.

육중한 체격에 장신인 구투아터의 외모는 동료들을 압도하고도 남는다.

나무 컵들이 넘치게 호박색 갈리아 맥주가 따라지고 장작불이 지펴진다. 드루이드들이 멧돼지를 통째로 나뭇가지에 끼워 불 위에 걸고 빙글빙글 돌리며 굽고 있다. 얼굴이 붉고 초록색 눈동자를 지닌 젊은 여자들이 하프를 뜯고 북을 두드리기 시작한다. 몇 사람이 목청을 돋우어 옛 가락을 뽑는다.

「아름다워요.」 가브리엘 웰즈가 황홀한 듯 말한다.

「로마인들이 오기 전의 세계지. 아름드리나무들과 거석들을 숭배했던 세계, 환상 문학의 자양분이 된 요정과 뤼탱, 호빗, 악마의 세계.」 코넌 도일도 아련한 표정을 짓는다.

각기 다른 시대를 연상시키는 옷을 입은 떠돌이 영혼의 무리들이 불 주변으로 모여든다.

「이런 세계의 존재를 후디니는 믿으려 하지 않았다니. 마법이 없으면 우리가 사는 세계는 얼마나 밋밋하고 무미건조할까!」 코넌 도일이 말끝을 단다.

「그래서 후디니가 마술사가 되었던 게 아닐까요. 일상에 환상을 불어넣고 싶어서.」

「난 후디니를 정말 좋아했네. 그와의 갈등으로 내가 얼마나 상처를 받았는지 자넨 상상도 못 할 걸세.」

「제 쌍둥이 형도 지독한 합리주의자였지만 결국은 변하더군요.」 가브리엘이 말한다.

구운 멧돼지 고기와 꿀술로 배를 채운 드루이드들이 겨우살이를 엮어 만든 관을 머리에 쓰더니 둥글게 원을 이뤄 가브리엘이 이해할 수 없는 언어로 장중한 음색의 노래를 부르기 시작한다. 그러고 나서 스톤헨지에서 가장 좁은 안쪽 고리의 중심으로 들어가더니 가부좌를 틀고 앉아 손을 맞잡는다.

「저걸 〈산 자들의 원〉이라고 하지.」 드루이드교 의식에 정통해 보이는 코넌 도일이 설명한다. 「저게 에너지를 올려 보내 하늘의 문들을 열어 줄 걸세.」

하늘을 향해 크게 울려 퍼지던 노랫가락이 돌연 끊기더니 구투아터가 동작을 멈춘다.

「무슨 일이죠? 뭐가 잘못됐어요?」

드루이드들이 불안한 기색을 드러내며 자신들만의 언어로 알아들을 수 없게 웅성거린다. 코넌 도일과 가브리엘 웰즈는 그들의 시선이 머무는 곳을 올려다보고 나서야 상황을 파악한다. 갑자기 나타난 떠돌이 영혼의 무리.

「저자들이 여긴 무슨 일로 왔지?」

코넌 도일이 미간을 찌푸린다.

「저들이 누군지 모르겠나? 로트브리예와 조무래기들이 훼방을 놓으러 온 것 같군.」

프랑스 누보로망 작가들과 영국, 미국, 이탈리아, 스페인, 러시아를 비롯해 전 세계에서 모인 자기애에 찬 따분한 작가들이 하나둘 가브리엘의 눈에 들어온다. 그들은 아카데미 회원, 문단 귀족, 유행 선도자, 우아함의 심판자를 상징하는 옷을 차려입고 있다. 번쩍번쩍한 예복을 걸치고 가슴에는 나쁜 문학적 취향과 벌인 전투에서 승리한 공로로 받은 갖가지 무공 훈장과 상패를 주렁주렁 매단 채 우쭐해한다.

코넌 도일이 눈도 꿈쩍하지 않고 말한다.

「기마 부대가 필요하겠는걸.」

그가 입가에 엷은 미소를 띠며 하늘을 향해 손을 뻗자 돌 뒤에 몸을 숨기고 있던 그의 동료 작가들이 등장한다. 에드거 앨런 포, H. P. 러브크래프트, J. R. R. 톨킨, 쥘 베른, H. G. 웰스, 아이작 아시모프, 르네 바르자벨, 피에르 불.

「언젠가 한 번은 치러야 할 전투였네. 지금, 여기서, 내 땅에서 벌어지는 게 다행이지.」코넌 도일의 음성에서 비장한 결의가 느껴진다.

상상력 문학 군대는 〈공식〉 문학 군대에 비해 수적으로 열세지만 사기만은 그들 못지않게 하늘을 찌른다.

구투아터가 몸을 일으켜 거석을 향해 걸어가더니 북을 두드리듯 손바닥으로 돌을 내리치기 시작한다. 이내 다른 드루이드들도 그를 따라 한다. 하프를 켜는 여자들의 노랫소리와 드루이드들이 돌을 치는 둔탁한 소리가 뒤섞인다. 전운이 감돈다.

「비물질 차원에서는 전투를 어떻게 하죠?」가브리엘이 묻는다.

「당연히 우리 등장인물들을 내세우지.」코넌 도일이 짧게 대답하자 바스커빌가의 사냥개와, 권총을 든 셜록 홈스가 모습을 나타낸다.

주류 작가들도 이에 맞서 자신들의 등장인물들을 불러내기 시작한다. 낭만적인 청년들, 침울한 철학자들, 훈계를 일삼는 작가들, 히스테리에 사로잡힌 여자들, 우수

246

에 찬 시인들, 제복을 입은 군인들, 벽장 속에 숨은 애인들, 가터벨트를 한 정부(情婦)들, 우울증에 걸린 방랑자들.

아군이 즉각 전열을 갖춘다. 쥘 베른은 대왕 오징어를, 러브크래프트는 크툴루를, 아시모프는 로봇을, 프랭크 허버트는 거대한 모래 벌레를, 메리 셸리는 프랑켄슈타인이 만든 괴물을, 브램 스토커는 드라큘라를, 톨킨은 호빗들을, 피에르 불은 총 들고 말을 탄 원숭이들을 불러온다.

「어린애들이나 좋아하는, 심리적 깊이라곤 없는 괴물들로 우리를 겁줄 생각은 아니길 바라네.」 크로크미텐을 소환한 로트브리예가 비아냥댄다.

엄숙한 소설의 등장인물들로 진용을 짠 대군이 전진해 온다.

「난 폭력을 좋아해.」 기고만장한 로트브리예가 말을 잇는다. 「이제야 자네들 같은 별 볼 일 없는 작가 나부랭이들이 물을 흐리지 못하게 만들 수 있겠군. 패전한 적군 병사들의 피 냄새를 맡을 수 있으면 더할 나위 없이 완벽하겠는데.」

「자네 군대의 등장인물들은 난생처음 액션의 재미를 좀 맛보겠군.」 코넌 도일도 물러서지 않고 비아냥거린다.

자신들의 머리 위에서 벌어지는 상황을 어렴풋이만 이해하는 드루이드들이 빠르게 박자를 몰아가며 돌을 두

드린다. 그들의 입에서 나오는 굵고 걸걸한 노랫소리가
환상 열석을 휘감는다.

어느새 먹장구름으로 뒤덮인 하늘에 번개가 줄을 긋
고 지나간다. 달이 모습을 감춘 자리에서 빗방울이 후드
득후드득 떨어진다. 가운데 큰 장작불과 작은 모닥불들
까지 모두 꺼지자 사위가 깜깜하다.

「공격!」 로트브리예의 진격 명령이 하늘을 가르고 울
려 퍼진다.

「문체 만세!」

「공격!」 코넌 도일이 응수한다.

「상상력 만세!」

번개가 번쩍하는 순간 두 군대가 하늘에서 격돌한다.

81

〈하루 더 살아 있음에 감사합니다.〉

몸으로 돌아온 뤼시는 편두통이 사라진 것을 확인하다. 아랫배의 묵직한 느낌은 여전히 남아 있지만, 심한 통증은 지나갔다는 것을 경험상 안다. 그녀는 즉시 컴퓨터를 켜고 마이클 플러머의 계좌로 돈을 송금한다.

창밖 하늘이 컴컴해지더니 이내 빗방울을 뿌리기 시작한다.

뤼시는 런던행 열차 시간을 확인한다. 런던에서 내려 스톤헨지까지 택시를 타고 갈 생각을 하던 그녀는 이동에만 최소한 세 시간이 넘게 걸려, 현장에 도착했을 때는 이미 상황이 종료됐을 것이라는 판단이 들자 포기한다.

대신 그녀는 가브리엘의 부탁을 떠올려, 개명한 사미의 이름을 알려 주었던 스위스인의 어머니에게 전화를 건다. 뤼시는 간략히 자초지종을 설명한 뒤 메시지를 보낸 장본인이 그녀의 아들임을 증명하는 세 개의 인증 키를 말한다. 뤼시는 그만 살인자를 용서하고 단체를 해체한 다음 그녀의 행복을 위해 살아가라는 아들의 부탁을 전한다. 전화기를 타고 아들을 잃은 어머니의 북받친 감정이 전해져 오자 뤼시는 마주 보고 앉아 있지 않은 게 천만다행이라는 생각을 한다. 뤼시는 짠한 마음으로 짧은 통화를 마치며 메시지가 통했다는 확신을 갖는다.

이때, 초인종이 울린다. 자신이 모르는 위치 추적 장치를 이용해 사미의 부하들이나 그가 직접 자신을 찾아냈을지도 모른다는 생각이 들자 그녀는 몸서리를 친다. 뤼시는 창문을 통해 현관에 서 있는 토마 웰즈의 모습을 확인하고 나서 문을 열어 준다.

「네크로폰의 휴대용 버전을 시험 사용하게 해주려고 왔어요.」

뤼시는 장대비를 맞으며 서 있는 그를 안으로 들인다.

「위에 있는 동생과 지금도 접촉이 돼요?」

「그런 셈이죠…… 그런데 왜요?」

「날 좀 도와줘요. 당신은 형이상학의 세계에서, 나는 물리학의 세계에서 공동 확인 작업을 하려고요. 우리가 지난번에 그런 식으로 뜻을 모았잖아요, 그죠? 여기다 이걸 좀?」

그가 뤼시의 대답도 떨어지기 전에 가방에서 검은색 안테나를 꺼내 티테이블에 펼쳐 놓더니 안테나 중간에 있는 노란색 대를 자신의 노트북과 연결한다. 고양이들이 호기심 가득한 얼굴로 하나둘 모여든다. 가브리엘이 자신의 몸에 들어가 형과 나눈 얘기를 알 길이 없는 뤼시는 일단 그에게 앉을 자리를 권한다. 토마는 뤼시가 말없이 지켜보는 가운데 안테나를 조작하기 시작한다.

「여보세요? 누구 있어요?」

계속 찌지직거리는 소리를 내는 기계를 토마가 열심히 만지작거린다. 뤼시는 그런 그를 지켜보고만 있다.

「여보세요? 떠돌이 영혼이 듣고 있으면 대답해요. 여보세요? 여보세요?」

지루해진 고양이들이 하품을 하며 돌아서 걸어간다.

「나 여기 있네.」기계의 스피커를 통해 목소리가 들린다.

「가브리엘? 네가 맞으면 암호를 대.」

「아니, 난 에디슨일세. 대화를 계속하고 싶어 기계가 고장 난 뒤로 줄곧 자네를 따라다녔네.」스피커 속 목소리가 말한다.「그런데, 자네 실험실에서 대화를 나누면 되는데 굳이 여기까지 온 이유를 모르겠네. 자네 동생은 지금 다른 일로 바쁜 것 같더군. 마드무아젤 필리피니가 잘 알 걸세.」

토마는 흥분해 어쩔 줄을 모른다.

「어서 오세요, 에디슨 씨.」

토마가 뤼시를 보며 묻는다.

「내 동생은 지금 어디 있어요?」

「지금이요? 대략 영국 남쪽 지방에 가 있다고 알면 돼요.」

「거긴 왜요?」

「〈지역 축제〉에 참가하고 있어요.」

에디슨이 조바심을 내며 끼어든다.

「동생이야 있든 없든 무슨 상관인가, 내가 여기 이렇게 있는데. 이 사실이 중요한 거지. 내가 과학적으로 산 자와 소통하는 최초의 사자라는 사실을 명심하게. 사자와 소통하는 최초의 산 자가 되지 못한 나로서는 어마어마한 사건일세. 여기 필리피니 양이 있으니 증인도 확보된 셈이지. 자, 당신 스마트폰으로 이 현장을 촬영 좀 해주겠소?」

어쩐 일인지 뤼시가 무표정한 얼굴로 뒤로 물러나더니 소파에 가 앉는다. 그녀가 눈을 감는다.

「마드무아젤 필리피니? 자는 거예요?」

그녀가 꼼짝 않고 앉아 있다. 이따금 눈꺼풀만 울뚝불뚝 움직일 뿐이다.

「마드무아젤 필리피니!?」

그녀가 꿈을 꾸는 중이라고 생각한 토마가 깨우기를 단념하고 다시 기계를 조작한다.

「에디슨 씨?」

「난 여전히 여기 있네! 대화를 계속하세.」

「안 돼요.」 뤼시가 툭 한마디 던진다.

「안 된다니, 뭐가 말이오?」 미국 과학자의 떠돌이 영혼이 발끈한다.

「방금 상부에서 메시지가 왔는데, 당신들의 발명품을 대중에 공개하지 말래요.」

「대체 그게 무슨 말이오? 만인이 알아야 하는 사건인데!」 격앙한 에디슨이 언성을 높인다.

「금지한대요.」 뤼시가 다시 쐐기를 박는다.

「그 독재에 우리가 반기를 들면 어떻게 되죠?」 토마가 묻는다.

「그러면 상부에서 나서서 당신의 생각을 바꾸려고 할 거예요. 자칫 불상사가 생길 수도 있어요. 난 당신한테 분명히 경고했어요!」

「당신의 그 상부, 난 하나도 무섭지 않아요. 어차피 물질에도 작용할 수 없는 존재들인걸요.」

그녀가 갑자기 몸을 일으키더니 그의 앞으로 바짝 다가온다. 그녀가 두 눈 가득 장난기를 담고 말한다.

「그들은 못 해도 나는 할 수 있어요.」

「영매가 엄포를 놓는다고 내가 결정적인 발견을 포기할 것 같아요?」

「당신은 선택의 여지가 없어요.」

「나한테 협박이 통하리라고 믿어요? 당신이 나한테 뭘 어떻게 할 수 있다고 내가 겁을 먹는다는 거죠? 때리기라도 할 건가?」

뤼시가 위협적인 표정을 짓는 순간 토마는 그녀가 자신의 따귀를 한 대 올릴 것이라고 생각한다.

「어떤 사람의 행동을 제지하기 위해선 채찍과 당근, 두 가지 방법이 가능하죠…….」

그녀가 몸을 더 밀착시킨다. 이내 그들의 입술이 포개진다.

82

스톤헨지의 환상 열석 위로 억수 같은 비가 쏟아진다. 트랜스 상태의 드루이드들은 아랑곳하지 않고 거석을 두드리며 노래를 부르고 있다.

여전히 시커먼 먹구름으로 뒤덮여 낮게 내려앉은 하늘에 번쩍번쩍 흰 줄과 보라색 줄이 그어진다. 노한 하늘 한가운데서 떠돌이 영혼들의 군대가 격돌한다.

제도권 작가들이 거대한 따분함의 파도를 밀어 보낸다. 프랑켄슈타인의 괴물과 아시모프의 로봇, 러브크래프트의 크툴루가 순식간에 음험한 아교풀 같은 파도에 휩쓸린다. 쥘 베른의 대왕 오징어조차 뭍으로 밀려 올라온 바다 괴물처럼 힘을 잃고 만다. 브램 스토커의 드라큘라는 성 아우구스티누스가 휘두르는 십자가 앞에서 주춤주춤 뒷걸음친다. 상상력 문학 군대는 금세 패색이 짙어진다. 자허마조흐의 모피 입은 비너스가 채찍을 들고 에드거 앨런 포에게 다가가자 까마귀가 부리 공격으로 맞

255

서며 주인을 지키다 끝내 채찍질 한 방에 물러나 공중으로 날아오른다. 루이스 캐럴의 앨리스는 〈꼬마야, 사탕 하나 먹으렴〉 하고 채근하는 로트브리예의 크로크미텐 앞에서 쩔쩔매고 있다. 가브리엘 웰즈가 얼른 백조 형사를 소환해 가까스로 변태를 떼어 놓는다.

전투가 점차 격화된다. 소설의 등장인물들과 그들의 창조자들이 뒤섞여 천상의 아마겟돈을 만들어 내고 있다.

조총을 든 알렉상드르 뒤마의 삼총사를 장전이 빠른 권총으로 무장한 카라마조프의 형제들이 뒤쫓고 있다. 플로베르의 엠마 보바리가 대니얼 디포의 로빈슨 크루소를 유혹한다. 스탕달의 쥘리앵 소렐이 카프카의 거대한 바퀴벌레를 짓이기고 있다. 크로크미텐이 호빗들을 쫓아가 공중에 그물을 날려 잡으면서 소리친다. 〈꼬맹이들아, 이리 온!〉

동맹군들이 속속 전장에 도착한다. 스티븐슨의 『보물섬』에 나오는 해적 롱 존 실버가 큰 부채로 무장한 우스꽝스러운 17세기 귀부인들의 응원을 받는 철학자 시인 몇 명과 칼싸움을 벌인다.

드루이드들은 정신없이 스톤헨지 거석의 아치형 상판을 두드려 대고 있다. 하늘에서 불빛이 번쩍번쩍할 때마다 눈앞의 광경이 정지 화면처럼 느껴진다.

「엉터리 작가들은 패배를 인정하시오!」 로트브리예가

아카데미 회원의 검을 하늘로 치켜들면서 소리친다. 「당신들의 한심한 수준을 인정하고 썩 사라지시오!」

「말도 안 되는 소리. 우리는 끝까지 싸울 것이오!」 코넌 도일이 응수한다.

이때, 스톤헨지의 중심부에서 거대한 뱀의 심령체가 땅을 뚫고 솟아오른다. 교전 중이던 병사들의 시선이 일제히 그쪽에 쏠린다. 심령체가 나선을 그리며 하늘로 날아올라 전장을 휘감아 돈다. 뱀의 입이 벌어지더니 말이 쏟아져 내린다.

「다들 제정신인가?」 그가 기다란 혓바닥을 날름거리며 묻는다.

「대체 당신은 뭐야?」 난데없이 등장한 훼방꾼을 향해 로트브리예가 짜증스럽게 묻는다.

「나는 최초의 드루이드인 투안일세. 당신들은 내 땅에 와 있어. 내가 이 성지의 창조자이자 주인이지.」

갑자기 드루이드들의 손놀림이 멎는다. 번개가 멎고 비가 잦아들더니 서서히 구름이 걷히기 시작한다.

「유치한 영혼들이 무슨 일로 다투고 있는가?」

「우리 일에 끼어들지 마시오!」 로트브리예는 전혀 주눅이 들지 않는다.

「우리는 다 같은 존재들일세, 이야기꾼들이지. 나쁜 문학과 좋은 문학이란 구분은 애당초 없네. 그저 상상력의 문학에는 문체와 심리 묘사가, 문체를 중시하는 문학에는 상상력과 환상이 필요한 것뿐일세. 내용과 형식은 상반되는 게 아니라 상호 보완적인 것이니까. 자네들의 뿌리가 뭐였는지 생각해 보게. 켈트족의 바드, 아프리카의 그리오, 모닥불 앞에서 이야기를 들려주던 선사 시대의 수많은 이야기꾼들, 그들이 바로 자네들의 선조 아닌가. 문학을 권력의 도구로 여기는 건 잘못된 생각일세. 문학은 교육과 성찰과 오락의 도구지. 작가인 자네들이 할 일은 의식의 고양이야. 호메로스 덕분에 그리스 문화가 지중해 연안으로 퍼져 나가 꽃을 피우지 않았나. 볼테르와 위고, 플로베르, 쥘 베른은 프랑스의 위상을 전 세계에 드높였지. 도스토옙스키와 톨스토이는 러시아 문화의 영광을 만든 사람들이야. 셰익스피어와 오스카 와일드가 있어 영국 문화는 세계인의 주목을 받을 수 있었네. 중국 문학, 인도 문학, 한국 문학, 일본 문학…… 다 마찬가지야. 우리 모두 각자의 자리에서 이 위대한 성취에 일익이 되었지. 어린이들이 자네들의 이야기를 들으면서 잠에 들고 꿈을 꾸고 세상을 향해 나아가지 않았나. 소설은 앉은 자리에서도 정신의 여행을 가능하게 해주는 위대한 힘을 지녔어. 나 투안은 기록 문학이 아니라 구비 문학을 옹호했었지, 그런 내가 자네들한테 똑똑히 말하겠네. 나는 모든 문학이 예외 없이 존중받고 수호돼야 한다고 믿게 됐네. 다양성이 곧 우리의 힘이야. 특정 문학의 우월성을 고집하는 건 어리석은 짓일세. 나쁜 장르가 존재하는 게 아니라, 독자들이 책장을 넘기고 싶지 않게 만드는 나쁜 작가가 있을 뿐이지. 문학의 획일성을 강요하려는 어떠한 관점이나 시도도 허용해선 안 되네. 프루스트, 내가 알기로 자네는 SF 소설을 좋아하지?」

「네, 솔직히 그렇습니다.」 당사자가 눈을 내리깔면서 대답한다.

「가브리엘 웰스, 자넨 프루스트를 읽고, 좋아했지? 안 그런가?」

「맞습니다.」 가브리엘도 대답한다.

「하지만 프루스트의 문장은 너무 길고 난해하지. 안 그런가?」 거대한 뱀이 종용한다. 「악수하게!」

두 심령체는 겁박 반 설득 반에 당해 악수하는 제스처를 흉내 낸다.

「코넌 도일, 자넨 제임스 조이스의 『율리시스』를 재밌게 읽었지?」

「당연하죠.」

「그건 쉬운 책이라곤 할 수 없지…….」

「처음에 몰입하기까지 조금 힘들었지만 이내 정신없이 읽었죠.」

「자, 자네들도 모두 화해하게.」

적대적이던 양 진영이 공격을 멈추고 서로를 향해 다가온다.

「이제 자네들의 에고 싸움에 한몫한 등장인물들도 화

해시키게.」

소설 속 등장인물들이 뱀의 말을 따른다.

「미래 세대가 책과 가까워지게 만드는 게 핵심이라는 걸 잊지 말아. 절대 적을 혼동하지 말게.」

밤하늘에 송송히 박힌 별들이 전장을 내려다보고 있다. 물러나는 구름들 뒤로 등장인물들이 사라지고 작가들만 남아 어색함을 떨치지 못한 채 서로를 멀뚱히 쳐다보고 있다.

땅에서는 드루이드들이 탈진해 바닥에 드러눕는다.

「이래서 음식과 술이 필요했던 거야. 나를 불러낼 힘이 있어야 하니까. 무덤을 나온 김에 한마디만 더 하고 가지. 각자의 자리로 돌아가 유일한 대의인 독서를 위해 헌신하게!」

떠돌이 영혼 작가들이 흩어지기 시작하자 거대한 뱀이 가브리엘 쪽으로 몸을 돌린다.

「자넨, 남아 있게!」

코넌 도일과 쥘 베른, H. G. 웰즈가 가브리엘에게 응원의 메시지를 던진다.

「힘내게, 가브리엘!」

프랑스 작가를 뚫어지게 쳐다보던 투안이 입을 연다.

「자네가 이 난리 법석을 만든 장본인인가?」

「저를 죽인 자가 누군지 찾고 싶어 벌인 일입니다.」

「그게 하늘에 소란을 일으키고 위아래 세상을 모두 어

지럽힐 만한 이유가 된다고 생각하나? 어쩌자고 일개 영혼이 이런 일을 벌이는 건가?」

「제 죽음의 진실을 알고 싶습니다. 포기하지 않을 거예요.」

「하, 정 그렇게 나온다면 나도 자네한테⋯⋯.」

「⋯⋯그 친구를 그냥 놔줘요.」

위에서 우렁우렁한 여자의 목소리가 들려온다. 영화 「삼손과 델릴라」에서 입었던 하늘색 드레스에 황금빛 샌들을 신고 머리에 진주가 박힌 티아라를 쓴 헤디 라마가 그들을 내려다보고 있다. 가브리엘 웰즈는 그녀에게서 눈을 떼지 못한다.

「그냥 둬요, 투안. 이 일은 하위 아스트랄계가 아니라 중위 아스트랄계의 소관이에요. 내가 처리할게요. 위에서 지금 기다리고 계세요.」

미의 화신이 바로 눈앞에 있다는 사실이 가브리엘은 여전히 믿기지 않는다.

「이자를 데리고 올라가시게요? 일개 떠돌이 영혼을, 중위 아스트랄계에요?」 투안이 놀라움을 감추지 못한다.

「이 영혼이 관련된 중대한 사안이 있어요.」 할리우드 여배우가 얼버무린다.

「이자가요? 그럼 이자가 상부의 누군가를 만나게 되는 건가요?」

「더 이상은 얘기해 줄 수 없어요. 어쨌든 어리석고 소모적인 전쟁을 끝내 줘서 고마워요. 가브리엘, 당신이 죽은 이유를 알고 싶다고 했죠? 조금만 기다리면 알게 될 거예요. 모든 영혼이 소망을 이루게 되는 게 우주의 대법칙 중 하나죠. 물론 그게 당신한테 최선인지는 모르겠어요. 모르는 게 약이 될 때도 있는 법이니까.」

투안이 스톤헨지의 땅속으로 사라지자 헤디 라마가 지구의 대기 위로 가브리엘을 안내한다.

「흠…….」 줄곧 침착한 모습을 보이던 코넌 도일이 흥분한 목소리로 말한다. 「저게 환영일까요 아니면 진짜 여배우 헤디 라마일까요?」

루이스 캐럴이 대답한다. 「가브리엘 웰즈의 환상이 아닐까. 그에게 쉽게 영향을 미치기 위해 일부러 위에서 그녀를 택했겠지.」

「그녀가 출연한 작품은 별로 아는 게 없어요.」

「1930년대에 활동했으니, 나 역시 그녀가 나온 영화를 한 편도 본 적은 없네.」

「어쨌든 지금껏 만나 본 최고의 미인이에요.」

「우주 멀리서 왔을 거야.」

「저도 한번 가보고 싶네요.」

「상부에서 허락하지 않을 걸세. 분명한 이유가 있어야 가능하지.」

「사실, 제 죽음도 석연치 않은 구석이 있답니다.」 코넌 도일이 투덜투덜 볼멘소리를 한다. 「제 죽음도 독살일 가능성이 충분히 있거든요…… 그렇다면 대체 누가 저를 죽였을까요?」

가브리엘이 사라진 자리를 오래도록 쳐다보던 루이스 캐럴이 큰 소리로 혼잣말을 한다.

「지금 이 순간 그는 어디 있을까.」

「멀리 가 있겠죠.」

「기별이라도 해주면 좋으련만…….」

83

빅트로 위고와 심령술

1852년, 나폴레옹 3세가 쿠데타를 일으키자 빅토르 위고는 채널 제도의 저지섬으로 피신해 춥고 어두운 계곡에 위치한, 귀신이 나온다는 외딴집을 빌려 살기 시작했다. 그의 도착은 별다른 사건이 벌어지지 않는 조용하고 작은 섬에서 일대 사건이었다. 빅토르 위고는 이따금 주민들을 집에 불러 저녁을 대접하고 왕성한 창작 활동을 하며 시간을 보냈다.

1년 뒤, 그의 친구이자 시인인 델핀 드 지라르댕이 섬을 찾았다. 그녀는 아메리카 대륙에서 건너와 유행하는 폭스 자매의 심령술과 프랑스 심령술 운동의 새로운 교주인 알랑 카르데크 얘기를 들려주었다. 단 1주일 저지섬에 머무는 동안 그녀는 저녁마다 사람들을 불러 심령회를 했다. 섬 주민들은 테이블 터닝에 열광했지만, 정작 빅토르 위고는 미덥게 여기지 않아 첫 심령회에 참석하지 않았다. 실제로 1853년 9월 7일에 있었던 첫 번째 심령회에는 영혼이 나타나지 않아, 실망한 참석자들이 사자들 얘기가 아니라 반(反) 보나파르트 음모를 얘기하다 헤어졌다.

1853년 9월 11일, 드디어 테이블이 흔들리기 시작했다. 이때 나타난 영혼은 다름 아닌 센강에서 익사한 빅토르 위고의 딸 레오폴딘이었다. 유명 작가는 이때부터 태도가 돌변해 열성적으로 심령회에 참여했다. 그는 죽은 딸과 나눈 대화는 물론 다른 사자들과 나눈 대화도 꼼꼼히 기록했다. 그는 심령 대화를 소재로 「어두운 입이 하는 말」이라는 시를 쓰기도 했다.

빅토르 위고는 델핀 드 지라르댕이 돌아간 뒤에도 거의 매일 저녁 섬 친구들을 집에 불러 심령회를 열고 사자들과 나눈 대화를 기록했다. 그가 소통했다고 한 유명인들 중에는 모세, 플라톤, 아리스토텔레스, 아이스킬로스, 카르타고의 한니발, 예수 그리스도, 루터, 단테, 갈릴레오, 셰익스피어, 라신, 몰리에르, 루이 16세, 장폴 마라, 로베스피에르, 나폴레옹 1세, 바이런, 샤토브리앙이 있다. 그는 자신이 흰색 부인, 검은색 부인, 회색 부인이라고 이름을 붙인 세 인물과 나눈 대화도 기록에 남겼다. 위고는 안드로클레스의 사자, 발람의 당나귀, 노아의 방주의 비둘기 등 신화 속 동물들도 심령회에 소환했다.

영혼들과는 모두 프랑스어로 소통했으며, 유명한 사자들 외에도 철천지원수였던 나폴레옹 3세(위고는 그의 면전에서 하고 싶은 말을 속 시원히 했다고 적었다)의 잠든 영혼과도 대화를 나눴다고 그는 기록했다. 심령회는 대개 밤 9시 30분경 시작해 새벽 1시가 넘도록 이어졌다. (위고는 심령회의 시작 시간과 끝 시간을 정확히 기록해 두었다.)

1855년, 심령회 도중 의사 에밀 알릭스의 동생 쥘 알릭스가 갑자기 정신 착란을 일으키는 사건이 발생했다. 이후 심령회는 중단되었고, 쥘 알릭스는 결국 샤랑통의 정신 병원에 수용되었다.

이 무렵 빅토르 위고는 정치적 사건에 연루됐다는 의혹을 받고 저지섬에서 쫓겨나 채널 제도의 다른 섬인 건지섬으로 이주했다. 여기서 14년을 지내는 동안 그는 집에 있는 가구에 자신과 심령 대화를 나눈 유명인들의 이름을 빠짐없이 새겨 놓았다.

에드몽 웰즈,
『상대적이고 절대적인 지식의 백과사전』제12권

84

　붙어 있던 두 알몸이 떨어져 각기 다른 방향으로 돌아
눕는다. 격정의 순간이 남긴 향기가 아직 베개에 남아 있
다. 구겨진 시트 위에서 뤼시가 숨을 고르고 토마는 희열
에 찬 표정으로 천장을 올려다본다.

　「프로젝트를 포기하는 대가가 이런 거라면야…….」

　그런데 뤼시의 표정이 급격히 어두워진다.

　「무슨 일 있어요?」

　「뭔가 좀 이상해요. 여태까지는 가브리엘과 항상 연결
돼 있어서 아무리 멀리 있어도 그의 영혼을 느낄 수 있었
는데 지금은 아무 느낌도 없어요.」

　「죽는다고 완전히 사라지는 건 아니라고 당신이 말했
잖아요…….」

　「맞아요. 떠돌이 영혼이 되거나 환생하죠. 그런데 이
경우는 둘 다 아닌 것 같아요. 마치 우리의 시공간을 떠
난 것 같아요. 저승에서 그에게 무슨 심각한 일이 벌어진

게 아닐까요? 상부에 물어봐야지, 답답해서 도저히 안 되겠어요.」

그녀가 침대에 있던 쿠션 하나를 끌어당겨 깔고 앉는다. 가부좌를 틀고 눈을 감은 상태에서 정신을 집중한다. 눈꺼풀 밑에서 눈알이 이쪽저쪽으로 움직이더니 그녀가 다시 눈을 뜬다.

「드라콘과도 접촉이 안 돼요.」

「네크로폰으로 사자들과 소통도 못 하게 하고, 당신 역시 그걸 할 수 없다면 우린 결국…….」

「……저승과의 연결이 끊어진 거죠.」

「……평범한 사람들처럼.」

떠돌이 영혼들과 늘 연결돼 있고 상부에서 정보를 받는 데 익숙했던 그녀는 큰 상실감을 느낀다. 토마가 그녀를 끌어안으며 위로해 준다.

「사자들과 소통하지 않아도 사는 데 아무 문제 없어요. 나한테는 포기하라더니 당신은 못 하겠다는 거예요?」

「알아요. 말이 안 되지만 어쩔 수 없어요.」

「대다수의 사람들이 저승과 연결 없이도 멀쩡히 잘 살아요.」

「이 침묵이 두려워요. 당신 동생한테 무슨 일이 벌어졌을까 봐 걱정돼요.」

그녀가 그에게 몸을 밀착시킨다.

「상부에서 연결을 끊었다면 분명히 이유가 있을 거예

요. 이제 우린 어떡하죠?」

　「물질세계에서 산 자들과 살아야죠.」 그가 그녀의 어깨에 다정하게 입맞춤을 한다.

　「갑자기 〈제한된〉 느낌이 들어요…….」

　토마가 그녀를 안심시키기 위해 애쓴다.

　「일시적 단절이 아닐까요?」

　뤼시가 여전히 수긍을 못 하고 불안해하는 모습을 보이자 토마가 동생의 무덤에 가자고 제안한다. 상황이 지속되면 직업을 잃을지도 모른다는 그녀의 불안감을 그는 충분히 이해한다.

　「내일 같이 동생의 무덤에 가요. 동생을 찾을 가능성이 있는 곳은 거기뿐이에요.」

　「내일까지 기다리지 말고 당장 가요.」

　토마는 말끝을 달지 못하고 급히 옷을 걸친 후 그녀를 따라나선다.

　〈나는 살아 있고 당신들은 죽었다〉라는 문구가 새겨진 가브리엘의 묘비 앞에서 뤼시가 가부좌를 틀고 눈을 감는다. 들고양이들이 멀찍이 떨어져 그녀를 지켜보고 있다.

　침묵이 길어진다.

　바람이 일어나 나뭇가지를 흔들어 놓는다. 나뭇잎들이 후르르 날아오르다 떨어져 흩어진다. 토마는 뤼시 옆에 앉아 말없이 기다린다. 드디어 그녀가 눈을 뜬다.

「그래, 접촉이 됐어요?」

「네. 중재자인 드라콘과 얘기를 나눴어요.」

「뭐라고 하던가요?」

「더 이상 이 일에 개입하지 말고 사자들을 조용히 내버려 두라네요.」

85

가브리엘이 헤디 라마 곁에서 우주 공간을 날고 있다.

「지금 당신 곁에 있는 제 기분이 어떤지 상상도 못 할 거예요! 당신의 열혈 팬이에요. 당신은 모든 시대를 통틀어 최고로 멋진 여성이에요. 제가 생각하는 이상적 여성의 현현이죠.」

「고마워요. 그런데 1930년대 할리우드 여배우들을 향한 그런 열정이 어디서 생겨났죠?」 그녀가 가브리엘에게 묻는다.

「가장 아름다웠으니까요! 다 너무 좋았어요……. 그레타 가르보, 로런 버콜, 잉그리드 버그먼, 에바 가드너, 리타 헤이워스, 오드리 헵번, 리즈 테일러, 진 티어니…… 하지만 당신이 단연 최고의 여배우죠. GPS 기술의 원조라는 걸 알고 더 큰 매력을 느꼈어요.」

그들은 태양을 빙 돌아 지나간다. 헤디 라마가 달만 한 크기의 작은 행성을 가리킨다.

「당신이 아는지 모르겠는데, 지구인들을 위한 두 개의 조직이 있어요. 하나는 은하의 중심에 위치해 환생하려는 영혼들을 빨아들이는 소용돌이, 일명 〈천국〉이라고 불리는 것이죠. 『죽은 자들』에서 언급한 걸 보니 당신도 직감적으로 그 존재를 아는 것 같던데.」

「티베트 『사자의 서』와 이집트 『사자의 서』를 읽고 추론한 내용이에요.」

「그렇다면 잘 알겠군요. 천국 혹은 〈사자들의 대륙〉은 일곱 천계로 이루어져 있는데, 영혼은 다양한 시련을 겪으며 그곳들을 통과하는 동안 삶의 의미를 깨닫게 되죠. 이 과정이 끝나면 영혼은 심판을 받게 되고, 그 결과에 따라 미래의 부모와 출생지를 선택할 수 있어요. 그런데 이들 말고, 저승에 머무르고 싶어 하는 떠돌이 영혼들이 있어요. 유사한 조직이 따로 필요한 이유죠.」

그들은 팔을 넓게 벌려 전속력으로 우주를 가르며 날아간다.

「현재 지구상에는 80억 명이 살고 있고, 40억 위의 떠돌이 영혼이 존재해요. 문제는 이 떠돌이 영혼의 수가 갈수록 증가한다는 거예요. 그래서 이들을 관리할 행정 조직을 어딘가에 둘 필요가 생긴 거죠. 눈에 띄지 않는 은밀한 장소를 찾다 태양을 축으로 지구의 정반대쪽에 있는 작은 행성에 〈사무실〉을 설치했어요. 성경을 참조해 〈연옥〉이라는 이름을 붙이게 됐죠.」

「그 이름이 〈속죄〉라는 단어와 관련이 있나요?」

「그보다는 〈정화〉에 가깝죠.[13] 우리는 여기서 떠돌이 영혼들의 집단을 정화시키기 위한 지침을 받아요. 그들이 산 자들 사이에 영원히 머물지 않고 환생해 진화하도록 만드는 거죠.」

이 순간 작은 황갈색 행성이 그들 눈앞에 나타난다.

「여기가 바로 〈연옥〉이에요.」 헤디 라마가 가브리엘에게 알려 준다.

「여기가 상부인가요?」

「상위 아스트랄계가 있는 곳이죠. 천국과 연옥 사이에는 지리적 차이만 있는 게 아니에요. 두 시스템은 공존하지만 넘나들 수 없게 돼 있죠. 저마다 다른 조직을 가지고 있어요. 당신이 발견하게 될 곳은 일반적으로 하위 아스트랄계 영혼에게는 접근이 금지돼 있어요.」

「그럼 당신은요?」

「나는 중위 아스트랄계에 속해요. 당신도 알고 있을 드라콘과 마찬가지로. 나는 상부에서 지침을 받아 영매와 떠돌이 영혼을 막론하고 지구인들에게 전하죠. 일종의 중개자인 셈이에요.」

「당신 같은 사람이 많은가요?」

「기껏해야 1만 위 정도예요.」

---

13 프랑스어의 〈연옥 *purgatoire*〉, 〈속죄 *purge*〉, 〈정화 *purification*〉는 어근이 같은 단어들이다.

가브리엘 웰즈와 헤디 라마의 영혼은 대기와 숲, 바다가 없는 행성을 향해 내려가 분화구 근처 표면에 착륙한다. 여배우가 가브리엘에게 표층을 가리키며 아래로 내려가라고 한다.

「당신은 함께 가지 않아요?」

「아까 말했듯이 나는 상위 아스트랄계가 아닌 중위 아스트랄계에에 속해요. 한 번도 이 경계를 넘어 가본 적이 없어요. 여기서 지침을 받아 지구에 전달할 뿐이죠.」

가브리엘은 함께 조금 더 머물고 싶다는 뜻을 에둘러 전한다.

「제 친구 중에 당신과 무척 닮은 사람이 있는데, 혹시 아세요?」

「마드무아젤 필리피니 말이죠?」

「당신을 빼다 박았어요. 그런데…… 막상 당신을 직접 만나 보니까 두 사람은 전혀 다르다는 생각이 드네요.」

「칭찬인가요?」

「네…… 저기…… 가브리엘 웰즈로서의 지난 인생과 살인으로 인한 제 죽음이 떠돌이 영혼이 되어 당신을 만나기 위해 필요한 것이었다면 그것만으로도 충분히 의미가 있어요.」

「고마워요.」

「다시 만날 수 있을까요?」

「저 밑에서 당신한테 어떤 일이 벌어지는가에 달

렸죠.」

「어떤 일이 생길까요?」

「물론 상위 아스트랄계의 존재를 만나게 되겠죠. 대천사 배심원들처럼 여럿인지, 신이나 일종의 신성(神聖)처럼 하나인지, 글쎄, 나는 모르겠네요. 솔직히 당신을 따라가고 싶은 마음이 굴뚝같지만 내겐 금지된 일이에요. 〈거기서〉 나한테 맡긴 일은 당신을 여기까지 데려오라는 것뿐이었으니까. 내가 당신의 이상적 여성이기 때문에 이 일을 맡겼을 거예요.」

「지금 사인받을 종이와 연필이 있다면 얼마나 좋을까요.」 가브리엘이 수줍게 마음을 털어놓는다.

「죽으면 이런 자잘하고 불편한 일들이 꽤 생기더라고요. 저승에서 유명인을 만나도 사인을 못 받으니 안타깝죠…….」

그녀가 해사하게 웃더니 갑자기 몸을 숙여 가브리엘에게 입을 맞춘다. 가브리엘은 아무 느낌도 없이 자신의 얼굴과 맞닿아 있는 그녀의 반투명 얼굴을 쳐다본다.

「사인 대신이에요.」 그녀가 얼굴을 뒤로 빼며 말한다. 「자, 이제 내려갈 시간이에요. 상위 아스트랄계에 접근할 수 있는 당신은 정말 운이 좋은 사람이에요!」

가브리엘이 그녀의 손등에 입을 맞춘다. 그는 무슨 말을 해야 할지 몰라 버벅거린다.

「결코 이 순간을 잊지 못할 거예요. 제가 환생하더라

도, 나중에 어떤 몸을 빌려 태어나더라도 지금의 이 황홀한 순간을 영혼 깊숙이 새겨 간직할 거예요.」

헤디 라마가 그를 보며 서두르라는 몸짓을 한다. 가브리엘은 아쉬운 마음을 간직한 채 연옥의 암석 표층을 통과해 내려간다. 자수정 결정의 안쪽처럼 생긴 동굴이 그의 눈앞에 나타난다. 연보라색 크리스털들이 빽빽이 솟아 있는 벽에서 푸르스름한 광채가 발산되고 있다.

동굴 한가운데 거대한 수정 옥좌가 하나 있다.

누군가 앉아 있는 모습이 보인다. 이 거대한 공간에 눈에 띄는 실루엣이라곤 그것 하나뿐이다.

가브리엘이 조심스럽게 다가간다.

옥좌를 한 바퀴 빙 돌던 그는 의자에 앉은 사람을 확인하는 순간 소스라치게 놀라며 뒤로 물러난다.

「**당신은?**」 가브리엘이 외마디 소리를 지른다.

「*다시 만나 반갑네, 가브리엘⋯⋯.*」

86

밝은 영혼들

최대한 많은 동족 인간들에게 고통을 가할 궁리만 하는 사람들이 있는가 하면, 그들을 돕기 위해 삶을 바치는 사람들도 있다. 후자의 사례 중 다음 세 가지는 우리에게 잘 알려지지 않았다.

폴란드에서 의사의 딸로 태어난 이레나 센들러는 약자들을 위한 삶을 살았다. 1942년, 그녀는 티푸스 발진 증상을 확인하는 간호사로 위장해 바르샤바 유대인 거주지에서 어린이 1천2백 명의 탈출을 도왔다. 1943년 밀고당해 체포된 후 고문을 당하면서도 그녀는 끝까지 관련 사실을 밝히지 않았다. 결국 사형을 선고받았지만 그녀는 천신만고 끝에 도망쳐 적극적인 레지스탕스 활동을 이어나갔다. 전쟁이 끝나자 그녀는 ― 부모들의 이름을 적은 명단을 항아리에 넣어 집 마당에 묻어 두고 있었다 ― 자신이 구한 아이들의 부모를 찾아 주었다. 그녀는 98세를 일기로 눈을 감는 순간까지도 더 많은 아이들을 구하지 못한 안타까움을 드러냈다.

호주에서 태어난 제임스 해리슨은 열세 살의 어린 나이에 한쪽 폐를 절제하는 대수술을 받았다. 그는 수술 뒤 입원해 있던 3개월 동안 많은 양의 피를 수혈받았다. 그는 수많은 헌혈자들 덕분에 자신이 살 수 있었다고 생각해 도덕적 부채 의식을 느꼈다. 성인이 되면 평생 헌혈을 하며 살기로 굳게 마음먹고 퇴원했다. 그런 그의 혈액에는 신기하게도 치명적 혈액 질환인 Rh 부적합증에 걸린 아이들을 살릴 수 있는 귀한 항원이 들어 있었다. 그는 56년 동안 1천 번이 넘게 헌혈해 어린이 2백만 명의 목숨을 구했다. 그의 혈액 덕분에 생물학자들은 백신 개발에 성공했다.

샤바르시 카라페티안은 1953년 아르메니아에서 태어났다. 그는 세계 수영 대회에서 17차례, 유럽 대회에서 13차례, 소련 대회에서 7차례 우승했고, 11개의 세계 수영 신기록을 보유하고 있었다. 1976년 9월 16일, 동생과 함께 평소처럼 조깅 중이던 그는 버스 한 대가 차로를 벗어나 예레반 호수의 차가운 강물로 추락하는 모습을 목격했다. 버스에 타고 있던 92명의 승객들은 추락의 충격으로 모두 의식을 잃었다. 즉시 강물로 뛰어든 그는 수심 10미터 아래 처박힌 버스를 발견한 후 발로 뒤쪽 유리창을 깨고 안으로 헤엄쳐 들어갔다. 이 과정에서 유리 조각에 부상을 입었지만 그는 30명의 승객을 물 밖으로 끌어

올려 구조를 위해 밖에서 대기 중이던 동생에게 인계했다. 이렇게 해서 20명의 목숨을 구했지만, 정작 그는 부상을 입고 탈진한 상태에서 저체온증이 와 45일간 사경을 헤맸다. 다행히 목숨을 건진 그는 이로부터 9년이 흐른 어느 날, 우연히 불타는 건물 앞을 지나가게 된다. 건물 안에 아홉 명이 갇혀 있다는 사실을 알게 된 그는 이번에도 주저하지 않고 불길 속으로 뛰어들었다. 그는 화상을 입어 장기간 입원 치료를 받았다. 그의 정신을 기리기 위해 소행성 하나에 그의 이름이 붙여졌다.

에드몽 웰즈,
『상대적이고 절대적인 지식의 백과사전』제12권

87

작가 가브리엘 웰즈는 여전히 충격이 가시지 않은 얼굴로 상대방을 쳐다본다.

「아무래도 결말은 실패인 것 같네, 가브리엘.」

침묵.

「왠지 아나? 도입부에서 불가능한 도전을 던져 놓았기 때문이야.」

그가 상대방에게서 시선을 떼지 못한 채 더듬더듬 말한다.

「만약…… 만약…… 만약 그게 당신이라는 걸 알았더라면!」

「자네가 상상도 못 하게 만들어 놨지.」

상대를 찬찬히 뜯어보고 나서도 가브리엘은 여전히 믿기지 않는다는 표정이다. 하지만 틀림없다. 그녀가 분명하다. 그가 죽던 날 아침 빨간 방울 술이 달린 귀덮개 모자를 쓰고 목줄을 묶은 푸들 강아지를 산책시키던 노

파. 노파를 끌고 가던 개는 지금 그녀의 무릎 위에서 코를 골며 잠들어 있다.

가브리엘은 두꺼운 안경 너머로 자신을 건너다보는 그녀의 장난기 어린 시선을 느낀다.

이런 외모를 선택한 걸 보면 유머 감각이 보통이 아닐 거야. 그녀에 비하면 하늘 위 세계를 기껏 긴 날개를 펄럭이는 근엄한 표정의 천사들이 가득한 곳으로 그린 나는 얼마나 상상력이 빈곤한 인간인가!

「정신 차리게, 가브리엘. 일단 두 가지부터 알려 주겠네. 나는 메트라톤일세. 지구의 팬이지. 지구라는 개념, 장소, 형태, 위치, 색깔…… 다 마음에 들어. 이 행성은 딱 내 타입이야.」

그녀가 개를 쓰다듬는다.

「나도 자네처럼 쌍둥이 자매가 있네. 그는 환생의 길을 만들었고, 나는 환생을 결정하지 못한 영혼들을 관리하는 시스템을 만들었지. 하위 아스트랄계, 중위 아스트랄계, 상위 아스트랄계, 연옥…… 다 내가 관장하네.」

그녀가 우쭐해하며 살짝 허리를 굽히는 시늉을 한다.

「처음에는 대부분의 영혼들이 환생하고 싶어 했지. 자살자들이나 사랑에 빠진 연인들만 이전 육신에 가까이 머무르고 싶어 했어. 그 비율은 기껏해야…….」

「10퍼센트?」

「정확하네. 10퍼센트가 떠돌이 영혼이 되고 90퍼센트는 환생을 택했지.」

「제가 맞았네요.」

「처음에는 그랬어, 그런데 이게 금방 달라지더군.」

가브리엘은 『죽은 자들』에 사용한 데이터가 시간은 조금 지난 것이지만 틀린 건 아니라는 사실에 안도한다.

메트라톤이 부연 설명을 한다.

「지금은 거의 역전됐지.」 그녀의 어조에 안타까움이 배어 있다. 「사자들의 90퍼센트가 떠돌이 영혼으로 남아 있고 싶어 하고 10퍼센트만 환생을 원한다네. 그러니 금방 힘에 부치는 상황이 오더군. 당연히 그들을 관리할 추가 인력이 필요했네.」

그녀가 몸을 일으키더니 뾰족하게 솟은 수정들 위에 떠서 말을 이어간다.

「자네가 쓴 책은 빠짐없이 다 읽었네. 솔직히, 다 마음에 들진 않았어. 몇몇 소설은, 뭐랄까, 〈날림〉으로 쓴 것 같더군. 실망스러운 결말도 꽤 있었고. 물론 자네가 낸 책이 워낙 많다 보니 마음에 든 것도 더러 있었어. 어쨌든 시간이 여유로운 나한테 독서는 최고의 취미 생활이네.」

그녀가 손가락으로 안경 코를 살짝 밑으로 내린다.

「자네가 내 최애 작가는 아니야, 그건 인정하겠네. 그래, 절대 그렇지 않아. 난 자네 문체가 마음에 안 들어, 너무 건조하지. 문장도 너무 짧고. 게다가 독자들에게 소설

속 장면들에서 거닐 시간을 주지 않고 본론으로 직행하지. 은유도 서정성도 부족해. 결말은 또 어떻고! 아이고, 가브리엘! 마지막 장면들을 조금만 더 다듬고 매만지지 그랬어! 자넨 상상력이 강점인 사람인데 어쩌면 그렇게 과감하게 결말을 쓰지 못하나! 결말이 너무 뻔해! 소설마다 내가 마지막 장면을 정확히 예측할 수 있을 정도였지. 자네가 마지막에 가서 터뜨리는 사실들이 나한테는 하나도 새로울 게 없었다고.」

가브리엘은 묵묵히 비난을 듣기만 하면서 고개를 떨구는 시늉을 한다.

「물론 자네만 그런 건 아니야. 추리 작가 대부분이 결말에서 실패하지. 하지만 자네도 알잖아, 소설에서 피날레가 얼마나 결정적인 역할을 하는지! 마술사가 짠 하고 모자에서 토끼를 꺼내는 순간 아닌가. 절대 실수가 있어서는 안 되는 부분이란 말이지!」

「죄송해요! 이렇게 높은 분께서 제 책을 읽으시는 줄 알았더라면 조금 더 신경을 썼을 텐데…….」

「그래, 내가 자네한테 특별히 더 가혹한 건 인정하겠네. 까다로운 독자의 감상평이라고 이해해 주게. 물론, 개중에는 그럭저럭 괜찮은 결말도 있었네. 내가 좋아하는 방식은 말이야, 가령 이야기 첫머리부터 해결책이 숨어 있는데 독자들은 모르고 지나가는 거야. 마술사들의 교란 원칙 같은 거지.」

그녀가 무릎에 있던 강아지를 내려놓고 옥좌에서 내려와 자수정으로 지어진 성소를 미끄러지듯 떠다닌다. 그녀가 인쇄된 페이지들이 비쳐 보이는 곳을 향해 움직여 간다.

「〈천상의〉 독자로서 내 느낌을 좀 더 얘기하지. 내가 보기에 자네가 가진 최고의 강점은…… 재미있다는 거야. 자네 소설을 읽다가 백조 경위가 혹시 자기가 소설 속 인물이 아닌지 자문하는 장면에서 처음으로 크게 웃었지. 그런 걸 뭐라고 하더라?」

「미장아빔[14]이라고 하죠.」

메트라톤이 그때의 기억을 떠올리며 다시 소리 내 웃더니 책 페이지들로 뒤덮인 스크린을 연상시키는 수정의 표면에 손을 얹는다.

「2권에서 애인이 백조 경위에게 이별을 고하면서, 만난 지 1년 만에 처음으로 오르가슴을 느껴 봤다고 원망하는 장면도 재밌더군. 정말이지…… 〈인간적〉이었어. 자네는 동시대인들의 정서를 근본 바탕부터 이해하고 있더군. 그들이 얼마나 모순적인가. 자신들의 주장과는 정반대의 모습을 보여 주지. 물론 여기서 그들을 관찰하는 것도 재미있지만 자네 책을 통해 읽으니 재미가 배가되더군.」

「고맙습니다.」

14 *mise en abyme*. 일종의 액자식 구조를 가리킨다.

284

「내 밑의 〈저승 직원들〉이 내가 자네한테 관심을 갖고 있는 걸 알고 다양한 정보를 수시로 알려 주더군. 덕분에 한 편의 드라마처럼 자네 삶을 지켜볼 수 있었네. 일종의 중독성 강한 추리극처럼 말이야. 자넨 아주 놀랍고, 독창적이고…… 특이한 결정들을 내리더군.」

메트라톤이 수정 옥좌로 돌아와 앉자 푸들이 자기가 제일 좋아하는 그녀의 무릎으로 뛰어 올라온다.

「자네 재능이 어떻게 만들어진 거라고 생각하나? 토마와 쌍둥이 형제라는 사실이 고통스러웠기 때문이야. 자네 할아버지의 연명 치료를 지켜보는 게, 기자 시절에 폭로성 기사들을 실었다가 비방에 해고까지 당한 게 고통스러웠기 때문이지. 자네의 소설 작업이 폄훼되는 게 고통스러웠기 때문이야. 그 모든 고통의 경험이 자네한테 영감을 줬고, 반항적 기질의 원천이 됐던 거야.」

「그 말씀은 결국 고통이 없는 창작은 불가능하다는 뜻인가요?」

「물론 전혀 불가능하진 않네. 내가 좋아하는 영국 화가 윌리엄 터너는 행복한 결혼 생활에 금전적 여유, 작가적 명성까지 두루 누렸지만 늘 독창성과 새로움을 추구했지.」

「다시 태어나야 한다면 저도 그런 삶을 살고 싶어요. 고통 없는 창작을 하고 싶어요.」

빨간 방울 술이 달린 귀덮개 모자를 쓴 노파가 그를 말없이 빤히 쳐다보기만 한다.

「저를 죽인 사람이 누구죠?」 가브리엘이 마침내 마음속에 있던 질문을 꺼낸다.

「그럼 그렇지……. 그 질문이 언제 나오나 했네. 내가 여기까지 자네 방문을 허용한 것도 그 때문일세.」

「누구죠?」

그녀가 푸들을 쓰다듬으면서 태연하게 대답한다.

「날세.」

가브리엘은 자신의 귀를 의심한다. 메트라톤이 다시 한참 동안 말이 없다 천천히 말문을 연다.

「자네 단편을 읽다 아이디어를 얻었지. 〈바로 내가 살인자〉라고, 그 사실이 최후에 드러나는 작품 있지 않나. 처음으로 제목 못지않게 결말도 마음에 드는 소설이더군. 그걸 읽고 나서 생각했지. 내가 자네를 죽이면 어떨까?」

메트라톤이 느닷없이 웃음을 터뜨린다.

「당연히 줄거리를 기억하겠지? 밀실에서 살인 사건이 벌어져. 가짜 벽이나 천장, 바닥, 이런 건 없어. 도저히 밖에서 안으로 들어갈 방법이 없는 방이지. 자네 소설에서는 범인이 천사인 걸로 나중에 밝혀지지. 나 같은 사람 말이야. 그걸 읽으면서 나도 산 자들이 하는 짓을 한번 해볼 수 있겠다는 생각이 들더군. 살인을 말이야.」

메트라톤이 자기 얘기에 흥이 난 듯 말을 이어 간다.

「물론 자네를 위한 선택이었네. 자네 입장에서는 특권

286

을 누린 거나 다름없어. 상위 아스트랄계의 누군가가 산 자에게 관심을 갖고 그런 일을 벌였다는 것 자체가 하나의 특이한 사건이니까. 그 사건의 수혜자가 바로 자네인 거야.」

「그런데 대체 이유가 뭐죠?」

「자네 마지막 작품인 『천 살 인간』 때문이야. 우리 조직의 관리자들이 그 원고의 존재를 알려 주길래 출간 전에 내가 미리 읽어 봤지. 그런데 그 책에 자네가 아무 생각 없이 담은 아이디어들이 지나치게…… 전위적이더군. 그 소설은 연구소를 설립해서 세 동물의 유전자를 활용해 생명 연장에 성공하는 과학자의 이야기 아닌가. 그는 각종 감염과 암을 예방하기 위해 벌거숭이두더지쥐를, 손상된 장기의 이식을 위해 아홀로틀을, 노화를 막기 위해 갈라파고스거북이를 연구하지. 기억나나?」

「물론이죠.」

「문제는 자네의 그 직관이 지나치게 정확했다는 거야. 자네는 소설 한 권 당 1백만 명의 잠재적 독자를 가진 사람일세. 그 1백만 명 중에는 당연히 과학자들이 있을 테고. 그런데 그들 중 단 한 명이라도 자네 소설에 묘사된 방법이…… 실현 가능하다는 걸 알게 된다고 가정해 봐! 자네는 단순히 SF 소설 한 편을 썼다고 생각하는지 모르지만, 자네가 수집한 자료와 자네의 상상력은 가공할 위력을 발휘할 거라는 얘기야. 진짜 과학자들이 자신의 연구 분야에 매몰되어 큰 그림을 그리지 못하는 사이 자네는 해답을 찾아냈으니까.」

「그게 SF의 역할인걸요. 미래 세계를 예측하고, 세상에 변화가 일어나기 전에 그 변화를 먼저 포착하는 것. 쥘 베른도 인간이 달에 착륙하기 한 세기 전에 달 여행을 다루었잖아요.」

「물론 그렇지. 하지만 쥘 베른의 경우는 동족 인류의 여정을 근본적으로 바꿔 놓을 정도는 아니었어. 이미 시작된 흐름과 보조를 같이했을 뿐이지. 하지만 자넨 달라. 너무 나갔단 말이야. 현재 유럽인의 평균 수명은 80세지만 갈수록 백세 인생이 많아지고 있네. 그리고 지구의 전체 인류는 서서히 1백억 명을 향해 가고 있지. 그 자연스러운 추세에 우리가 제동을 걸려는 마당에 자네가 노년기를 연장하겠다고 나선 거야!」

「그냥 소설인걸요. 허구잖아요.」

「물론. 하지만 다시 말하네만, 누군가 자네의 공식을 테스트해 실제로 가능하다는 것을 확인한다면, 분명히 자네 책에 나온 〈불로장생의 샘〉 연구소를 세우려는 사람이 나오지 않을까? 그러면 장수를 하는 사람이 늘어나겠지. 처음에는 부자들에 한정되겠지만 서서히 일반인들로 확대될 거야. 평균 수명이 80세에서 1백 세로 늘어나는 건 시간문제라는 얘기지. 그러다 언젠가는 2백 세가 될 거고. 수십 년 안에 세계 인구가 1백억 명에서 2백억 명으로 늘어날 수 있다는 뜻이야. 하지만 우리가 사는 지구는 확장이 불가능하고, 자원도 무한정 존재하는 게 아니야. 인구가 2백억 명이라는 건 먹여 살릴 입이 2백억 개고 강박적인 소비자도 2백억 명이라는 뜻이네. 당연히 이들을 위해 더 많은 물과 공기, 나무, 석유, 우라늄, 플라스틱이 필요하겠지. 마구잡이로 천연자원을 쓰다 보면 대양은 오염되고 공기는 숨을 쉴 수 없게 되고 숲은 파괴되고 야생종은 모두 멸종할 걸세. 지구는 이내 피폐한 행성으로 변하겠지.」

「그게 다 제 소설 탓이라고요?!」

「지나치게 시대를 앞서가는 자네 생각 때문이지…….」

그녀가 근심이 가득한 얼굴로 한숨을 내쉰다.

「지구상에 인간이 너무 많으면 하는 수 없이 〈상쇄〉를 해야 하네. 세계 대전과 전염병, 지진이 일어나야 한다는 뜻이야. 그래야 지나치게 높아진 인간 군집의 밀도를 낮춰 듬성듬성하게 만들어 놓을 수 있으니까.」

「어떻게 그걸 〈밀도를 낮춘다〉라고 표현하세요?」

「인류와 지구가 직면한 최대 위험이 인구 과잉이라는 사실을 인식하고 있는 건 여기 있는 우리뿐인 것 같네. 분별없는 자네는 그저 소설을 쓴다고 생각하면서 인구 과잉을 가속화시킬 방법을 제안했던 거야!」

「미처 그 생각은 못 했어요.」

「우리가 때마침 개입해 막았으니 천만다행이지.」

「그래서 저에 대한 제거 음모를 획책하셨군요…….」

「무슨 수를 써서라도『천 살 인간』의 출간을 막아야 했으니까.」

「어떻게 실행에 옮기셨죠?」

귀덮개 모자를 쓴 노파가 다시 푸들을 무릎에 올려놓는다.

「자네가 절친한 친구인 랑망 박사한테 절대 자네 할아버지처럼 죽고 싶지 않다고, 선택할 수만 있다면 자다가 고통 없이 저세상으로 가고 싶다고, 그럴 수 있게 나중에 도와달라고 말한 걸 우리가 알고 있었지. 그래서 소원대로 해준 거야.」

「구체적으로 어떻게 하신 거죠?」

「1단계, 지슬렌이 몽유병 환자라는 사실을 파악했지. 우리가 영향을 미칠 수 있는 대상을 확보한 거야.」

「지슬렌이라면? 크로스 병원의 직원 말씀이세요? 그래서 할아버지가 제 죽음에 여자가 있었다는 얘기를 어디서 들었다고 하신 거군요…….」

「2단계, 지슬렌이 우리 뜻에 따라 움직이게 만들었지. 그녀가 밤에 자다 일어나 컴퓨터를 켜고 환자들의 차트를 열어 자네 것을 찾아낸 뒤 데이터를 조작했어. 자네 차트에 나온 종양 표지자 수치를 바꿔 치료 불가능한 급성 종양에 걸린 것처럼 만들었어. 이 차트를 전달받은 크로스는 수치를 확인하지도 않고 바로 랑망 박사에게 보냈지. 자네가 위중한 상태라는 걸 안 랑망 박사가 내가 바라는 조치를 취해 주더군. 자네가 길고 고통스러운 마지막 없이 삶을 끝내게 만들어 줬어. 복잡한 화학 물질을 쉽게 손에 넣을 수 있는 그로서는 어려운 일이 아니었지. 그렇게 해서 자네는 자다가 편안히 세상을 떠날 수 있게 된 거야. 의식하지 못하는 상태에서.」

「랑망이 언제 실행에 옮겼죠?」

「자네 생일 파티에서, 자네 샴페인에 그 치명적 혼합 물을 타더군. 자넨 생일 케이크를 한 입 베어 물고 나서 아무것도 모른 채 그 샴페인을 마셨어. 그 물질이 서서히 몸속으로 퍼져 나가니까 당연히 피로감이 느껴지고 졸렸던 거야. 그렇게 해서 잠이 들고 꿈을 꾸는 사이 자네 심장은 천천히 박동을 멈췄지. 자넨 다시는 깨어나지 못했어. 〈내가〉 그렇게 자네를 죽였네.」

가브리엘 웰즈가 천천히 고개를 끄덕인다. 그는 진실의 충격을 삭이기 위해 안간힘을 쓴다.

「그다음 날 아침 사망 사실을 깨닫기 전에 제가 당신과 길에서 마주친 건 어떻게 된 일이죠?」

「영화 애호가로서 자신의 영화에 꼭 잠깐씩 출연하던 히치콕의 스타일을 한번 흉내 내봤지. 지금 이 외양을 선택한 건 자네 눈에 띄지 않는 지극히 평범한 모습이라고 생각해서였네. 자네 생각을 읽었거든. 푸들을 산책시키는 귀덮개 모자를 쓴 노파가…… 사건의 열쇠일 것이라고 누가 상상할 수 있겠나?」

가브리엘이 메트라톤 앞으로 다가든다.

「원고 폐기는 어떻게 하셨어요?」

「꿈에서 자네 형을 조종하니까 먹히더군. 제아무리 과학자에 합리주의자를 자처하는 자네 형도 꿈의 영향을 받더군.」

가브리엘 웰즈가 다리를 모아 가부좌를 틀고 메트라톤을 바라보면서 공중에 떠 있다.

「결론적으로, 저 때문에 인류의 평균 수명이 위험한 수준으로 연장될까 봐 죽이셨다는 거죠?」

「그렇지. 통제 불가능한 상황이 올까 봐 서둘렀네. 이유를 알고 나니 자네를 죽일 수밖에 없었던 내 입장이 이해가 되나?」

가브리엘은 못 들은 척 미지의 행성 속 기묘한 동굴의 벽을 뒤덮은 연보라색 수정들을 물끄러미 바라본다. 그는 고개를 돌려 선량하기 그지없어 보이는 노파의 눈을 똑바로 쳐다본다.

88

분별없는 인간

이그나츠 제멜바이스 박사는 객관적으로 동족 인류를 위해 가장 좋은 일을 한 사람이라고 말할 수 있다. 의사들에게 분만 전 반드시 손을 씻으라는 그의 권고 덕분에 영아 사망률이 획기적으로 감소했기 때문이다. 반면 토머스 미즐리는 본인은 자각하지 못했지만 인류에게 가장 심각한 해악을 끼친 사람이다.

미국 화학자 토머스 미즐리는 애초에는 선한 의도를 지닌 사람이었다. 1911년, 그는 엔진 연소 시 발생하는 소음을 줄일 방안을 찾고 있던 제너럴 모터스(GM)의 연구소에 취직했다. 미즐리는 휘발유에 납을 첨가하면 엔진이 훨씬 부드럽게 돌아간다는 것을 발견했다. 다국적 기업인 GM은 이렇게 개발한 새로운 연료 수백만 리터를 전 세계 시장에 유통시켰다. 그런데 당시 미즐리는 이 연료가 지닌 독성을 간과하고 있었다. 새로운 연료를 사용하는 자동차들이 배출하는 배기가스가 대기를 오염시

커 세계적으로 수만 명이 피해를 입게 되었다. GM의 노동자들과 미즐리 자신도 그런 피해자들 중 한 명이었다.

화학자 미즐리가 인류에 끼친 해악은 여기서 끝나지 않는다. 그는 유연 휘발유에 이어 1920년에는 냉장고에 사용되던 독성 가스를 대체할 물질을 개발하는 임무를 맡았다. 그는 누출 사고로 많은 사람의 목숨을 앗아간 기존의 유해 가스 대신 최초의 CFC 계열 냉매인 프레온을 개발했다. 그는 이 혁명적 물질의 무해성을 입증하기 위해 대중 앞에서 직접 프레온 가스를 흡입해 보이기도 했다. 1970년대에 들어와 오존에 거대한 구멍이 뚫린 사실이 알려지고 나서야 비로소 CFC의 유해성에 대한 논란이 일어났다. 역사학자 존 R. 맥닐은 인류 역사상 지구 대기에 가장 큰 영향을 끼친 유기체가 바로 토머스 미즐리라고 평가했다. 의도와 다르게 사용된 그의 파괴적 천재성은 결국 부메랑이 되어 그 자신에게 돌아왔다. 소아마비에 걸린 뒤 침대에서 쉽게 바닥으로 내려오기 위해 복잡한 도르래 장치를 손수 제작해 쓰고 있던 그는 1944년 도르래 밧줄에 목이 졸려 죽었다.

유연 휘발유는 환경에 심각한 해를 끼친다는 사실이 입증된 2000년대 초반에야 유통이 금지되었다.

에드몽 웰즈,
『상대적이고 절대적인 지식의 백과사전』 제12권

89

가브리엘 웰즈는 자수정들이 빽빽이 임립해 있는 연
옥 가운데서 깊은 생각에 잠겨 있다.

「자네 죽음의 진실을 알기 위해 여기까지 왔는데, 알
고 나니 심정이 어떤가.」메트라톤이 가브리엘을 쳐다보
며 말한다. 「자네가 뤼시한테 진실을 알고 나면 환생하겠
다고 했었지. 이제 여정을 마무리할 때가 왔네. 다음 환
생을 통해 자네가 다시 소설가가 될 수 있게 내가 힘을
써보지, 약속하겠네. 그래야 나도 자네가 쓰는 이야기들
을 계속 읽을 수 있을 테니까. 꼭 자네가 전생들에 쓴 이
야기들과 비교해 가며 읽어 보겠네. 내생에는 결말의 완
성도를 높인 소설을 쓸 수 있으리라 믿네.」

「그러면 어린 시절을 다시 살아야 하잖아요!」

「물론이지. 무슨 문제가 있나?」

「어릴 때는 걷지도 못하죠, 밍밍한 이유식을 먹으면서
몸에 작은 옷을 입어야 하죠, 이따금 볼기도 맞아야 하죠,

아무것도 모르고 자신의 세계관을 강요하는 부모 밑에서 자라야 하죠. 학교 성적은 바닥이고 쉬는 시간에는 애들이랑 치고받고…….」

「그래야 반항심이 생기는 거야. 그게 결국 자네 작품의 자양분이 되는 거고. 어린 시절을 너무 쉽게 보내면 비판적 사고가 나올 수 없네!」

「제가 작가가 되겠다는 마음을 꼭 먹으리라는 보장이 없잖아요.」

「내 생각은 이렇지만 어쨌든 의사 결정권은 자네한테 있네.」

가브리엘이 고심 끝에 입을 연다.

「아니요.」

「아니라니, 뭐가 말인가?」

「환생할 마음이 없습니다.」

「이러면 얘기가 달라지는데!」

「저는 가브리엘 웰즈의 존재로 계속 머물고 싶어요.」

메트라톤이 미간을 좁힌다. 상대가 자신의 권리를 제대로 파악하고 있음을 인지한 것이다. 가브리엘이 설득에 나선다.

「제가 원고를 수정하면 어떨까요? 상위 아스트랄계의 검열을 거친 두루뭉술한 정보만 『천 살 인간』에 넣겠습니다. 과학적인 내용을 적정량으로 줄이고 대신 액션과 감정을 극대화해 허구성을 강화한 새로운 버전을 쓸게요. 일군의 과학자들이 유전자 조작을 한다는 정도만 소개하고 더 이상의 상세한 이야기는 하지 않겠습니다. 생명 연장 실험이 결국 실패로 귀결된다고 결말을 고칠게요. 그러면 제 책에 제시된 방법을 따라 해보려는 과학자들이 없겠죠.」

노파가 반신반의하는 표정으로 다시 안경을 살짝 밑으로 내리며 그를 바라본다.

「실패담을 쓰는 거죠. 인류의 평균 수명을 연장하려던 연구자들이 목표를 달성하지 못하는 건 물론이고 자신들의 의도 자체가 잘못이었다는 걸 깨닫게 만드는 거예요. 〈짧아도 충만한 삶을 영위하는 게 무미건조하게 이어지는 긴 인생을 사는 것보다 낫다〉라는 메시지를 전하는 거죠.」

시종 무표정인 메트라톤의 무릎에 앉은 푸들이 입이 찢어지게 하품을 한다.

「『천 살 인간』을 읽고 나면 독자들이 오래 살고 싶은 마음이 싹 달아날 거예요!」

일생일대의 명연설을 해야 한다는 부담 속에 가브리엘은 평소와 달리 단어를 저울질하고 말을 고르면서 횡설수설한다.

「독자들은 지각 있는 삶, 강렬한 삶을 원하게 될 겁니다. 이타적인 삶을 중요한 가치로 여기고, 지구를 우선적으로 생각하게 될 거예요.」

메트라톤이 다리를 접어 가부좌를 틀고 말없이 듣기만 하더니 천천히 입을 뗀다.

「좋네.」

「제 의견을 수용하시는 겁니까?」

「그렇네. 자네가 환생해서 쓸 이야기들이 여태까지 쓴 것만큼 재밌고 웃기리라는 보장이 없으니까.」

「약속은 반드시 지키겠습니다. 제 책이 독자에게 미칠 영향을 늘 염두에 두고 글을 쓸게요.」

「다른 생물종들의 파괴와 천연자원의 고갈을 불러올 수밖에 없는 인간 지배는 빼도록 하게. 인본주의는 르네상스 시대에나 맞는 개념이지. 이제는 새로운 단계로 나아가야 하지 않겠나?」

「잘 알겠습니다.」

「내가 자네 편집자 노릇을 하는군! 등장인물의 심리와 액션에도 신경을 더 쓰고 러브 스토리도 넣고 서스펜스도 강화하고. 물론 영성도 적당히 가미하게, 지나치면 미치광이 취급을 받을 테니 유의하고. 무엇보다 과학적 연구 성과를 축소 내지는 아예 없애도록 하게!」

「잘 알려지지 않은 아홀로틀에 대한 언급은 아예 뺄까 해요.」

「좋아, 아홀로틀은 빼세.」

「벌거숭이두더지쥐와 갈라파고스거북이 부분도 삭제할까 해요. 아스피린의 가능성 정도만 언급하는 게 좋을 것 같아요.」

「자네가 여기 와서 알게 된 세계의 보이지 않는 뒤편에 대한 언급도 하면 안 되네. 내 얘기는 물론이고.」

「얘기해도 어차피 아무도 믿지 않을 거예요.」 가브리엘이 넌지시 말한다. 「영혼들의 조직 꼭대기에 강아지를 데리고 있는 노파가 있다고 하면 누가 믿겠어요?」

메트라톤이 껄껄거리며 웃는다.

「그건 그렇지…… 지어낸 얘기라고 할 거야.」

「〈이해는 각자의 몫〉이라는 게 제 철학이에요.」

메트라톤이 갑자기 흥미진진한 얼굴을 한다.

「내가 고민을 해봤는데, 자네한테 실제로 벌어졌던 일들 중 일부는 책에 써도 좋네.」

「여기 왔다 간 일도요?」

「자네가 진실을 말해도 독자들이 허구로 받아들인다는 게 생각할수록 재미있어.」

「당신에 대한 얘기까지도 할 수 있다는 뜻인가요?」

「그렇게 해서 사람들이 강아지를 데리고 다니는 노파들한테 조금 더 친절해진다면 좋은 일이지……. 어쨌든 자네 독자들이 막연하게나마 저 위 세상에 다른 것이 존재한다는 느낌을 가질 수 있으면 좋겠네. 딱 그 정도까지만. 다시 말하네만, 나는 미신이나 신비주의에 빠진 사람들보다는 합리주의자들이 좋네! 코넌 도일들보다는 후디니들이 좋아! 하지만 자네 독자들한테 신비의 감각을 일깨워 주게. 그게 가장 중요하지. 만에 하나 자네로 인해 인류의 평균 수명이 늘어난다면, 자네가 지금 한 요구를 두고두고 후회하게 만들어 주겠네. 뒷감당도 못 하고 원자력 에너지 정복에 매달렸던 오펜하이머는 내가 이미 따끔하게 손봐 줬지.」

「가브리엘 웰즈로 계속 존재해도 된다는 말씀인가요?」

「이미 페르 라셰즈 묘지에서 부패가 시작된 자네 육신은 다시 소생시킬 길이 없네. 자네는 지금처럼 떠돌이 영혼으로 남아 있어야 해. 하지만 자네 말을 듣고 자네 생각을 기록해 전달할 산 자를 찾아보게. 당연히 네크로폰 개발에 성공한 자네 쌍둥이 형을 선택하겠지만. 자네 형에게 대중한테는 공개하지 말라고 했지만 사적인 용도로야 얼마든지 쓸 수 있지.」

그녀가 그를 뚫어지게 바라본다.

「네크로폰이 전화기처럼 슈퍼에서 팔리는 날이 오면 어떤 일이 일어날지 한번 상상해 보게. 권태에 시달리는, 백이면 백 다 그렇다네, 떠돌이 영혼들이 물 만난 고기 떼처럼 달려들겠지. 북새통에 난장판이 될 거야……. 한심한 사자들이 얼마나 많은지 아나! 자네 형이 개발한 네크로폰이 대중화되면 자신을 알리고 싶은 심령체들이 폭로에 열을 올릴 것이고, 그러면 산 자들의 세상에 지금보다 더 심각한 문제가 초래될 걸세.」

메트라톤이 자기가 한 말에 껄껄대고 웃는다.

「그러니 형을 잘 단속하게. 자칫하면 자네처럼 죽여야 하는 상황이 벌어질지도 모르니까⋯⋯.」

「형이 다시 접촉해 오면 잊지 않고 그렇게 전하죠. 그런데, 괜찮으시다면 저는 형이나 형의 네크로폰이 아니라 뤼시를 통해 소통하고 싶어요. 그녀에게 『천 살 인간』의 새 버전을 받아쓰게 할 작정이에요.」

「그건 자네 마음이야. 자, 더 할 말이 있나? 우리 얘긴 할 만큼 한 것 같네. 자네 말고도 처리해야 할 사안이 산더미처럼 쌓였어. 어서 내려가 소설을 쓰게. 나를 위해서라도 제발 좀 극적인 결말을 만들어 주게, 알겠나?」

가브리엘 웰즈는 문득 온 세상이 자신을 축복하는 듯한 희열을 느낀다. 앎과 실천, 이 두 가지가 이제 다 가능하지 않은가. 그가 가슴이 벅차올라 메트라톤을 쳐다보는 순간 그녀가 윙크하면서 손가락을 입술에 붙인다. 쉿, 비밀이야.

「마지막으로 한 가지만 더, 내가 방금 생각해 낸 건데, 이런 첫머리는 어떻겠나. 주인공이 말하는 거야. 〈지난 삶으로부터 나는 무엇을 배웠나?〉」

90

뤼시 필리피니가 잠에서 깬다.

그녀가 행복에 겨운 표정으로 어깨를 마사지하고 쓸어내리듯 팔과 손, 허리, 엉덩이를 어루만진다. 머리칼을 쓸어 올리면서 기도 같은 아침 주문을 외운다.

그녀가 천천히 몸을 일으키며 벽에 붙어 있는 문구를 응시한다.

영혼이 머무르고 싶게 만들려면 육체를 잘 보살펴야 한다.

그녀는 데드 캔 댄스의 노래를 틀어 놓고 유연성과 근육을 강화하는 동작을 하기 시작한다. 곧이어 태양 경배 자세와 고양이 등 펴기 자세 같은 요가 자세를 취한다.

그녀는 샤워를 마치고 나서 목이 깊이 파인 빨간색 옆트임 원피스를 몸에 걸친다. 손톱에도 빨간색 매니큐어를 칠하고 검은 백조 펜던트가 달린 목걸이를 한 다음 하이힐을 신고 현관문을 나선다.

그녀가 빌랑브뢰즈 출판사 앞에 도착해 건물을 올려다본다.

잠시 후 그녀는 알렉상드르 드 빌랑브뢰즈와 마주하고 있다.

「갈수록 아름다워지는군요, 마드무아젤 필리피니. 이거, 만날 때마다 가슴이 더 빨리 뛰어 큰일이네요.」

그녀는 고개를 까딱해 감사를 표하고 나서 상대의 흥미를 끌 본론으로 들어간다.

「좋은 소식 하나와 나쁜 소식 하나가 있는데, 뭐부터 들으시겠어요?」

「나쁜 소식부터 들읍시다.」

「가브리엘 웰즈 버추얼 프로젝트를 중단하세요. 효용성도 문제지만 가브리엘 웰즈의 떠돌이 영혼이 그걸 아주 탐탁지 않아 해요. 당신의 기계가 그의 정신을 욕되게 하는 게 싫답니다.」

알렉상드르 드 빌랑브뢰즈는 응수하지 않고 묵묵히 듣기만 한다.

「좋은 소식은 뭐죠?」

「가브리엘 웰즈의 떠돌이 영혼이 『천 살 인간』의 집필에 들어갈 준비를 마쳤다고 영매인 제게 알려 왔어요.」

빌랑브뢰즈가 시큰둥한 표정으로 눈썹을 찡긋 추켜올린다.

「그런 기적이 어떻게 가능하다는 거죠?」

「제가 그의 필경사 노릇을 할 거예요. 그가 저승에서 소설을 불러 주면 받아쓰는 거죠. 그야말로 순수 〈가브리엘 웰즈〉 버전이 탄생할 거예요. 당신도 독자도 느낄 수 있게 그만의 색깔을 가진 소설 말이에요.

「당신 말이 사실이라고 합시다. 대중한테는 내가 그 책을 어떻게 소개해야 하죠?」

「GWV 인공 지능 프로그램이 썼다고 하세요. 사람들은 당신이 개발한 소프트웨어가 성공했다고 믿겠죠. 당신한테도 좋은 일 아닌가요.」

헛기침 외에는 아무 말이 없던 빌랑브뢰즈가 드디어 입을 연다.

「당신 말을 듣자니 에드거 앨런 포가 쓴 〈멜첼의 체스 기사〉라는 단편이 생각나는군요.」

그가 열의를 보이며 진지한 얼굴로 뤼시를 쳐다본다.

「당신 정말 대단한 사람이에요. 조금씩 알아 갈수록 그런 생각이 들어요. GWV 소프트웨어가 완성한 원고를 읽어 봤는데, 솔직히 형편없었어요. 인공 지능 프로그램이, 뭐랄까, 웰즈 소설만이 지닌 매력의 비밀을 찾아내지 못한 것 같았어요.」

「〈그만의 음악성〉 같은 건가요?」

「아니, 〈그만의 광기〉라고 하는 편이 나을 거예요…….
내가 아는 웰즈는 강박증과 비정상적인 심리 상태들이

빚어낸 결과물이에요. 그 총체로서의 웰즈를 인공 지능이 흉내 낼 수 없었던 거죠. 그런데, 그 약점이 바로 웰즈와 다른 작가들의 차이점이에요. GWV 프로그램은 줄거리가 완벽하고 가브리엘에 비해 어휘와 문체 면에서 월등히 뛰어난 글을 토해 내듯 써낼 수 있어요. 하지만 바로 그 무향 무취의 매끈함이 문제인 거죠.」

뤼시가 슬쩍 상반신을 앞으로 구부린다.

「그럼…… 이제 우리 둘이 손을 잡는 건가요, 알렉상드르?」

「한 가지 현실적인 질문을 할게요. 앞으로 계약은 누구랑 하죠?」

「저랑 하시면 돼요. 물론 가브리엘이 어깨 너머로 지켜볼 거예요…….」

두 사람 모두 출판 역사상 전례가 없었던 일이 벌어지고 있다는 사실을 의식하면서 굳은 악수를 나눈다.

91

멜첼의 체스 기사

1770년, 헝가리 출신의 엔지니어 볼프강 폰 켐펠렌은 오스트리아 황실에 체스를 두는 자동인형을 선보였다. 단풍나무로 짠 커다란 서랍장처럼 생긴 이 기계의 윗면에는 체스판이 올려져 있었고, 뒤쪽에는 짙은 콧수염에 터번을 두르고 털 달린 망토를 입은 인형의 상반신이 붙어 있었다. 인형의 왼쪽 팔은 곰방대를 들고 있었고, 오른쪽 팔은 게임을 할 수 있게 테이블 위에 올라와 있었다. 문 세 개 달린 서랍장을 열면 인형이 동작할 때마다 움직이는 복잡한 기계 장치가 보였다.

켐펠렌이 〈터키인〉이라는 이름을 붙인 이 자동인형이 체스를 둘 수 있으며 최고 실력자들과 겨루어도 충분히 이길 수 있다고 공언하자, 사람들은 조소와 야유를 보냈다.

켐펠렌이 오스트리아 황실에서 펼친 최초의 시연에서 자동인형은 모든 상대를 30분 이내에 압도하며 승리를 거두었다. 상대가 규칙에 어긋나는 수를 두면 터키인은 못마땅한 듯 고개를 가로저으면서 상대방이 움직인 말을 원위치에 되돌려 놓아 보는 이들을 경악하게 만들었다.

1783년, 켐펠렌은 자동인형과 함께 유럽 순회 경기에 나섰다. 상대 선수들을 모조리 꺾은 터키인은 파리에 와서 당대 세계 최고의 체스 선수였던 앙드레 필리도르에게 딱 한 차례 패했다. 하지만 필리도르 역시 이렇게 강력한 적수를 만나기는 처음이라고 고백했다. 터키인이 당시 파리 주재 미국 대사였던 벤저민 프랭클린을 꺾은 것은 유명한 일화로 전해지고 있다.

유럽 순회 경기 동안 켐펠렌이 과학자들에게 터키인의 내부를 공개했지만 어느 누구도 이 기계 장치의 비밀을 알아내지 못했다. 순회를 마치고 오스트리아로 돌아온 터키인은 쉰브룬 궁전에 자리를 잡았다. 오스트리아를 침공한 황제 나폴레옹 역시 그와 체스 대결을 벌였지만 패배했다.

켐펠렌이 죽자 그의 아들은 메트로놈을 발명한 독일인 음악가 요한 멜첼에게 자동인형을 팔았다. 멜첼은 터키인이 눈알을 굴리고 입으로 〈체크〉 소리를 낼 수 있도록 한결 정교하게 만든 다음 다시 유럽 순회 경기에 나섰다. 이탈리아와 프랑스를 거친 터키인은 영국에서 당대 최고의 수학자였던 찰스 배비지와 체스 대결을 펼치기도 했다. 막대한 빚에 시달리던 멜첼은 터키인을 가지고 대

서양 건너편으로 도주했다. 그는 미국에서도 내로라하는 체스 챔피언들과의 경기에서 모두 승리를 거두었다. 1836년, 에드거 앨런 포는 이 자동인형에게 영감을 얻어 「멜첼의 체스 기사」라는 단편을 쓰기도 했다. 터키인은 필라델피아 국립 극장에 화재가 발생했을 때 소실됐는데, 목격자들은 불에 휩싸인 터키인이 여러 차례 〈체크〉하고 소리를 질렀다고 증언했다.

터키인의 비밀은 1857년, 이 기계 장치의 마지막 소유자의 아들인 사일러스 미첼에 의해 세상에 밝혀졌다. 미첼은 장치의 바닥이 이중으로 돼 있었고, 그 속에 가로 막대와 지렛대를 이용한 장치를 통해 터키인의 팔을 움직이는 소인이 숨어 있었다는 사실을 폭로했다. 말을 움직여 체스를 둔 것은 바로 그 소인이며, 터키인이 활동했던 84년의 세월 동안 두 팔이 없는 폴란드 출신 상이군인을 필두로 도합 열다섯 명이 장치의 이중 바닥에 몰래 숨어 대신 체스를 두었다고 말했다. 켐펠렌을 비롯한 터키인의 소유주들은 비밀 보장을 약속하는 천재 소인을 구하느라 하나같이 애를 먹었다고 그는 밝혔다. 1997년에 와서야 컴퓨터 〈딥 블루〉가 러시아 출신의 세계 체스 챔피언 가리 카스파로프를 꺾을 수 있었다.

에드몽 웰즈,
『상대적이고 절대적인 지식의 백과사전』제12권

92

고양이들이 우아하고 날렵하게 가구를 뛰어다닌다. 검은 고양이가 머리를 터는 새끼 고양이에게 다가가 발톱 끝으로 귀 안쪽을 살살 긁어 준다. 치즈빛 고양이가 연예 잡지를 한 장 뜯어내 잘근잘근 씹는다. 다른 두 마리는 창틀에 앉아 밖에서 오가는 새들의 움직임을 주시한다.

외출에서 돌아온 뤼시 필리피니가 콧노래를 흥얼거리면서 옷을 벗고 가운을 걸친다. 그녀가 소파에 편안히 자리를 잡는다.

「그래, 그가 뭐라고 하던가요?」 가브리엘이 조바심을 내며 다가온다.

「당신 요구를 전부 들어주겠대요.」

그제야 가브리엘의 미간에 그려졌던 주름이 사라진다.

「당신이 출판사에 가 있는 동안 나는 형과 얘기를 나눴어요. 상황의 중대성을 설명하고 나서 네크로폰의 존재를 절대 대중에 알리지 말라고 하니까 수긍하더군요. 반면 에디슨을 설득하기는 쉽지 않았어요.」

「난 그 사람이 마음에 안 들어요.」

「그가 발명한 전기의자가 실패해서 초기에 그걸 테스트했던 사람들이 불에 타 죽었다는 사실은 모르죠? 그뿐이 아니에요! 니콜라 테슬라가 대중에게 무료로 제공하려 했던 특허들을 그가 도용했다는 얘기를 형이 에디슨 입으로 직접 들었대요.」

「당신 죽음에 관한 얘기도 나눴어요?」

「난 이제 그 생각을 떨쳐 버렸어요. 내 정신의 진화에 필요한 단계였다고 여기게 됐어요.」

「전립선암을 앓다 호스피스에서 생을 마감하는 것보다는 상위 아스트랄계의 누군가에 의해 살해당하는 게 멋있는 죽음이긴 하죠.」

「만약 선택할 수 있다면 나는 살아 있고 싶어요.」

「그렇군요. 저기, 차마 물어보지 못했는데, 저 위에서…… 뭘 보고 왔어요?」

「〈거기서〉 입을 다물라고 하더군요. 죽을 때 삶에서 배운 걸 모두 기억해야 한다, 이 정도만 이야기해 줄 수 있어요.」

자기를 믿지 못하는 것 같은 가브리엘에게 삐친 뤼시가 몸을 일으켜 창가로 걸어간다.

「당신은 뭘 배웠는데요?」

가브리엘이 회상에 잠겨 읊조리듯 말한다.

첫째, 인간의 삶은 짧기 때문에 매 순간을 자신에게 이롭게 쓸 필요가 있다.

둘째, 뿌린 대로 거두는 법이다. 남들이 우리에게 영향을 줄 수는 있지만 결국 선택은 우리 스스로 하는 것이며 그 결과에 대한 책임 또한 우리가 지는 것이다.

셋째, 실패해도 괜찮다. 실패는 도리어 우리를 완성시킨다. 실패할 때마다 뭔가를 배우기 때문이다.

넷째, 다른 사람에게 우리를 대신 사랑해 달라고 할 수는 없다. 스스로를 사랑하는 일은 각자의 몫이다.

다섯째, 만물은 변화하고 움직인다. 사람이든 동물이든 물건이든 억지로 잡아 두거나 움직임을 가로막아선 안 된다.

여섯째, 지금 갖고 있지 않은 것을 가지려 하기보다 지금 가진 것을 소중히 여길 줄 알아야 한다. 모든 삶은 유일무이하고 나름의 방식으로 완벽하다. 비교하지 말고 오직 이 삶을 최대한 누리기 위해 애써야 한다.

「상위 아스트랄계에 다녀오더니 철학자가 다 됐군요? 그렇다면 우린 망했어요! 앞으로 쓸 소설들에 그런 허황한 생각들을 집어넣지는 않길 바라요!」 그녀가 농담을 하면서 깔깔거린다.

93

시곗바늘이 자정을 가리키고 있다.

잠든 뤼시의 발치에서 고양이들이 미지근한 몸을 동그랗게 말고 누워 갸르릉거린다.

뤼시가 코를 드르렁거릴 때마다 입술이 달싹인다.

가브리엘은 황홀한 표정으로 그녀를 내려다본다. 헤디 라마 못지않게 아름답다.

〈이렇게 멋진 여자 곁에서 함께 뭔가를 해낼 수 있으니 더 바랄 게 없어. 내 삶에 빠져 있었던 건 바로 그녀의 존재였어. 죽은 뒤에야 만난 게 아쉽지만, 뒤늦게라도 만났으니 천만다행이야…….〉

그녀의 몸속에 들어갔을 때의 느낌을 떠올리는 순간 감미로운 전율이 인다.

그는 천장을 지나 지붕 위로 날아오른다. 떠돌이 영혼으로 존재하는 지금이 행복하다. 모든 것을 보고 들을 수 있고, 언제든지 환생을 결정할 수 있는 지금이.

그는 페르 라셰즈 묘지로 날아가 자신의 묘비에 새겨진 수수께끼 같은 비명을 응시한다. 더 이상 질병과 고통, 노화를 두려워하지 않아도 된다. 가슴을 뛰게 하는 원대한 계획이 그를 기다리고 있다. 저승에서, 새로운 방식으로 창작을 계속하는 것.

지금까지 그를 사로잡았던 생각과는 다른 생각이 머릿속에서 꿈틀거린다. 〈나는 왜 죽었지?〉가 아니라, 보다 근원적이고 신비로운 질문이 그에게 말을 걸어온다.

〈나는 왜 태어났지?〉

감사의 말

이 책을 돌아가신 할아버지 이지도르 베르베르의 영전에 바칩니다. 그분의 죽음은 제가 우리 사회에서 오늘날 행해지는 연명 치료를 돌아보는 계기가 되었고, 『타나토노트』와 『천사들의 제국』을 집필하는 출발점이 되었습니다.

다음 분들께 감사의 마음을 전합니다.

영매라는 직업과 그것에 대해 내가 미처 생각하지 못했던 점들을 가르쳐 준 파트리시아 다레. 그녀 덕분에 밤낮으로 떠돌이 영혼들과 산 자들에게 도움을 요청받는 사람의 일상을 상상할 수 있게 됐습니다.

기상천외한 이야기들을 모으는 이야기 수집가 파트리크 보. 그 덕분에 계속 이야기꾼으로 무대에 올라 대중에게 내 이야기를 들려주고 싶은 마음이 생겼습니다.

폭스 자매와 네크로폰 얘기를 해준 조나탕 베르베르.

영적인 대화를 통해 늘 내 작업에 영감을 불어넣어 주

는 질 말랑송.

www.bernardwerber.com의 웹마스터이자 작품의 초고를 읽어 준 실뱅 팀시트.

미처 영글지 않은 버전들을 읽고 의견을 제시해 주거나 소설 속 등장인물들을 위한 영감을 준 친구들: 아멜리 앙드리외, 바네사 비통, 뱅상 바기앙, 다비드 갈레, 프레데리크 살드망, 조에 앙드리외, 스테판 크로스, 실뱅 오르뒤로, 알렉스 베르제, 쥘리앵 에르비외.

그리고 첫 작품부터 줄곧 고락을 함께해 온 편집자 리샤르 뒤쿠세와 이번 작업에 참여한 알뱅 미셸의 모든 분들.

이 소설을 쓰는 동안 들었던 음악

— 데드 캔 댄스(멋진 여성 보컬 리사 제라드가 멤버로 참여하는 록 밴드로 주로 장송곡을 부름)의 음악: 「산빈 Sanvean」, 「더 호스트 오브 세라핌The Host of Seraphim」, 「희생Sacrifice」

— 영화 「글래디에이터」의 주제 음악

— 카미유 생상스의 「죽음의 무도」

— 새뮤얼 바버의 「현을 위한 아다지오」

— 우드키드의 「아이 러브 유I Love You」

옮긴이의 말

〈누가 날 죽였지?〉 꿈에서 차기 소설의 첫 문장을 만난 추리 작가 가브리엘 웰즈. 흥분 속에 글을 쓰기 위해 집을 나서던 그는 이 질문을 던지는 주인공이 다름 아닌 자기 자신임을 깨닫는다. 이야기에 대한 기대를 갖게 하는 짧고 강렬한 첫 문장이다. 주인공 가브리엘 웰즈에게 대체 무슨 일이 일어난 걸까? 앞으로 그의 운명은 어떻게 될까? 하지만 이런 과감한 첫머리는 (특히 번역자에게는) 적지 않은 걱정을 불러일으키기도 한다. 작가가 어떤 방식으로 이것을 수습할 것인가? 납득할 만한 서사를 펼쳐 보여 줄 수 있을까? 죽은 사람이 저승에서 자신을 살해한 범인을 찾기 위해 수사를 펼친다는 게 과연 가능할까?

『죽음』에서 베르나르 베르베르는 『타나토노트』에서부터 보여 준 죽음에 대한 자신만의 세계관과, 비가시 세계와 영성에 대한 독특한 해석, 그리고 트레이드마크인 판타지를 가미해 얼핏 불가능해 보이는 도전을 무리 없이 해내고 있다. 이번 책에서 죽음이라는 소재는 추리 소설 형식을 통해 무거움을 벗고 시종일관 경쾌하고 흥미진진하게 다루어진다. 저승과 이승을 오가며 수사가 펼쳐지는 가운데, 주인공들과 함께 용의자들을 추적하다 보면 독자는 놀라운 결말을 마주하게 된다. 이야기는 끝까지 긴장감을 유지하고 있는데, 어느 작품보다 화려한 진용을 갖춘 백과사전 역시 이야기의 맥을 끊기보다는 흥미를 더해 주는 역할을 한다.

이번 신작의 각별한 재미는 작품의 자전적 요소에서도 나온다. 여러모로 작가 자신을 연상시키는 주인공 가브리엘 웰즈의 입을 통해 장르 작가로서의 고민, 삶과 문학에 대한 솔직한 얘기를 듣다 보면 저절로 작가와 독자의 거리가 좁혀지는 느낌이다. 스스로를 서슴없이 농담과 자조의 대상으로 삼는 작가. 고백하건대, 이번 작품을 옮기면서 인간 베르베르에게 더 많은 애정이 생겼다.

한국 독자들에게는 프랑스 문단의 속사정을 엿보는 재미 역시 쏠쏠한 책이다. 다소 낯선 인물들과 상황들이 등장하지만 자세한 주석을 달지는 않았다. 독자들의 검색 실력에 대한 믿음(!)이 있기도 하지만, 번역자에 의한 교차 확인이 자칫 독자의 상상력을 제한할까 봐 저어됐다. 허구와의 거리 설정은 결국 독자의 선택이자 권리이니까.

320

베르베르의 팬들은 초기 작품의 색채가 짙은 이 소설이 주는 익숙함이 반가우리라 생각한다. 그의 소설을 처음 접하는 독자들은 현실 너머로 향하게 하는 베르베르식 스타일을 통해 허구의 매력을 발견하게 될 것이다. 〈믿는가 믿지 않는가는 조금도 중요하지 않다. 상상하고, 꿈꾸고, 생각할 거리를 던져 주는 멋진 이야기들에 귀 기울이는 것이 중요할 뿐이다.〉 베르베르가 들려줄 다른 이야기가 또 기다려진다.

2019년 5월
전미연

옮긴이 **전미연** 서울대학교 불어불문학과와 한국외국어대학교 통번역대학원 한불과를 졸업했다. 파리 제3대학 통번역대학원(ESIT) 번역 과정과 오타와 통번역대학원(STI) 번역학 박사 과정을 마쳤다. 현재 전문 번역가로 활동하며 한국외국어대학교 통번역대학원 겸임 교수로 재직 중이다. 옮긴 책으로는 베르나르 베르베르의 『고양이』, 『잠』, 『파피용』, 『제3인류』(공역), 『만화 타나토노트』, 엠마뉘엘 카레르의 『리모노프』, 『나 아닌 다른 삶』, 『콧수염』, 『겨울 아이』, 카롤 마르티네즈의 『꿰맨 심장』, 아멜리 노통브의 『두려움과 떨림』, 『배고픔의 자서전』, 『이토록 아름다운 세 살』, 기욤 뮈소의 『당신, 거기 있어 줄래요?』, 『사랑하기 때문에』, 『그 후에』, 『천사의 부름』, 『종이 여자』, 발렝탕 뮈소의 『완벽한 계획』, 다비드 카라의 『새벽의 흔적』, 로맹 사르두의 『최후의 알리바이』, 『크리스마스 1초 전』, 『크리스마스를 구해 줘』, 알렉시 제니 외의 『22세기 세계』(공역) 등이 있다. 〈작은 철학자 시리즈〉를 비롯한 어린이책도 여러 권 번역했다.

죽음 2

발행일	2019년 5월 30일 초판 1쇄
	2019년 6월 20일 초판 20쇄

지은이	베르나르 베르베르
옮긴이	전미연
발행인	홍지웅 · 홍예빈
발행처	주식회사 열린책들

경기도 파주시 문발로 253 파주출판도시
전화 031-955-4000 팩스 031-955-4004
www.openbooks.co.kr

Copyright (C) 주식회사 열린책들, 2019, *Printed in Korea.*
ISBN 978-89-329-1968-3 04860
ISBN 978-89-329-1966-9 (세트)

이 도서의 국립중앙도서관 출판예정도서목록(CIP)은 서지정보유통지원시스템 홈페이지(http://seoji.nl.go.kr)와 국가자료공동목록시스템(http://www.nl.go.kr/kolisnet)에서 이용하실 수 있습니다.(CIP제어번호: CIP2019012766)